KB117085

고양이에 대하여

ON CATS
by Doris Lessing

고양이에 대하여

ON CATS

I

도리스 레싱 _ 김승욱 옮김

비채

내 인생의 고양이들

황인숙(시인)

사람 좋아 보이는 노부인이 함빡 웃는 사진이 실린 당시 신문기사에 의하면 도리스 레싱은 노벨문학상 수상 소식을 장 보고 오는 길에 들었다고 한다. (중요한 얘기는 아니지만, 그날이 2007년 11월 17일이었는데 작고한 날도 2013년의 11월 17일이다.) 그 기쁨을 "로열 플러시 패를 쥔 기분"이라고 했다니 포커 게임을 즐기셨던 듯. 여든여덟 살이었던 그해에도 페미니즘 SF 《클레프트 *The Cleft*》를 발표했다지. 이 대단한 작가의 고양이 얘기라니. 아무리 대단한 사람이 썼더라도 고양이에 대한 글이라면 제 고양이에 대한 애틋한 사랑의 아기자기한 기록일 테라고, 책장을 열며 절로 고양이 미소가 지어졌다. 그런데, "집이 언덕 위에 있는 관계로, 바람을 타고 덤불 위를 빙빙 도는 매나 독수리가 내 눈과 같은 높이에 있을 때가 많았다." 첫 구절부터 이게 웬 스펙터클인가! "우리 고양이가 매의 발톱에 붙잡혀 야옹거리며 하늘로 사라졌을 때, 우리 어머니가 녀석을 향해 엽총을 쏘았던 기억이 난다. 물론 소용없는 짓이었다."

《고양이에 대하여》는 1967년에 출간된 《특히 고양이는 *Particularly Cats*》에 원고를 추가해서 1989년에 재출간한 《특히 고양이는, 살아남은 자 루퍼스 *Particularly Cats and Rufus the Survivor*》와 2000년에 출간된 《엘 마니피코의 노년 *The Old Age of El Magnifico*》을 한 권으로 묶은 것이다. 도리스 레싱은 어린 시절부터 내내 이어진 제 인생의 고양이들을, 자연도 인간 세상도 만만치 않은 그들 삶에 대한 이해와 매혹을 전쟁, 분쟁, 압제, 차별, 폭력, 약자, 소수자 등 인간사의 그늘진 문제를 뜨거운 가슴으로 차갑게 밝혀온 작가답게 보여준다. 1919년 이란 케르만샤 출생, 1925년부터 이십오 년 동안 영국 식민지였던 아프리카의 로디지아 지방(현재 짐바브웨) 이주 생활, 옥수수 농장에 살면서 열다섯 살 이후 제도교육을 거부하고 독학. 작가의 독특하고 광활한 생의 이력이 에세이라기보다 한 편의 다큐드라마를 보는 듯 가멸찬 필치로 펼쳐지는 이 고양이 책에 고샅고샅 배어 있다.

공중에는 매, 독수리, 올빼미. 지상에는 굴뚝은 말할 것 없고, 부엌이고 거실이고 벽이고 침대고 종종 출몰하는 별별 뱀들과 야생 고양이를 비롯한 야생 짐승들. 온갖 동물들의 먹고 먹히는 기척으로 잉잉거리는 아프리카 농장에서 '우리 고양이'였던 고양이들에 얽힌 에피소드를 하나하나 불러낼 때 어떤 기억은 오랜 세월이 지나도 작가의 가슴을 찢는다. 가령, 마흔 마리를 넘기게 되자 '살처분'당한 '우리 고양이들'. 가장 가까운 동물병원(이라기보다 가축병원일 테다)도 110킬로미터나 떨어져 있고, 개나 고양이를 불임수술(중성화 수술)한다는 개념조차 없던 시절이니 태어나자마자 죽이는 것밖에는 개체 수를 조절할 방법이 없었을 테다. 그걸 시행 못 하면 결국 더 야만스러운 길이 남는 건가.

1949년 작가가 런던으로 삶의 터를 옮긴 뒤에 그 농장의 고양이들은 어떻게 됐을까. 일부는 야생으로 돌아갔겠지. 아니, 집에서 태어난 고양이들이니 돌아간 게 아니라 내쫓겨간 거지. 아, 어떻게든 어디든 고양이들이 살고 있다. "1962년의 그 지독한 겨울 내내 뒤편 베란다 지붕과 정원에는 검은색과 흰색이 섞인 수고양이가 드나들었다."

이 세상에 같은 고양이는 없네. 고양이는 저마다의 특성도 매력 만점이지만 공통점도 매력적이다. 대도시 런던에서 작가와 인연 지어진 고양이들 사연은 내게 사뭇 친숙하게 다가온다. 집안과 정원, 넓게 잡아도 한 동네 안이라는 한정된 고양이 활동 반경이 도리스 레싱 눈에 고양이 삶 전반을 세밀히 잡게 했을 테다. 수고양이고 암고양이고, 책에 그려진 고양이들의 발정, 출산, 육아 등의 모습은 저마다 얼마나 사랑스럽고 드라마틱한지!

내가 밥 주는 동네 고양이들 중에 삼색 고양이 하나가 며칠 전부터 온 동네를 사뿐사뿐 졸졸 쫓아다니며 대여섯 걸음마다 발라당 누워 데굴데굴 구른다. 발정이 온 것이다. 뭐, 나보고 어쩌라고? 전에는 심란하기만 해서 휙 외면하고 지나쳤지만, 어제는 왠지 짠해서 "그래, 그래, 예쁘다" 해줬다. 충만한 생기로 발랄하여 제 몸이 건강하고 아름답다고 느껴져서 그걸 뽐내고 찬사를 듣고 싶은 마음을 《고양이에 대하여》를 읽고 확실히 이해하게 된 것이다. 평소보다 더 예뻐진 것 같지는 않지만, 데굴거리는 게 새삼 사랑스럽기는 했다. 올봄에는 쟤를 '의사의 손을 거치게' 해야 할 텐데. 독자 중에서 동네에 고양이가 늘어나는 걸 원하지 않는 분께, 봄과 가을에 다산 콜센터(120)에 전화해서 중성화 의뢰하기를 부탁드린다.

"그해 여름에는 새로 나타난 고양이들이 많았다. 생체 해부를 하는 자들, 아니, 고양이 가죽 상인들이 우리 동네를 또 한 바퀴 돌고 난 뒤 하루아침에 고양이 여섯 마리가 사라졌기 때문이다." 요즘 일은 아니겠지만 런던에도 그런 인간들이 있었구나. 대한민국에는 지금도 그런 인간들이 있다. 누가 물으면 구청에서 나왔다고 둘러대면서 무슨 수를 쓰는지 동네 고양이들을 싹 잡아가는 것이다. 그 고양이들의 고통과 공포를 도리스 레싱도 공감하고 전율했을 테다. 사람들이 사는 곳에는 고양이들이 산다. 태어나는 곳도 선택할 수 없지만, 사람에 대한 친밀감도 선택할 수 없이 고양이의 유전자에 새겨져 있다.

《고양이에 대하여》에는 텔레비전 프로그램 〈세상에 이런 일이〉나 〈동물농장〉에서 기꺼이 다룰 만한 귀하고 뭉클한 고양이 사연이 숱하게 담겨 있다. 세월로도 범상치 않은 고양이와 함께한 내력에, 인간이나 고양이나 살아간다는 건 혹독하고 냉엄한 국면이 있는데 피할 수 없으면 주시하자는, 고양이에 방불한 작가의 눈이 더해진 것이다.

ON CATS

ON CATS

무엇보다도 당신 자신을 위해 써라. 남들이 뭐라고 지껄이든 상관하지 말고. 글쓰기는 삶의 방식이 아니라 삶 그 자체가 되어야 한다.

_도리스 레싱

모든 주는 옮긴이주입니다.

특히 고양이는

Particularly Cats

1

집이 언덕 위에 있는 관계로, 바람을 타고 덤불 위를 빙빙 도는 매나 독수리가 내 눈과 같은 높이에 있을 때가 많았다. 어떤 때는 내 눈높이가 오히려 더 높았다. 햇빛을 받아 번들거리는 갈색과 검은색 날개, 다 펼치면 1.8미터나 되는 그 날개를 한쪽으로 살짝 기울인 채 새가 커브를 그리며 활강하는 모습이 위에서 내려다보였다. 저 아래 벌판으로 내려가면 고랑에 아주 조용히 누워 풀과 이파리로 몸을 숨길 수 있었다. 쟁기가 돌아가면서 아주 깊게 파놓은 고랑이라면 더 좋았다. 햇볕에 탔는데도 불그스름한 갈색을 띤 흙에 비하면 여전히 지나치게 밝은 색인 두 다리는, 흙을 뿌리든지 아니면 아예 흙 속으로 파고 들어가서 숨겨야 했다. 수십 미터 상공에서는 십여 마리의 새들이 선회하며 쥐, 새, 두더지의 사소한 움직임도 놓치지 않으려고 벌판을 살폈다. 그중에 한 마리를 골라보자. 바로 머리 위에서 선회하는 놈으로. 그러고는 녀석과 언뜻 시선을 주고받았다고 상상한다. 새의 차가운 눈이 차가운 호기심을 품은 인간의 눈을 빤히 바라보았다고. 커다랗게 펼친 양 날개 사이에는 총알처럼 날씬한 몸, 그리고 그 아래쪽에는 언제든 사냥감을 낚아챌 준비를 갖춘 발톱. 삼십 초 또는 이십 분 뒤, 녀석은 제가 선택한 자그마한 생물을 향해 곧장 내리꽂혔다. 그러고는 커다란 날개를 안정적으로 펄럭이며 다시 올라갔다. 뒤에는 붉은 흙의 소용돌이와 뜨겁고 고약한 냄새가 남았다. 하늘은 조금도 달라지지 않았다. 조용하고 새파란 허공에서 새들이 삼삼오오 무리를 지어 여전히 선회하고 있었다. 한편 언덕 위에서는 매가 공기의 흐름에서 쉽사리 빠져나와 옆으로 쏜살같이 움직일 수 있었다. 자신이 선택한 사냥감, 그러니까 우리가 기르던 닭을 향해서. 아니면 덤불 속으로 난 길을 따라 언덕 위로 날아오를 수도 있었다. 커다랗게 펼쳐진 날개가 튀어나온 가지에 부딪히지 않게 조심하면서. 그렇게 허공에서 지상으로 내리꽂히는 대신, 나무들 사이로 공기의 흐름을 타고 빠르게 날아가는 것은 확실히 새들의 본성을 거스르는 행위였겠지?

우리 닭들은 반경 몇 킬로미터 이내의 매, 올빼미, 들고양이에게 언제나 새로 보충되는 먹이 공급원이었다. 적어도 녀석들 눈에는 그렇게 보였을 것이다. 해가 뜰 때부터 질 때까지 새들은 언덕 꼭대기 주위를 떠돌았다. 검은색, 갈색, 흰색으로 번들거리는 깃털, 계속해서 꺽꺽 울어대는 소리, 으스대는 듯한 날갯짓은 녀석들이 약탈자임을 알려주었다.

아프리카의 농가에서는 파라핀과 석유가 든 깡통의 윗부분을 잘라내고, 반짝이는 금속 사각형을 붙여두는 관습이 있다. 햇빛을 받아 번쩍이는 금속에 새들이 겁을 먹고 물러나게 하기 위해서라고 한다. 나는 매가 나무에서 튀어나와 통통한 암탉을 채가는 모습을 본 적이 있다. 암탉은 막 껍질을 깨고 나오는 병아리들 옆에서 꾸벅꾸벅 졸던 참이었고, 주변에는 개, 고양이, 다양한 피부색의 사람들이 잔뜩 있었다. 한번은 십여 명의 사람들이 야외에서 차를 마시다가, 공중에서 내리꽂힌 매가 덤불 아래 그늘에서 반쯤 자란 새끼 고양이를 채가는 모습을 목격하기도 했다. 뜨겁고 적막한 한낮에 갑자기 들려오는 꺽꺽 소리나 흩날리는 깃털은 수탉이 암탉과 교미하고 있다는 증거일 수도 있지만, 또한 매가 집에서 기르던 닭을 잡아간 흔적일 수도 있었다. 하지만 닭은 아주 많았다. 그리고 매도 아주 많았다. 녀석들을 총으로 쏘아 잡으려고 하는 것이 무의미할 만큼. 언제든 언덕 위에 서서 하늘을 바라보면, 반드시 반경 800미터 안에 새가 한 마리 정도는 선회하고 있었다. 60미터쯤 아래에서 아주 작은 그림자 하나가 휙휙 움직였다. 나무 위에서. 벌판에서. 나는 나무 아래에 조용히 앉아 있다가, 저 까마득히 높은 곳에서 펄럭이는 거대한 날개의 그림자가 경고처럼 동물들을 건드리거나 풀과 이파리에 닿는 빛을 순간적으로 가릴 때 동물들이 얼어붙는 것을, 또는 몸을 움직여 숨는 것을 본 적이 있다. 그 커다란 날개의 새가 한 마리만 나타나는 경우는 결코 없었다. 두 마리, 세 마리, 네 마리가 무리를 지어 공중을 선회했다. 왜 거기서만? 이런 궁금증이 들 것이다. 그거야 당연하지! 새들은 모두 각자 다른 높이에서 똑같이 허공을 빙빙 돌고 있었다. 조금 떨어진 곳에는 또 다른 무리가 있었다. 잘 살펴보면 하늘에 그런 검은 점들이 가득했다. 그러다 어느 순간 햇빛이 일정한 각도로 새들의 몸에 닿으면, 새들은 빛나는 점이 되었다. 창문으로 들어오는 빛의 기둥 속 먼지들과 비슷했다. 한없이 펼쳐진 푸른 하늘에 매가 몇 마리나 있었을까? 수백 마리? 게다가 녀석들 한 마리, 한 마리가 모두 몇 분 만에 우리 닭장에 도달할 수 있는 능력을 갖추고 있었다.

우리는 매에게 총을 쏘지 않았다. 머리끝까지 화가 치

밀었을 때가 아니면. 우리 고양이가 매의 발톱에 붙잡혀 야옹거리며 하늘로 사라졌을 때, 우리 어머니가 녀석을 향해 엽총을 쏘았던 기억이 난다. 물론 소용없는 짓이었다.

낮이 매의 시간이라면, 먼동이 틀 무렵과 황혼 녘은 올빼미의 시간이었다. 해가 질 무렵, 사람들은 닭들을 훠이훠이 닭장 안으로 몰았지만, 제 시간을 맞이한 올빼미들이 이미 나무에 앉아 있었다. 그렇게 밤이 지나고 햇빛이 처음 모습을 드러낼 때, 늦게까지 남아 있던 올빼미 한 마리가 졸음에 겨운 채로, 닭장 문이 열리는 틈을 타서 닭을 채갈 수도 있었다.

햇빛이 밝을 때는 매의 시간, 어스름 녘은 올빼미의 시간. 하지만 밤은 고양이의 시간이었다. 야생 고양이의 시간.

총이 그나마 조금 쓸모 있어지는 것은 이때였다. 새는 광활한 창공을 자유로이 움직일 수 있었다. 고양이에게는 굴과 짝과 새끼가 있었다. 셋 중에 적어도 굴은 반드시 갖고 있었다. 우리 집이 있는 언덕을 고양이가 집으로 삼으면, 우리는 녀석을 총으로 쏘았다. 고양이는 밤에 우리 닭장으로 와서 도저히 통과할 수 없을 것 같은 작은 틈새들을 찾아내곤 했다. 야생 고양이가 우리 고양이와 짝짓기를 하기도 했다. 집에서 평화롭게 살던 고양이들을 덤불 속의 위험한 생활로 꼬여냈다. 우리 고양이들은 그런 생활에 결코 맞지 않는다고 우리는 확신했다. 야생 고양이 때문에 우리 집에서 편안히 살고 있는 녀석들의 위치가 애매해졌다.

어느 날 부엌에서 일하던 흑인 남자가 언덕 중간쯤에 있는 나무에서 야생 고양이를 봤다고 말했다. 내 남자형제가 집에 없을 때였으므로, 나는 직접 22구경 라이플을 들고 나갔다. 야생 고양이가 활동하지 않는 한낮이었다. 문제의 그 고양이는 반쯤 자란 나무의 가지에 늘어져서 침을 뱉고 있었다. 녀석의 초록색 눈이 번득였다. 야생 고양이는 예쁜 동물이 아니다. 누르스름한 갈색 털은 볼품없고 거칠다. 냄새도 좋지 않다. 지금 나무에 늘어져 있는 고양이는 지난 열두 시간 이내에 닭 한 마리를 잡아먹은 모양이었다. 나무 아래 땅바닥에 하얀 깃털과 살점이 흩어져 있고, 살점에서는 벌써 악취가 풍겼다. 우리는 야생 고양이를 싫어했다. 녀석들도 우리를 싫어해서 침을 뱉고, 발톱을 내보이고, 쉭쉭 위협적인 소리를 냈다. 이놈은 야생 고양이였다. 나는 총을 쏘았다. 녀석은 가지에서 내 발치로 맥없이 툭 떨어져, 바람에 날리는 하얀 깃털들 사이에서 조금 몸부림을 치더니 잠잠해졌다. 평소 같으면 내가 그 더럽고 냄새 나는 꼬리를 잡고 들어올려 지금은 쓰지 않는 근처 우물 속에 던져버렸을 것이다. 하지만 뭔가가 자꾸 마음에 걸려서 나는 허리를 숙여 녀석을 살펴보았다. 머리 모양이 야생 고양이 같지 않았다. 털도 비록 거칠기는 했지만, 야생 고양이라고 보기에는 너무 부드러웠다. 인정할 수밖에 없었다. 녀석은 야생 고양이가 아니라 우리가 키우던 고양이였다. 그 볼품없는 사체가 바로 미니임을 우리는 알아보았다. 우리 집에서 이 년 전에 사라진 매력적인 고양이. 우리는 매나 올빼미가 녀석을 채간 줄 알았다. 페르시안 고양이의 피가 절반쯤 섞인 미니는 부드럽게 우리를 위로해주던 녀석이었다. 닭을 잡아먹은 놈이 바로 미니였다. 미니가 총을 맞고 떨어진 나무에서 그리 멀지 않은 곳에 야생의 새끼 고양이들이 있었다. 정말로 야생이라서 인간을 적으로 보았다. 녀석들이 우리의 팔다리를 물고 할퀸 것이 그 증거였다. 그래서 우리는 녀석들을 죽였다. 아니, 정확히 말하자면 어머니가 녀석들을 처리했다. 내가 한참 나중에야 비로소 곰곰이 생각해보게 된 우리 집의 법칙에 따라, 이런 고약한 일은 어머니의 몫이었기 때문이다.

조금만 생각해보자. 집에는 항상 고양이가 여러 마리 있었다. 집에서 가장 가까운 수의사는 약 110킬로미터 떨어진 솔즈베리*에 있었다. 내가 기억하는 한 고양이의 '불임수술'은 이루어진 적이 없었다. 적어도 암컷 고양이들에게 그런 시술이 이루어지지 않은 것은 확실하다. 고양이가 있다면, 새끼 고양이가 자주, 잔뜩 태어나는 것이 당연하다. 그러니 원하지 않는 새끼 고양이들을 누군가가 처리해야 할 필요가 있었다. 혹시 집에서 이런저런 일을 하던 아프리카인들이 그런 일을 맡았을까? "불랄라 예나"(죽여!)라는 말이 얼마나 자주 들려왔는지 지금도 기억난다. 집과 농장에서 기르던 동물 중 몸이 약한 녀석이나 부상당한 녀석을 향해 하던 말. 불랄라 예나!

하지만 집에 있던 엽총과 권총을 사용하는 사람은 어머니였다.

예를 들어, 뱀이 나타나면 보통 어머니가 처리했다. 집에는 항상 뱀이 나타났다. 좀 과장된 얘기처럼 들리겠지만, 실제로 그랬다. 뱀은 우리 생활의 일부였다. 나는 뱀보다 거미를 훨씬 더 무서워했다. 다양한 모습의 커다란 거미들이 우글거리는 생활이 끔찍했다. 집에 나타나는 뱀들은 코브라와 검은 맘바, 그리고 여러 독사들이었다. 그중

---

* 남아프리카에 건설된 영국의 식민도시. 현재는 짐바브웨의 수도로서 '하라레'로 개칭되었다.

에 특히 붐슬랑*이라는 고약한 녀석은 나뭇가지나 베란다 기둥 같은 곳에 똬리를 틀고서 저를 귀찮게 하는 사람들의 얼굴에 독을 뱉는 습성이 있었다. 녀석이 사람의 눈높이와 비슷한 곳에 똬리를 틀 때가 많기 때문에, 독액을 맞은 사람들은 시력을 잃는다. 하지만 이십여 년 동안 뱀과 함께 살면서 우리가 나쁜 일을 겪은 것은 딱 한 번, 붐슬랑이 내 남자형제의 눈에 독을 뱉었을 때뿐이었다. 내 남자형제는 아프리카 민간요법을 쓸 줄 아는 아프리카인 일꾼 덕분에 시력을 보존할 수 있었다.

  뱀은 끊임없이 나타났다. 부엌에, 베란다에, 식당에. 장소를 가리지 않고 나타나는 것 같았다. 한번은 내가 나이트애더**를 털실 타래로 착각하고 손으로 잡을 뻔한 적이 있었다. 하지만 녀석이 먼저 내게 겁을 먹고 쉭쉭 소리를 내는 바람에 우리 둘 다 무사할 수 있었다. 나도 도망치고, 녀석도 도망쳤다. 서랍에 종이가 잔뜩 쌓여 있는 책상에 뱀이 들어온 적도 있었다. 어머니와 하인들이 몇 시간 동안이나 녀석에게 겁을 준 뒤에야 녀석이 밖으로 나왔고, 어머니가 녀석에게 총을 쏘았다. 창고의 곡식 통 아래로 맘바가 들어간 적도 있었다. 어머니는 바닥에 모로

---

* 아프리카에 서식하는 독사의 일종. 아프리칸스어로 '나무뱀'이라는 뜻이다.
** 아프리카에 서식하는 살무사의 일종.

누워서 겨우 30센티미터 거리에 있는 녀석을 총으로 쏘았다.

장작더미 안에 뱀이 들어가는 건 심각한 문제였다. 그래서 내가 장작 사이로 기어들어가는 뱀을 보았다고 말하는 바람에 내가 좋아하던 고양이 한 마리가 목숨을 잃은 적도 있었다. 내가 본 것이 사실은 뱀이 아니라 그 고양이의 꼬리였기 때문이다. 어머니는 뭔가 회색을 띤 것이 움직이는 모습을 보고 총을 쏘았다. 그러자 고양이가 비명을 지르며 뛰어나왔는데, 옆구리가 날아가 속살이 벌겋게 드러나 있었다. 녀석은 나뭇조각들 속에서 비명을 지르며 몸부림쳤다. 부러진 갈비뼈들 사이로 피를 흘리는 작은 심장이 들여다보였다. 녀석은 울며 쓰다듬어주는 어머니의 손길 아래 숨을 거뒀다. 그동안 2미터쯤 떨어진 곳에서는 코브라가 통나무 하나를 둘둘 감고 있었다.

한번은 뭔가를 경고하듯 시끄러운 소리와 함께 커다란 소동이 벌어졌다. 무슨 일인가 하고 가보니, 히비스커스 덤불과 가시덤불 사이 돌길에서 고양이 한 마리가 어두운 색의 가느다란 뱀과 전투를 벌이고 있었다. 뱀은 폭이 1미터쯤 되는 가시덤불 산울타리 속으로 기어들어가 눈을 빛내며 고양이를 바라보았고, 고양이는 덤불에 가까이 가지 못한 채 오후 내내 주변을 맴돌며 뱀을 향해 침을 뱉고, 쉭쉭 위협적인 소리를 내고, 야옹야옹 울어댔다. 하지만 날이 어두워지자 뱀은 그대로 조용히 사라져버렸다.

언뜻언뜻 떠오르는 기억의 조각들, 시작도 끝도 없는 이야기들이다. 어머니의 침대에 누워 고통스럽게 야옹거리던 고양이가 어떻게 되었더라? 독을 뿜는 코브라에게 당해 눈이 부어 있었는데. 울면서 집으로 들어온 그 고양이는 또 어떻게 됐지? 젖이 가득 차서 배가 땅에 질질 끌리고 있었는데. 헛간의 낡은 상자에 놓아둔 새끼 고양이들을 보러 갔더니, 녀석들이 한 마리도 보이지 않았다. 하인은 상자 주위의 흙에 남은 자국을 조사해보고 이렇게 말했다. "니요카." 뱀이라는 뜻이었다.

어렸을 때는 사람, 동물, 사건이 나타나서 당연한 듯 옆에 있다가 사라져도 누가 설명해주는 법이 없다. 아이들이 설명을 요구하지도 않는다.

하지만 지금은 고양이들, 언제나 존재하던 고양이들, 녀석들과 관련된 수많은 사건들, 녀석들과 함께한 오랜 세월을 떠올리며 나는 깜짝 놀란다. 녀석들을 기르느라 정말 손이 많이 갔겠구나 싶어서. 지금 런던에서 나는 고양이 두 마리를 기르고 있다. 그런데도 자주 이런 말이 나온다. 작은 동물 두 마리 때문에 이렇게 신경을 쓰고 고생을 해야 한다니, 말도 안 돼.

옛날에는 이 힘든 일을 모두 어머니가 하셨을 것이다. 농장 일은 남자들 몫, 집안일은 여자들 몫. 도시 사람들이 감당해야 하는 집안일보다 할 일이 훨씬 많다 해도 이 원칙은 달라지지 않았다. 그러니 그것 역시 어머니의 몫이었다. 집안일에 함께 딸려오는 노동이었으니까. 어머니는 인간적이고, 현명하고, 기민했다. 그리고 무엇보다도 모든 면에서 실용적이었다. 아니, 단순히 그 정도가 아니었다. 어머니는 **세상이 돌아가는 이치를 이해하고** 거기에 보조를 맞출 줄 아는 사람이었다. 우울한 역할이었다.

아버지도 그런 상황을 잘 알고 있었다. 시골사람이었으니까. 하지만 아버지는 그런 현실에 반발하는 태도를 취했다. 그래서 꼭 처리해야 하는 일이 생겼을 때, 절대 물러나면 안 되는 상황에서 조치를 취하는 사람은 어머니였다. "그럼 됐잖아! 그렇지!" 아버지는 이렇게 말하곤 했다. 아버지의 역설적인 분노가 감탄스러웠다. "자연은 다 좋아. 제자리를 지키기만 한다면." 아버지는 이런 말로 항복의 뜻을 표시했다.

하지만 자연을 받아들인 어머니, 자연이 부과하는 의무와 짐을 감당하던 어머니는 감상적인 철학에 시간을 낭비하지 않았다. "당신한테나 좋은 거겠지, 안 그래?" 어머니는 죽는 한이 있어도 유머를 잃지 않았지만, 당연히 분노하고 있었다. 새끼 고양이를 물에 빠뜨려 죽이고, 뱀을 총으로 쏘고, 병 걸린 닭을 죽이고, 흰개미집 안에 유황을 넣고 태우는 일을 아버지가 한 적이 없었으니까. 아버지는 흰개미를 좋아했기 때문에, 녀석들을 지켜보며 즐거워했다.

그러니 어느 무서운 주말에 일어났던 일을 더욱더 이해하기가 힘들다. 집에 나와 아버지만 있을 때의 일이었다. 고양이도 마흔 마리쯤 함께 있었다.

그때의 일에 대해 기억나는 것이라고는 이 말뿐이다. "엄마가 마음이 약해져서 새끼 고양이를 차마 물에 빠뜨려 죽이질 못해요."

내가 짜증을 내면서 냉혹하게 한 말이었다. 그때 나는 어머니와 싸우던 중이었다. 죽기를 각오하고 생존을 위해 투쟁하는 싸움. 어쩌면 그 점이 영향을 미쳤는지도 모르겠다. 하지만 지금 생각해보면, 도대체 어쩌다가 어머니의 용기가 꺾였는지 놀라울 따름이다. 아니면 혹시 어머니가 그런 식으로 불만을 드러낸 걸까? 내면에 품고 있던 비참한 심정이 그렇게 드러난 건가? 그해에 어머니가 새끼 고양이를 물에 빠뜨려 죽이기 싫다고 했을 때, 꼭 죽일 수밖에 없는 고양이들을 죽였을 때, 실제로 무슨 말을 했지? 그날 어머니는 왜 우리 둘만 남겨두고 집을 비웠을까? 무슨 일이 벌어질지 뻔히 알면서. 평소의 상황을 생각하면 어머니가 몰랐을 리 없다.

어머니는 일 년, 또는 그보다 조금 안 되는 시간 동안 집안의 조정자 겸 중재자 역할을 거부했다. 자연의 무분별한 번식과 분별력 사이에서 균형을 잡아주던 어머니가 손을 놓아버리자 집 안에, 헛간에, 집 주위 덤불에 고양이가 우글거리게 되었다. 나이도 제각각, 성격도 제각각. 피부병에 걸린 고양이, 눈병에 걸린 고양이, 불구가 된 고양이. 게다가 새끼를 밴 고양이가 여섯 마리나 된다는 점이 심각했다. 몇 주만 더 지나면, 우리 집이 고양이 백 마리의 전쟁터가 될 판이었다.

어떻게든 조치를 취해야 했다. 아버지가 그렇게 말하고, 나도 그렇게 말했다. 하인들도 그렇게 말했다. 어머니는 입을 꾹 다물고 아무 말 없이 사라져버렸다. 집을 떠나기 전 어머니는 당신이 가장 귀여워하는 고양이에게 작별인사를 했다. 우리 집에서 우글거리는 모든 고양이의 어미인 늙은 얼룩 고양이였다. 어머니는 녀석을 부드럽게 쓰다듬으며 울었다. 내가 분명히 기억하는 것이 하나 있다. 내가 참 쓸모없는 존재라는 느낌. 나는 어머니가 흘린 눈물에 깃든 무력감을 이해하지 못했다.

어머니가 사라진 순간, 아버지는 여러 차례 이렇게 말

했다. "어쨌든 이건 꼭 해야 하는 일이지, 그렇지?" 그렇다. 꼭 해야 하는 일이었다. 그래서 아버지는 읍내의 수의사에게 전화를 걸었다. 이건 결코 간단한 일이 아니었다. 전화가 연결된 선은 스무 명의 다른 농민들이 함께 사용하는 것이었다. 따라서 다른 사람들이 각종 소문과 새 소식을 주고받다가 조용해질 때까지 기다려야 했다. 그다음에는 전화국에 전화를 걸어 읍내로 전화를 연결해달라고 요청한다. 그러면 비는 전화선이 생겼을 때 전화국에서 연락해준다. 이 과정에 한 시간 또는 두 시간이 걸릴 수 있었다. 그렇게 기다리는 동안 고양이들을 지켜보며 이 끔찍한 일이 빨리 끝나기만을 바라야 했으니 더욱 미칠 노릇이었다. 우리는 식당의 식탁에 나란히 앉아 전화벨이 울리기를 기다렸다. 마침내 수의사와 전화가 연결되었을 때, 그는 다 자란 고양이를 가장 잔인하지 않게 죽이는 방법은 클로로포름을 사용하는 것이라고 말해주었다. 우리집에서 가장 가까운 약국은 32킬로미터 떨어진 시노이아에 있었다. 우리는 차를 몰고 시노이아로 갔지만, 주말이라 약국 문이 닫혀 있었다. 우리는 시노이아에서 솔즈베리의 어느 약국에 전화를 걸어, 클로로포름 큰 병 하나를 다음 날 기차에 실어달라고 말했다. 그는 한번 해보겠다고 말했다. 그날 밤 우리는 집 앞에서 별빛을 받으며 앉아 있었다. 비가 내리지 않으면 우리는 늘 저녁시간을 그렇게 보냈다. 우리는 비참함, 분노, 죄책감을 느끼고 있었다. 시간이 빨리 흐르게 하려고 그날은 아주 일찍 잠자리에 들었다. 다음 날은 토요일이었다. 우리는 차를 몰고 기차역으로 갔지만 기차에는 클로로포름이 실려 있지 않았다. 일요일에 고양이 한 마리가 새끼 여섯 마리를 낳았다. 모두 기형이었다. 한 마리도 빠짐 없이 잘못된 부분이 있었다. 아버지는 근친교배 때문이라고 말했다. 그 말이 맞다면, 근친교배를 시작한 지 일 년도 안 돼서 병이 들고 장애를 지닌 고양이가 우글거리게 되었다는 뜻이니 놀라울 따름이다. 하인이 갓 태어난 새끼 고양이들을 처리했고, 우리는 또 비참한 하루를 보냈다. 월요일에 우리는 차를 몰고 역으로 가서 기차에 실려 온 클로로포름을 가지고 돌아왔다. 어머니는 월요일 밤에 돌아올 예정이었다. 우리는 완전히 밀봉되는 커다란 비스킷 통을 준비한 뒤, 늙고 가엾고 병든 고양이 한 마리와 클로로포름을 흠뻑 적신 탐폰 한 개를 그 안에 함께 넣었다. 이 방법은 추천하고 싶지 않다. 수의사는 즉시 효과가 나타날 것이라고 말했지만 실제로는 그렇지 않았다.

결국 우리는 고양이들을 한 방으로 몰아넣었다. 그리고 아버지가 제1차 세계대전 때 사용했던 권총을 들고 그 방으로 들어갔다. 그 총이 엽총보다 더 믿음직하다는 것이 아버지의 말이었다. 총성이 울리고, 울리고, 울리고, 또 울렸다. 아직 붙잡히지 않은 고양이들은 운명을 예감하고 비명을 질러대며 덤불 속에서 날뛰고, 사람들은 녀석들을 잡으려 뛰어다녔다. 중간에 한 번 방에서 나온 아버지는 얼굴이 하얗게 질린 채로 눈물을 글썽이며 성난 사람처럼 입술을 꾹 다물고 있었다. 속이 메스껍다고 했다. 그러고는 한바탕 욕설을 쏟아내더니 다시 방으로 들어가 총을 쏘기 시작했다. 마침내 아버지가 일을 마치고 밖으로 나오자, 하인들이 들어가서 사체들을 안 쓰는 우물로 옮겼다.

고양이 몇 마리는 도망쳤다. 그리고 그중 세 마리는 이 살육의 집으로 끝내 돌아오지 않았다. 틀림없이 야생에서 운을 시험해보기로 한 모양이었다. 여행을 마친 어머니가 이웃과 함께 집으로 돌아오고, 이웃은 자기 집으로 돌아갔다. 어머니는 아무 말 없이 조용히 집 안을 돌아다녔다. 집에는 이제 어머니가 좋아하는 고양이 한 마리만 남아 어머니의 침대에서 자고 있었다. 어머니가 이 고양이를 살려달라고 부탁한 적은 없었다. 녀석은 나이도 많고 건강도 몹시 나빴다. 그래도 어머니는 집 안을 돌아다니며 이 녀석을 찾았고, 한참 동안 녀석을 쓰다듬으며 앉아서 녀석에게 말을 걸었다. 그러고는 베란다로 나왔다. 거기에 아버지와 내가 앉아 있었다. 살육을 저지른 기분을 실감하면서. 어머니가 의자에 앉았다. 아버지는 담배를 말고 있었다. 아버지의 손이 덜덜 떨렸다. 아버지가 어머니를 올려다보며 말했다. "그런 일은 다시는 없어야 해."

실제로 그런 일은 두 번 다시 없었던 것 같다.

나는 그 고양이 홀로코스트 사건 때문에 화가 났다. 꼭 필요한 일이라 해도, 얼마든지 예방할 수 있었기 때문이다. 하지만 슬퍼했던 기억은 없다. 그보다 오래전, 내가 열한 살 때 고양이 한 마리가 죽은 일로 괴로워했던 경험이 슬픔을 막아주었다. 열한 살 때 나는 어찌 된 영문인지 그 전날까지만 해도 깃털처럼 가벼웠던 고양이의 차갑고 무거운 시체 앞에서 다시는 이런 일이 없어야 한다고 말했다. 하지만 나는 이미 그전에도 그런 맹세를 한 적이 있었다. 그때의 나도 그 사실을 알고 있었다. 부모님 말씀에 따르면, 내가 세 살 때 테헤란에서 유모와 함께 산책을 나갔다가, 유모가 반대하는데도 길에서 굶주린 새끼 고양이를 주워 왔다고 했다. 집안 사람들이 녀석을 집에 둘 수 없다고 말하자, 나는 내 고양이라면서 식구들과 싸웠다. 녀석이 워낙 더러워서 식구들이 녀석을 과망간산염으로 씻겼다. 그러고 나서 녀석은 내 침대에서 잠들었다. 난 누구에게도 녀석을 빼앗기지 않으려 했지만, 당연히 녀석과 헤어질 수밖에 없었을 것이다. 우리 식구들이 페르시아를 떠날 때 녀석은 뒤에 남겨졌으니까. 아니면 죽었을 수도 있다. 어쩌면…… 내가 어찌 알까? 어쨌든 그 옛날 아주 어린 나이에 나는 식구들과 투쟁해서 갖게 된 고양이 한 마리와 밤낮을 함께 보내다가 잃어버리는 경험을 했다.

어느 정도 나이를 먹은 뒤에는 새로운 사람, 동물, 꿈, 사건이 생기지 않는다(아주 어린 나이에 이렇게 되는 사람도 있다). 모두 전에 겪었던 일, 전에 만났던 사람이 다른 가면을 쓰고 나타날 뿐이다. 옷차림, 국적, 색깔이 달라졌어도 모두 똑같다. 모든 것은 과거의 메아리이자 반복이다. 슬픔도 없다. 순전히 죽음을 앞둔 아주 작고 마른 고양이 때문에 엄청난 괴로움, 외로움, 배신감 속에서 몇 날 며칠 눈물을 흘리던 오래전 기억과는 조금 다른 경험 앞에서도 마찬가지이다.

그해 겨울에 나는 몸이 아팠다. 커다란 내 방을 하얗게 칠할 예정이라서 몸이 아픈 것이 불편했다. 나는 집의 한쪽 끝에 있는 작은 방으로 옮겨졌다. 언덕 꼭대기는 아니지만 그래도 꼭대기 근처에 있던 우리 집은 항상 아래쪽 옥수수 밭으로 미끄러질 것처럼 보였다. 집의 한쪽 끝을

얇게 베어낸 조각처럼 작은 내 새로운 방의 문과 창문은 항상 열려 있었다. 바람이 불고 추운 7월이었는데도. 하늘은 연한 파란색으로 한없이 뻗어 있었다. 햇빛이 가득한 하늘. 그 햇빛을 받고 있는 들판. 하지만 추웠다. 몹시 추웠다. 푸르스름한 회색을 띤 페르시아 고양이가 골골 목을 울리며 내 침대로 올라와 자리를 잡고 나의 병, 음식, 베개, 잠을 함께 나눴다. 아침에 눈을 뜨면 내 얼굴이 반쯤 얼어붙은 침대보에 닿아 있었다. 털 담요의 바깥쪽은 차가웠다. 옆방에 새로 바른 하얀 페인트 냄새는 소독제 냄새를 닮았고, 역시 차가웠다. 문 밖에서 흙먼지를 들썩였다 다시 내려놓는 바람도 차가웠다. 그러나 내 팔오금에는 기분 좋게 골골 목을 울리는 가볍고 따뜻한 것이 있었다. 고양이, 내 친구.

집 뒤쪽, 화장실과 면한 벽 바깥쪽에 나무 욕조가 땅에 박혀 있었다. 다 쓴 목욕물을 받기 위해서였다. 그 시골 농가에 수도꼭지까지 물을 운반해주는 파이프 같은 것은 없었다. 물이 필요하면 소달구지를 몰고 3킬로미터 남짓 떨어진 우물까지 물을 길러 가야 했다. 건조한 날씨가 이어지는 몇 달 동안 정원에 뿌릴 수 있는 물은 더러운 목욕물밖에 없었다. 그런데 뜨거운 물이 가득 들어 있는 그 나무 욕조에 고양이가 빠졌다. 비명을 지르는 녀석을 우리가 차가운 바람 속으로 끄집어내, 과망간산염으로 씻었다. 욕조에는 비눗물뿐만 아니라 흙과 나무 이파리도 있어서 아주 더러웠기 때문이다. 우리는 녀석의 몸에서 물기를 닦아낸 뒤, 몸을 녹이라고 내 침대에 눕혀두었다. 하지만 재채기를 하고 숨을 쌕쌕 몰아쉬다가 점점 뜨겁게 열이 올랐다. 폐렴이었다. 우리는 집에 있던 약을 먹였지만, 아직 항생제가 나오기 전이라서 결국 녀석은 죽고 말았다. 녀석은 일주일 동안 내 품 안에서 계속 골골 목을 울리는 소리를 냈다. 가늘게 떨리던 그 거친 목소리가 점점 더 가늘어지더니 조용해졌다. 내가 녀석의 이름을 부르며 제발 죽지 말라고 간청했더니 녀석은 내 손을 핥고, 그 커다란 초록색 눈을 떴다. 그리고 그 눈을 감고 숨을 거뒀다. 녀석의 시체는 말라붙은 우물에 던져졌다. 깊이가 30미터를 넘는 우물이었다. 어느 해에 갑자기 지하수의 흐름이 바뀌는 바람에, 우리가 믿음직한 우물이라고 생각했던 이곳이 말라붙었고, 곧 쓰레기와 깡통, 동물 사체 등이 이곳을 반쯤 채우게 되었다.

그것으로 끝이었다. 다시는 이런 일을 겪지 않으리라. 그 뒤 오랫동안 나는 친구네 집의 고양이, 가게의 고양이, 다른 농가의 고양이, 거리에서 본 고양이, 담장 위의 고양이, 기억 속의 고양이를 그 푸르스름한 회색의 얌전한 고양이와 비교해보았다. 기분 좋게 목을 골골 울리던 그 녀석은 내게 유일한 고양이, 무엇도 대신할 수 없는 고양이였다.

게다가 몇 년 동안 내 삶에는 과외의 것, 불필요한 것, 장식품이 포함되지 않았다. 항상 여기저기 옮겨다니는 생활에 고양이가 들어올 자리는 없었다. 고양이에게는 돌봐줄 사람 못지않게 자기 것이라고 할 수 있는 장소가 필요하다.

그래서 내 인생에 비로소 고양이를 들여놓을 여유가 생긴 것은 이십오 년이 흐른 뒤였다.

2

얼스코트*의 크고 볼품없는 아파트. 강하고, 단순하고, 요구가 많지 않으며, 뒤쪽 창문으로 흘깃 내다본 광경으로 미루어 짐작하건대 담장 주위와 뒤뜰에서 벌어지는 사나운 권력투쟁에서 자기 몸을 지킬 수 있는 고양이가 필요하다고 우리는 결론지었다. 쥐를 잡아줄 고양이. 쥐가 없을 때는 인간이 주는 음식을 그냥 받아먹는 고양이. 섬세하고 까다로운 순종 고양이일 필요는 없었다.

이런 조건은 당연히 런던과는 아무런 상관이 없었다. 아프리카와 관련되어 있었다. 예를 들어 시골에서 우리는 금방 젖소에게서 짜낸 따뜻한 우유를 그릇에 담아 고양이에게 먹였다. 귀염둥이들에게는 식탁에서 남은 음식

---

* 런던의 한 지구.

을 주기도 했지만, 고기는 절대 주지 않았다. 고기는 녀석들이 사냥으로 직접 해결해야 했다. 병든 녀석이 며칠 안에 회복하지 않으면 폐기되었다. 시골에서는 굳이 모래상자를 마련하지 않아도 십여 마리의 고양이를 키울 수 있다. 고양이들은 쿠션, 의자, 헛간 구석의 상자, 나무, 그늘을 놓고 서로 싸워대며 힘의 균형을 이뤘다. 서로를 상대로, 그리고 야생 고양이와 농가의 개에게 맞서서 자신의 영역을 표시하기도 했다. 시골 농가는 탁 트인 곳이므로, 도시에서보다 훨씬 더 자주 고양이들의 싸움이 벌어졌다. 도시에서는 고양이 한두 마리가 단독주택이나 아파트 한 채를 모두 제 것으로 삼고, 손님이나 공격자에게 맞서서 영역을 방어한다. 한 집에 사는 고양이 두 마리가 영역의 경계선 안에서 서로를 어떻게 대하는지는 또 다른 문제이다. 그러나 외부인을 막기 위한 방어선은 뒷문이다. 한번은 내 친구가 몇 주 동안 런던의 집 안에 모래상자를 들여놓을 수밖에 없었다. 십여 마리의 고양이들이 정원의 나무와 담장 주위 사방에 앉아서 그녀의 수고양이를 공격할 기회만 노리고 있었기 때문이다. 그런데 이 전쟁의 흐름이 바뀌더니, 그녀의 고양이는 제 몫의 정원을 다시 제 것으로 만들 수 있었다.

　내 고양이는 검은색과 흰색이 섞인 암고양이로, 혈통은

알 수 없고, 이제 반쯤 자란 상태였다. 틀림없이 깔끔하고 유순한 성격이라는 보증도 딸려 있었다. 실제로도 성격이 좋은 녀석이었으나 나는 그 아이를 사랑하지 않았다. 결코 무릎 꿇지 않았다. 간단히 말해서, 나 자신을 보호했다. 나는 녀석이 신경질적이고, 지나치게 불안해하고, 성가시게 군다고 생각했다. 하지만 그런 생각은 부당했다. 도시에서 고양이는 너무나 부자연스러운 삶을 살아야 하기 때문에 시골 농가의 고양이처럼 독립성을 터득하지 못한다. 나는 녀석이 사람들이 집에 돌아오기를 기다리는 것이 거슬렸다. 자기가 개인 줄 아나. 꼭 사람과 같은 방에서 사람의 주의를 끌고 싶어하는 것도 거슬렸다. 이것도 개 같았다. 새끼를 낳을 때 꼭 사람의 손길이 필요한 것도 거슬렸다. 식습관 면에서는 녀석이 일주일도 안 돼서 승리를 거뒀다. 녀석은 살짝 익힌 송아지 간과 살짝 데친 대구 살 외에는 아무것도 먹지 않았다. 단 한 번도. 어디서 이런 입맛을 들인 걸까? 나는 녀석의 전 주인에게 물어보았지만, 그 사람도 당연히 알지 못했다. 나는 통조림과 식탁에서 남은 음식을 녀석 앞에 놓아주었다. 하지만 녀석은 우리가 간을 먹을 때만 관심을 보였다. 반드시 간이어야 했다. 그것도 반드시 버터로 요리한 간. 한번은 내가 녀석이 고집을 꺾을 때까지 굶겨보자는 결심을 했다. "이 세상에는 굶주리는 사람들도 있는데 고양이가 꼭 이러이러한 음식만 고집한다니, 웃기는 일이야." 닷새 동안 나는 고양이 먹이도 주고, 식탁에서 남은 음식도 주었다. 닷새 동안 녀석은 마뜩잖은 얼굴로 접시를 보고는 다른 데로 가버렸다. 나는 저녁마다 오래된 음식을 치우고 고양이 먹이 통조림을 새로 땄다. 우유그릇도 다시 채워주었다. 녀석은 한들한들 다가와 내가 차려준 음식을 검사하듯 살펴보고는 우유를 조금 먹은 뒤 또 한들한들 가버렸다. 그러면서 점점 말라갔다. 틀림없이 배가 몹시 고플 텐데. 결국 무너진 쪽은 나였다.

커다란 집 뒤편에 이층에서 뒷마당으로 내려가는 나무계단이 있었다. 녀석은 거기 앉아서 약 6미터 반경 안의 거리와 헛간을 살펴볼 수 있었다. 녀석이 처음 왔을 때, 사방에서 고양이들이 몰려와 이 신참을 살펴보았다. 녀석은 계단 꼭대기에 앉아 있었으므로, 다른 고양이들이 너무 가까이 다가오면 날듯이 실내로 들어올 수 있었다. 녀석은 커다란 수고양이들에 비해 몸집이 절반밖에 되지 않았다. 새끼를 배기에는 나이도 너무 어렸다. 하지만 녀석은 완전히 자라기도 전에 새끼를 배고 말았다. 자신도 아직 새끼면서 새끼를 낳는 것은 결코 녀석의 몸에 좋지 않았다.

여기서 다시…… 우리의 옛 친구 자연에 대한 이야기를 해야 할 것 같다. 자연은 모든 것을 아주 잘 알고 있다고들 하지 않는가. 자연 상태에서 암고양이가 다 자라기도 전에 새끼를 배는가? 일 년에 네댓 번씩, 한 번에 여섯 마리씩 새끼를 낳는가? 물론 고양이는 쥐와 새를 잡아먹는 사냥꾼일 뿐만 아니라, 매의 먹이가 되기도 한다. 매는 고양이가 새끼들과 함께 숨어 있는 나무 위의 공중에 잠복하고 있다. 새끼 고양이가 생전 처음 호기심을 느껴 아무 생각 없이 굴에서 밖으로 나왔다가는 매의 발톱에 붙잡혀 사라질 것이다. 자신과 새끼들이 먹을 식량을 사냥하느라 여념이 없는 어미 고양이는 십중팔구 새끼를 단한 마리만, 잘해봤자 두 마리 정도만 보호할 수 있을 것이다. 집에서 기르던 고양이가 대여섯 마리의 새끼를 낳았을 때 주인이 두 마리를 데려가도, 어미는 알아차리지도 못한다. 잠시 투덜거리면서 새끼들을 찾아보다가 그냥 잊어버린다. 하지만 새끼가 둘일 때 한 마리가 다 자라서 집을 나가도 되는 육 주가 지나기도 전에 사라지면 어미는 불안해서 어쩔 줄 모르며 온 집 안을 뒤지고 다닐 것이다. 도시의 주택에서 따뜻한 바구니 안에 들어 있는 새끼 고양이 여섯 마리를, 엉뚱한 곳에 잘못 놓인 독수리와 매의 먹이로 봐도 될까? 그렇다면 자연은 얼마나 융통성이 없고 완고한가. 그 오랜 세월 동안 고양이가 인간의 친구로 지내왔으니, 자연도 거기에 적응해서 정해진 공식을 조금 벗어날 수는 없는 건가? 한 번에 대여섯 마리씩, 일 년에 네 번이나 새끼를 낳게 하다니.

녀석이 처음 새끼를 뱄을 때는 몹시 불편한 기색이었다. 앞으로 뭔가 일이 벌어질 것을 알고, 그때를 대비해서 반드시 누군가가 곁에 붙어 있게 했다. 시골 농가의 고양이들은 사람들 눈에 띄지 않는 어두운 곳으로 가서 혼자 새끼를 낳았다. 그러고는 한 달 뒤에 새끼들을 데리고 나타나, 우유그릇에서 우유를 먹는 법을 가르쳤다. 시골에서 살 때 고양이들에게 새끼를 낳을 장소를 내가 제공했던 기억은 전혀 없다. 하지만 이 흑백 고양이에게는 바구니, 찬장, 옷장 바닥을 제공해주었다. 녀석은 그 장소들이 죄다 마음에 들지 않는 눈치였지만, 새끼를 낳기 전 이틀 동안 우리를 따라 돌아다니며 다리에 몸을 비비고 야옹야옹 울어댔다. 그러다 산고가 시작된 곳은 부엌 바닥이었다. 그때 우리가 있는 곳이 부엌이었기 때문이다. 차가운 파란색 리놀륨 바닥에서 통통한 고양이가 자신에게 관심을 보여달라고 야옹거리고, 불안하게 목을 굴리면서, 자신의 집사들이 혹시 어디로 가버릴까 봐 열심히 지켜보았다. 우리는 바구니를 가져와서 녀석을 그 안에 놓아

둔 뒤 볼일을 보러 갔다. 그런데 녀석이 우리 뒤를 따라왔
다. 우리가 반드시 녀석 옆에 있어야 한다는 사실이 분명
해졌다. 산고는 몇 시간이고 계속 이어졌다. 마침내 첫 번
째 새끼가 모습을 드러냈지만 틀린 방향이었다. 한 사람
이 어미 고양이를 붙잡고, 다른 사람이 미끈거리는 새끼
의 뒷다리를 잡아당겼다. 그렇게 새끼가 나오기는 했는데
머리가 걸려버렸다. 고양이는 물고, 할퀴고, 소리를 지르
고 난리였다. 근육이 수축하면서 새끼가 밖으로 나오기는
했는데, 반쯤 정신이 나간 어미 고양이가 곧바로 방향을
돌려 새끼의 목덜미를 물어버렸다. 새끼는 죽었다. 나머
지 새끼 네 마리가 무사히 태어난 뒤 비교해보니, 죽은 고
양이가 가장 크고 가장 튼튼했다. 우리 고양이는 다섯 마
리씩 여섯 번 새끼를 낳았다. 그리고 매번 처음 태어난 새
끼를 죽였다. 심한 고통 때문이었다. 이것만 빼면, 녀석은
좋은 어미였다.

　새끼들의 아비는 덩치가 큰 검은 고양이였다. 우리 고
양이는 발정기가 오면 이 고양이와 함께 마당에서 뒹굴
었다. 그럴 때가 아니면, 이 검은 고양이는 나무 계단의
맨 아랫단에 앉아 털을 핥았고, 우리 고양이는 계단 꼭대
기에 앉아 역시 털을 핥았다. 그 아이는 검은 고양이가 집
안으로 들어오는 것을 좋아하지 않아서 밖으로 내쫓았다.

새끼 고양이들이 스스로 마당으로 내려갈 수 있을 만큼 자라면, 모두 나가 계단에 앉았다. 한 마리, 두 마리, 세 마리, 네 마리, 검은색과 하얀색이 섞인 고양이들이 자신들을 지켜보는 덩치 큰 수고양이를 겁먹은 얼굴로 바라보았다. 결국 어미가 먼저 나섰다. 꼬리를 꼿꼿이 세우고, 검은 고양이를 무시하면서. 새끼들도 그 뒤를 따라 검은 고양이 앞을 지나쳤다. 마당에서 어미는 새끼들에게 깔끔함을 유지하는 법을 가르치고, 검은 고양이는 그 광경을 지켜보았다. 그러고 나서 어미가 먼저 계단을 올랐다. 새끼들이 뒤를 따랐다. 한 마리, 두 마리, 세 마리, 네 마리.

녀석들은 살짝 익힌 간과 살짝 데친 대구 살 외에는 아무것도 먹지 않으려고 했다. 나는 녀석들을 데려갈 가능성이 있는 사람들에게 그 사실을 숨겼다.

어미 고양이에게 쥐는 그저 흥미의 대상일 뿐이었다. 새끼들도 모두 마찬가지였다.

우리 아파트에는 내가 런던의 어느 아파트에서도 보지 못한 장치가 하나 있었다. 누군가가 부엌 벽에서 벽돌 십여 장을 빼내고, 그 빈 공간 바깥쪽에는 금속 격자를, 안쪽에는 문을 붙여놓았다. 일종의 음식 금고가 벽에 있는 꼴이었다. 비록 좀 비위생적이라고 할 수 있기는 해도, 꼭 필요한 구식 장치, 즉 식료품실의 역할을 그것이 대신했다. 빵과 치즈를 적당히 시원하면서도 냉장상태는 아닌 곳에 보관해서, 촉촉함을 유지할 수 있다는 얘기였다. 그런데 이 미니 저장고에 쥐가 나타났다. 놈들은 벽 속에 살면서 모든 것을 피해 다녔지만, 인간에 대한 두려움만은 아주 미약한 흔적만 남아 있었다. 내가 갑자기 부엌에 들어갔다가 쥐와 마주치면, 놈은 반짝이는 눈으로 나를 바라보며 내가 자리를 뜰 때까지 기다렸다. 만약 내가 자리를 뜨지 않고 소란도 피우지 않으면, 놈은 나를 무시하고 계속 먹을 것을 찾아다녔다. 내가 소리를 지르거나 물건을 놈에게 던지면 놈은 벽 안으로 스르르 사라졌지만 놀란 기색은 전혀 없었다.

나는 인간을 믿는 이 생물들을 잡으려고 강철 덫을 놓는 일을 차마 할 수 없었다. 하지만 고양이를 풀어두는 것은, 말하자면, 반칙이 아닌 것 같았다. 그런데 그 고양이가 쥐를 거들떠보지도 않았다. 어느 날 내가 부엌에 들어가보니, 고양이가 식탁 위에 누워 바닥에서 움직이는 쥐 두 마리를 지켜보고 있었다.

혹시 새끼를 낳으면 진짜 본능이 살아날까? 곧 고양이가 출산하고, 새끼들이 아래층으로 내려올 수 있을 만큼 자라자 나는 고양이와 새끼 네 마리를 부엌에 데려다놓은 뒤 먹을 것을 치워버리고 밤새 부엌문을 잠가두었다.

그리고 다음 날 새벽에 물을 먹으러 부엌으로 내려와서 불을 켰더니, 고양이가 바닥에 몸을 쭉 뻗고 누워서 새끼들에게 젖을 먹이고 있었다. 한 마리, 두 마리, 세 마리, 네 마리. 거기서 60센티미터쯤 떨어진 곳에는 쥐 한 마리가 앉아 있었는데, 불빛에 짜증을 내는 것 같기는 해도 고양이에게는 신경을 쓰지 않았다. 심지어 도망칠 생각도 하지 않고, 오히려 내가 자리를 뜨기를 기다렸다.

고양이는 쥐의 존재를 즐겼다. 아니, 그냥 묵인했다. 게다가 아래층의 멍청한 개까지도 무장해제를 시켜버렸다. 원래는 개가 고양이를 쫓으려고 했지만, 고양이는 개가 적이라는 사실을 몰랐는지 녀석의 다리를 제 몸으로 감싸고 기분 좋게 골골 목을 울렸기 때문에 개가 그대로 항복해버리고 만 것이다. 개는 고양이의 친구가 되었다. 새끼 고양이들과도 역시 친구가 되었다. 하지만 우리 고양이가 공포를 드러낸 적이 한 번 있었다. 고양이는 원래 야행성 동물이므로, 우리 고양이도 어둠 속에서 차분함을 유지했어야 하는데.

어느 날 런던의 오후였다. 나는 부엌 창가에서 손님과 함께 점심 식후의 커피 한 잔을 마시고 있었다. 그런데 날이 갑자기 어둡고 험해지더니 가로등에 불이 들어왔다. 환한 대낮이 깜깜한 밤으로 변하는 데는 기껏해야 십 분

밖에 걸리지 않았다. 우리는 깜짝 놀랐다. 우리의 시간감각이 이상해진 건가? 어딘가에서 마침내 그 무서운 폭탄이 터져서 더러운 구름이 땅을 뒤덮은 건가? 이 아름다운 섬나라 곳곳에 흩어져 있는 죽음의 공장들 중 한 곳에서 가스 누출 사고가 난 건가? 간단히 말해서, 이것이 우리의 마지막인가? 아무런 정보도 없었으므로, 우리는 창가에 서서 가만히 지켜보았다. 유황빛 하늘이 묵직하게 드리워져서 숨이 막힐 것 같았다. 누르스름한 빛이 섞인 어둠. 게다가 숨을 쉴 때마다 공기가 목구멍을 태웠다. 폭발사고가 일어난 갱도에 들어간 것 같았다.

사방이 엄청나게 조용했다. 위기의 순간에 런던에서는 이렇게 조용히 뭔가를 기다리는 증상이 가장 먼저 나타난다. 그 무엇보다 거슬리는 증상이다.

한편 고양이는 식탁 위에 앉아 덜덜 떨고 있었다. 그러면서 가끔 뭐라고 소리를 질렀는데, 야옹거리는 소리가 아니라 울부짖는 소리, 의문과 불만이 가득한 소리였다. 내가 고양이를 식탁에서 들어올려 쓰다듬어주었지만, 녀석은 몸부림을 치며 빠져나가 아래로 뛰어내리더니 계단을 기어 올라갔다. 날듯이 올라간 것이 아니다. 그렇게 이층에 도착해서 침대 밑에 들어가 덜덜 떨었다. 솔직히 개같았다.

삼십 분 뒤, 하늘에서 어둠이 걷혔다. 서로 반대 방향의 바람이 엇갈리면서, 도시가 뱉어놓은 더러운 숨결이 한곳에 갇혀버린 것이 문제였다. 평소 같으면 더러운 가스들이 위로 올라가 흩어졌을 텐데, 공기가 고집스러운 천장처럼 꼼짝도 하지 않는 바람에 움직이질 못한 것이다. 그러다 새로운 바람이 불어와 공기의 흐름이 바뀌자, 도시는 다시 숨을 쉴 수 있게 되었다.

고양이는 오후 내내 침대 밑에서 나오지 않았다. 내가 어르고 달래서 겨우 밖으로 나온 녀석은 맑고 신선한 저녁 불빛을 받으며 창턱에 앉아 어둠이 내리는 광경을 지켜보았다. 이번에는 진짜 어둠이었다. 녀석은 겁에 질려 거칠어진 제 털을 핥아 정돈하고, 우유를 조금 마신 뒤에야 평소 모습을 되찾았다.

내가 그 아파트에서 이사를 나오기 직전에 주말 동안 집을 비우게 되어서 친구가 고양이를 맡아주었다. 그런데 내가 집에 돌아와보니, 고양이는 골반이 부러져서 동물병원에 가 있었다. 친구의 집에는 높은 창문 위로 평평한 지붕이 있었는데, 고양이는 거기에 앉아 일광욕을 하곤 했다. 그러다 어찌 된 영문인지 삼층 높이의 그 지붕에서 건물 사이 통로로 떨어진 모양이었다. 틀림없이 뭔가에 심하게 놀랐음이 분명했다. 어쨌든 그 고양이를 죽이는 것

외에 다른 방법이 없었으므로, 나는 런던에서 고양이를 기르는 것이 잘못된 일이라는 결론을 내렸다.

그다음에 내가 살게 된 곳은 도저히 고양이를 기를 수 있는 환경이 아니었다. 코딱지만 한 아파트 여섯 채가 있는 건물이었는데, 차가운 돌계단을 따라 아파트들이 층층이 쌓인 모양이었다. 마당이나 정원은 없었다. 흙을 밟으려면 800미터쯤 떨어진 리젠트 공원까지 가야 할 것 같았다. 고양이가 살기에 부적합한 환경이라고 할 수 있을 것이다. 하지만 커다란 얼룩 고양이가 길모퉁이 식품점 창문에 장식품처럼 앉아 있었다. 식품점 주인은 고양이가 밤에 거기서 혼자 잔다고 말했다. 자기가 휴가를 갈 때는 녀석을 거리에 내놓아 혼자 알아서 살게 한다는 말도 했다. 그의 행동을 비판해봤자 소용이 없었다. 그는 고양이가 건강하고 행복해 보이지 않느냐고 물었다. 실제로 그래 보였다. 녀석은 이런 생활을 오 년째 하고 있는 중이었다.

커다란 검은 고양이 한 마리가 몇 달 동안 아파트 계단에서 살았다. 주인이 없는 고양이 같았다. 녀석은 아파트 주민들 중 한 명을 주인으로 삼고 싶은 모양이었다. 가만히 앉아서 문이 열리기를 기다리다가, 사람이 드나들기 위해 문이 열리면 야옹거렸다. 하지만 이미 많은 거절을 겪었는지 태도가 조심스러웠다. 녀석은 우유를 조금 마시고, 음식 찌꺼기를 조금 먹고, 사람들의 다리 주위를 빙글빙글 돌면서 집 안에 머물게 해달라고 청했다. 하지만 고집을 부리지는 않았다. 사실 기대하지도 않는 것 같았다. 아무도 녀석을 집 안에 머무르게 해주지 않았다. 언제나 그렇듯이, 고양이의 모래상자가 문제였다. 냄새 나는 상자를 들고 쓰레기 수거통까지 계단을 오르락내리락하는 일을 누구도 받아들이려 하지 않았다. 이 아파트 건물의 주인도 고양이를 싫어할 터였다. 게다가 녀석은 십중팔구 주변 상점 중 어딘가에 살면서 여기에 잠깐 다니러 온 것일 터였다. 우리는 이렇게 애써 자기위안을 하며 녀석에게 먹이만 주었다.

낮에 녀석은 길에 앉아 지나가는 자동차들을 지켜보거나, 상점들을 들락거렸다. 도시의 늙은 고양이, 점잖은 고양이, 이것저것 요구하지 않는 고양이였다.

길모퉁이에 과일과 채소가 담긴 외바퀴 수레 세 대가 서 있었다. 한 사람은 뚱뚱하고 한 사람은 홀쭉한 두 형제와 뚱뚱이의 아내, 이렇게 세 노인이 그 손수레의 주인이었다. 뚱뚱이의 아내도 역시 뚱뚱했다. 세 사람 모두 키는 아주 작아서 150센티미터 정도였으며, 항상 날씨에 대해 농담을 해댔다. 고양이는 그 세 사람을 찾아갈 때면 외바퀴 수레 밑에 앉아 그들이 먹다 남긴 샌드위치 부스러기를 먹었다. 작고 둥글둥글한 부인은 뺨이 붉다 못해 검게 보일 정도였는데, 고양이를 집으로 데려가고 싶지만, 자신이 기르고 있는 고양이 티비가 전혀 좋아하지 않을 것 같아 걱정이라고 말했다. 작고 마른 노인은 한 번도 결혼하지 않고, 형제 부부와 함께 살고 있었다. 그는 자기가 말동무 삼아 저 고양이를 집으로 데려가서 티비가 해치지 못하게 지켜줄 수도 있다고 농담했다. 아내가 없는 남자에게는 고양이가 필요하다는 것이었다. 그가 갑자기 열사병으로 죽지 않았다면, 아마 진짜로 그 고양이를 집으로 데려갔을 것이다. 기온과 상관없이 세 사람은 항상 온갖 종류의 스카프, 재킷, 셔츠, 외투로 몸을 꽁꽁 싸매고 있었다. 홀쭉한 노인은 여러 겹으로 겹쳐 입은 옷 위에 언제나 외투를 입었다. 그러고는 기온이 섭씨 13도 이상 올라가면 날이 지독하게 덥다고 투덜거리면서 더위를 끔찍해했다. 나는 옷을 그렇게 많이 입지 않으면 덥지도 않을 것이라고 말했다. 하지만 옷에 대해 이런 식으로 생각하는 태도가 그에게는 몹시 낯선 것임이 분명했다. 그는 불편한 기색이었다. 어느 해에 좋은 날씨가 오랫동안 이어졌다. 런던 기준으로는 진짜 불볕더위였다. 나는 매일 따뜻하고 즐거운 거리로 내려갔다. 여름옷을 입은 사람들이 돌아다니기에 아주 좋은 날씨였다. 그러나 그 자그마한 노인들은 여전히 머리와 목에 스카프를 두르고, 따뜻한 셔츠를 입고 있었다. 할머니의 뺨은 점점 더 붉어졌다. 그들은 항상 더위를 주제로 우스갯소리를 했다. 외바퀴 수레 밑 그늘에는 그 검은 고양이가 바닥에 떨어진 서양 자두와 시든 양상추 이파리 등과 섞여 바닥에 몸을 쭉 펴고 누워 있었다. 더위가 시작된 지 이주일이 다 되어갈 무렵, 평생 독신으로 살던 홀쭉이 노인이 열사병으로 죽었다. 그와 함께 검은 고양이에게 집이 생길 가능성도 날아갔다.

몇 주 동안 녀석은 운 좋게 주점에서 환영받았다. 우리 건물의 일층 아파트에 사는 매춘부 루시가 저녁에 그 주점을 이용한 덕분이었다. 루시는 그 고양이를 데리고 주점에 가서, 바 옆의 구석에 있는 높은 의자에 앉았다. 고양이도 자기 옆의 의자에 앉혀두었다. 루시는 붙임성 있는 성격이라 주점 사람들도 아주 좋아했다. 그녀가 데려오는 상대도 누구든 그곳에서 환영받았다. 내가 담배나 술을 사려고 주점에 들어가보면, 루시가 고양이와 함께 앉아 있었다. 세계 각지에서 온 다양한 연령의 많은 사람들, 이 주점의 단골뿐만 아니라 새로 들른 손님들까지 많은 사람들이 그녀에게 찬사를 바치며 술을 사주고 있었다. 그들은 술집주인 부부에게 잘 말해서 고양이도 우유와 감자칩을 먹을 수 있게 해주었다. 하지만 술집에 고양이가 있다는 신선함이 곧 사라졌는지, 오래지 않아 루시는 고양이 없이 혼자서 술집에서 영업을 했다.

날이 추워지고 밤이 일찍 찾아오는 계절이 되자, 고양이는 항상 건물 출입문이 닫히기 전에 들어와 계단으로 꽤 높은 곳까지 올라갔다. 그리고 카펫도 깔리지 않은 그 무정한 돌계단에서 최대한 따뜻한 구석을 찾아 잠자리로 삼았다. 날이 심하게 추워지면 주민들이 녀석을 하룻밤 안에 들여놓기도 했다. 아침이 되면 녀석은 고맙다는 듯이 사람들의 다리 주위를 돌아다녔다. 그러다가 고양이가 사라졌다. 관리인은 자기가 녀석을 영국 왕립동물학대방지협회로 데려가 죽이게 했다고 변명하듯 말했다. 어느 날 밤, 문이 열리기를 기다린 시간이 너무 길었는지 녀석이 층계참을 엉망으로 만들어놓자 **이것을** 더 이상 참을 수가 없었다는 것이 관리인의 말이었다. 주민들 뒤치다꺼리도 힘든데, 그가 고양이 뒤치다꺼리까지 해줄 수는 없는 노릇이었다.

3

나는 고양이 나라에 있는 집에서 살게 되었다. 담장이 둘러진 좁은 정원이 있는 낡은 주택들의 동네이다. 우리 집 뒤편 창문으로 밖을 내다보면, 양편에 각각 십여 개의 담장이 보인다. 크기와 높이가 각양각색이다. 나무, 풀, 덤불. 다양한 높이의 지붕들이 있는 작은 극장도 하나 있다. 여기는 고양이 천지이다. 담장에, 지붕에, 정원에 항상 고양이들이 있다. 저마다 복잡하고 비밀스러운 삶을 사는 녀석들이다. 어른들은 도무지 짐작도 못 하는 자기만의 규칙을 따라 움직이는 동네 아이들의 삶과 비슷하다.

이 집에 고양이가 있으리라는 것은 이사 오기 전부터 알고 있었다. 알다시피, 집이 아주 커서 사람들이 들어와 살 만하다면 개중에는 고양이가 사는 집도 틀림없이 있기 마련이다. 그래도 한동안 나는 우리 집이 어떤 곳인지

정탐하려고 코를 킁킁거리며 돌아다니는 다양한 고양이들을 내쫓았다.

1962년의 그 지독한 겨울 내내 뒤편 베란다 지붕과 정원에는 검은색과 흰색이 섞인 수고양이가 드나들었다. 녀석은 눈이 쌓여 질척거리는 지붕에 앉아 있거나, 얼어붙은 땅 위를 배회했다. 뒷문이 잠시 열릴 때면, 녀석은 바로 그 앞에 앉아 따뜻한 실내를 바라보았다. 녀석의 모습은 아름다움과는 거리가 멀어도 한참 멀었다. 한쪽 눈 위에 하얀 반점이 있고, 귀 한쪽은 찢어졌고, 항상 살짝 벌어져 있는 턱에서는 침이 줄줄 흘렀다. 하지만 녀석은 길고양이가 아니었다. 그 거리의 좋은 집에서 살고 있는 녀석이 왜 자꾸 밖으로 나돌아 다니는지는 아무도 모르는 것 같았다.

그해 겨울은 영국인들의 자발적인 참을성이 얼마나 대단한지를 또 한 번 우리에게 가르쳐주었다.

이 동네 주택들은 대부분 런던 시의회 소유였는데, 추위가 시작된 첫째 주에 수도관이 동파되는 바람에 주민들은 물 없이 지내야 했다. 수도관은 계속 얼어붙은 채였다. 당국은 길모퉁이에 있는 수도관 본선 하나를 열어주었다. 그래서 그 거리의 여자들은 몇 주 동안 집에서 신던 슬리퍼를 신고 반쯤 녹은 채로 얼어붙은 눈이 수십 센티미터나 쌓여 있는 길을 오가며 물통으로 물을 길어 와야 했다. 슬리퍼를 신은 것은 보온을 위해서였다. 눈이 녹다 만 진창과 얼음을 길에서 치우는 사람은 없었다. 그들이 물을 길어오는 수도관 본선의 수도꼭지도 여러 번 고장을 일으켰다. 뜨거운 물이 나오지 않아서 집에서 물을 데워 사용하는 기간이 일주일, 이주일, 삼주일, 사주일, 오주일로 계속 늘어났다. 뜨거운 물로 목욕하는 것은 당연히 불가능했다. 집세에 냉온수 값까지 모두 지불했는데 왜 이런 상황에 대해 불만을 제기하지 않느냐고 누가 물어보면, 주민들은 런던 시의회가 수도관 동파에 대해 이미 알면서도 아무런 조치를 취하지 않는다고 대답했다. 런던 시의회는 한파를 이유로 들었고, 주민들도 그 진단에 동의했다. 그들의 목소리는 우울했지만, 마음속 깊이 충족감을 느끼고 있었다. 결코 피할 수 없는 하느님의 섭리로 고통받을 때 이 나라는 항상 이런 반응을 보인다.

길모퉁이 가게에서 남자 노인 한 명, 중년 여자 한 명, 아이 한 명이 그해 겨울을 보냈다. 가게 안은 자연이 가져다준 영하의 날씨보다도 더 추웠다. 냉장설비 때문이었다. 가게 문은 가게 밖에 쌓여서 얼음으로 변한 눈더미를 향해 항상 열려 있고, 난방은 전혀 되지 않았다. 남자 노인은 늑막염에 걸려서 두 달 동안 병원에 있었다. 그 바람에 몸이 완전히 약해져서 봄에 가게를 남에게 파는 수밖에 없었다. 아이는 시멘트 바닥에 앉아 추위 때문에 계속 울어대다가 엄마에게 맞았다. 아이 엄마는 가벼운 모직 원피스에 얇은 카디건을 걸치고 남자 양말을 신은 차림으로 카운터 뒤에 서서, 모든 게 끔찍하다고 말했다. 눈에서는 눈물이, 코에서는 콧물이 흐르고, 손가락은 동상으로 부어올랐다. 시장 짐꾼으로 일하는 옆집의 남자 노인은 자기 집 앞에서 빙판길에 미끄러져 허리를 다치는 바람에 몇 주 동안 실업수당으로 살았다. 아이 둘을 포함해서 아홉에서 열 명 정도가 살고 있는 그 집에서 추위를 막아주는 것은 전열선 하나뿐이었다. 세 명이 병원에 입원했는데, 그중 한 명은 폐렴이었다.

동파된 수도관은 전혀 수리되지 않은 채, 종유석처럼 울퉁불퉁하게 달라붙은 얼음으로 막혀 있었다. 길도 여전히 미끄러운 얼음판이었다. 당국이 아무런 조치를 취하지 않는 것도 여전했다. 물론 중산층이 사는 동네에서는 눈이 내리자마자 길에서 치워지고, 당국은 권리를 내세우며 소송을 걸겠다고 위협하는 성난 시민들의 목소리에 응답했다. 우리 동네 사람들은 봄이 올 때까지 고난을 견뎌야 했다.

일만 년 전 동굴에 살던 원시인처럼 추위 때문에 이러

지도 저러지도 못하는 사람들 속에서는, 굳이 눈이 얼어붙은 지붕을 골라 밤을 보내는 늙은 수고양이도 더 이상 특이하게 보이지 않았다.

그해 한겨울에 내 친구 부부에게 새끼 고양이를 입양하지 않겠느냐는 제안이 들어왔다. 그들의 친구가 샴고양이를 기르고 있는데, 그 녀석이 길고양이와의 사이에 새끼를 낳았다는 것이다. 주인은 이 잡종 고양이들을 원하는 사람들에게 나눠줄 생각이었다. 내 친구 부부는 맞벌이라서 하루 종일 집을 비웠고, 아파트도 아주 작았다. 하지만 막상 새끼 고양이를 보고 나니 거절할 수가 없었다. 녀석을 데려온 뒤 첫 번째 주말에 친구 부부는 통조림으로 나온 가재 수프와 닭고기 무스를 먹였다. 밤에는 녀석 때문에 방해를 받았다. 녀석이 꼭 남편 H의 턱 밑에서 자거나, 그게 안 되면 어디라도 그의 몸에 붙어서 자려고 했기 때문이다. 아내 S는 나와 통화하면서 고양이 때문에 남편의 애정을 잃고 있다고 말했다. 콜레트*의 이야기에 나오는 아내와 같은 신세가 됐다고. 월요일에 두 사람은 새끼 고양이를 집에 두고 출근했다. 그런데 퇴근해서 돌아와보니 하루 종일 혼자 보낸 녀석이 슬프게 울고 있었

* 20세기 전반기에 활동한 프랑스 소설가.

다. 친구 부부는 고양이를 우리에게 데려오겠다고 말하고
는 정말로 데려왔다.

　태어난 지 육 주 된 새끼였다. 동화처럼 섬세하고 매력
적인 이 고양이의 얼굴, 귀, 꼬리, 몸매에 샴고양이의 유전
자가 드러나 있었다. 등에는 얼룩무늬가 있었다. 회색과
크림색이 섞인 예쁜 얼룩무늬였다. 몸 앞쪽과 배는 흐릿
한 황금색, 샴 크림색이고, 목에는 짧은 검은색 막대 같은
무늬들이 있었다. 얼굴은 누가 검은색 연필로 섬세하게
그려놓은 그림 같았다. 눈 주위에는 가느다란 검은색 고
리들, 뺨에는 가느다란 검은색 줄무늬, 자그마한 코는 크
림색이고 코끝은 분홍색, 윤곽은 검은색. 날씬한 앞다리
를 똑바로 세우고 앉아 있는 녀석의 모습을 앞에서 보면,
이국적인 아름다움이 있었다. 작디작은 아이가 노란색 카
펫 한복판에 앉아, 숭배자 다섯 명에게 둘러싸여 있었지
만 우리를 무서워하는 기색이 전혀 없었다. 곧 녀석은 집
안을 당당히 돌아다니며 바닥을 샅샅이 살피더니, 내 침
대로 올라가 이불 속으로 기어들어갔다. 여기가 이제 제
집이라는 듯 편안한 모습이었다.

　S는 H와 함께 내 집을 나서면서 이렇게 말했다. 조금
만 더 늦었으면, 난 남편을 잃어버릴 뻔했어.

　H는 앓는 소리를 내면서, 분홍색 혀가 섬세하게 얼굴

에 닿는 느낌에 아침잠에서 깨어나는 기분만큼 굉장한 것은 없다고 말했다.

새끼 고양이는 계단을 내려갔다. 아니, 통통 튀어 내려 갔다. 계단 한 단의 높이가 고양이 키의 두 배였기 때문이 다. 녀석은 먼저 두 앞발을 앞으로 내린 다음, 뒷발로 펄 쩍 뛰었다. 앞발 먼저, 그다음에 뒷발로 펄쩍. 녀석은 일층 을 샅샅이 살펴본 뒤, 내가 내민 고양이 먹이 통조림을 거 부하고, 야옹거리며 모래상자를 요구했다. 대패밥을 깔아 주었을 때는 거부하더니, 신문지를 찢어 깔아준 것은 괜 찮은 모양이었다. 그 까다로운 포즈가 그렇게 말했다. 다 른 것이 없다면, 그냥 그걸로 만족하겠다고. 정말로 다른 것이 없었다. 바깥의 흙은 꽁꽁 얼어 있었다.

녀석은 통조림으로 나온 고양이 먹이를 먹지 않으려 했다. 전혀. 그리고 나는 녀석에게 가재수프와 닭고기 를 먹이로 줄 생각이 없었다. 우리는 다진 쇠고기로 타협 했다.

녀석은 언제나 노총각 미식가처럼 먹이에 민감했다. 나 이를 먹을수록 더욱 까다로워지는 중이다. 새끼일 때도 먹이를 다 먹거나, 반만 먹거나, 아예 거부하는 방식으로 짜증이나 기쁨이나 부루퉁함을 표현하던 녀석이었다. 녀 석의 식습관은 유창한 언어가 되었다.

어쩌면 녀석이 너무 어렸을 때 어미와 떨어진 탓에 이렇게 된 것 같기도 하다. 고양이 전문가들에게 감히 이런 말을 해도 된다면, 새끼 고양이가 태어난 지 육 주가 되면 어미와 떼어놓아도 된다는 그들의 의견이 틀렸을 가능성이 있다고 말하고 싶다. 우리 고양이는 어미와 헤어졌을 때 정확히 생후 육 주였다. 녀석이 음식에 까탈을 부리는 것은 식습관에 문제가 있는 아이가 음식에 대해 신경질적인 적대감과 의심을 드러내는 것과 같다. 녀석은 반드시 먹이를 먹어야 한다는 것을 알고, 실제로 먹이를 먹었다. 하지만 먹는 행위 자체를 즐긴 적은 한 번도 없었다. 어머니의 따뜻한 사랑을 충분히 누리지 못한 사람들과 비슷한 특징이 하나 더 있다. 지금도 녀석은 접힌 신문 속, 상자나 바구니 안으로 본능적으로 기어들어간다. 자신의 몸을 가려주고 피난처가 되어줄 수 있는 곳이라면 어디든 좋다. 또한 지나치게 쉽게 모욕을 느끼고, 지나치게 쉽게 부루퉁해진다. 겁도 아주 많다.

칠 주나 팔 주 동안 어미와 함께 지낸 새끼 고양이들은 먹이를 잘 먹고, 자신감도 있다. 하지만 물론 재미는 없다.

우리 고양이는 새끼 때 침대가 아닌 곳에서 잠든 적이 없다. 녀석은 내가 침대에 들어갈 때까지 기다렸다가, 내 몸을 타넘고 사방을 돌아다니며 자신이 어디에 누우면 좋을지 열심히 가늠해보았다. 그러다 내 발치에 누울 때도 있고, 어깨로 올라올 때도 있고, 베개 밑으로 기어들어 갈 때도 있었다. 내가 몸을 많이 움직이면, 녀석은 심술궂게 엉덩이를 들썩거리며 짜증을 냈다.

내가 침대를 정리할 때도 녀석은 정리 중인 침대 안에 들어가서 즐거워했다. 평평하게 펴놓은 이불 속에 작게 불룩 솟은 모양으로 몇 시간 동안이나 엎드려 있는 모습이 상당히 행복해 보였다. 그 작은 동산을 쓰다듬어주면, 녀석은 기분 좋게 목을 울리며 야옹거렸다. 그래도 꼭 필요할 때가 아니면 밖으로 나오려고 하지 않았다.

그 동산은 침대를 가로질러 움직이다가 가장자리에 이르면 머뭇거렸다. 그러다 바닥으로 미끄러져 떨어질 때면 겁에 질려 마구 야옹거리기도 했다. 품위가 손상된 녀석은 서둘러 제 몸을 핥으며 자기를 지켜보는 사람들을 노란 눈으로 노려보았다. 사람들이 웃은 게 잘못이었다. 그러다 녀석은 털 하나하나까지 자의식에 차서 어딘가의 중앙 무대로 걸어갔다.

까다롭기 짝이 없는 식사시간. 모래상자에서 뛰어난 공연을 보여줄 시간. 크림색 털을 정돈할 시간. 장난치며 노는 시간. 하지만 녀석은 결코 자발적으로 즐거워서 노는 법이 없고, 누가 지켜볼 때만 장난을 쳤다.

자신은 예쁜 것만이 유일한 장점인 예쁜 여자와 같다는 사실을 녀석은 거만하게 의식하고 있었다. 그래서 내면의 감시자가 내리는 명령에 따라 항상 몸의 포즈와 얼굴 표정을 유지했다. 가면과 같은 역할을 하는 포즈. 그래, 그래, **이게** 바로 나야, 공격적으로 내민 가슴, 언제나 찬사를 기다리며 긴장을 늦추지 않는 샐쭉하고 적대적인 눈.

　녀석이 사람이라면, 옷차림과 머리모양을 무기처럼 이용하면서도 그런 생활이 너무 부담스러워지면 언제든 어릴 때처럼 멋대로 구는 생활로 돌아갈 수 있다고 자신하는 나이가 되었다. 녀석은 공주처럼 우쭐거리며 집 안을 돌아다니다가 싫증이 나면 조금 투정을 부리면서 접힌 신문 속이나 쿠션 뒤에 들어가 안전하게 몸을 숨긴 채 세상을 지켜보았다.

　주로 옆에 있는 사람들을 위해 보여주는 녀석의 가장 예쁜 재롱은 소파 밑에 똑바로 누워 있다가 재빨리 밖으로 나오면서 딱 동작을 멈추고 그 작은 머리를 옆으로 돌려 박수갈채를 기다리는 것이었다. 그럴 때면 그 노란 눈이 가늘어졌다. "어머, 예쁘기도 하지! 정말 재미있는 아이야! 무슨 고양이가 저렇게 예뻐!" 이런 찬사가 쏟아지면, 녀석은 또 다른 재롱을 보여주었다.

아니면 노란색 카펫이든 파란색 쿠션이든 제 마음이 내키는 곳에 누워서 천천히 몸을 굴릴 때도 있었다. 네 발을 위로 올리고 고개를 뒤로 젖혀, 크림색 가슴과 배가 노출된 자세로. 거기에는 마치 표범처럼 검은 얼룩무늬들이 희미하게 찍혀 있었다. "세상에, 너무 예쁘잖아, 어떻게 저렇게 예뻐." 녀석은 이런 찬사가 멈출 때까지 재롱을 얼마든지 계속 부릴 준비가 되어 있었다.

아니면 뒤편 베란다에 앉아 있기도 했다. 아무 장식이 없는 탁자에는 올라가지 않고, 수선화와 히아신스 화분이 놓인 작은 선반에 앉았다. 파랗고 하얀 꽃들 사이에 가만히 앉아서, 누군가가 자신의 존재를 알아차리고 칭찬해주기를 기다렸다. 물론 녀석을 칭찬해주는 존재가 사람들만은 아니었다. 류머티즘에 걸린 늙은 수고양이도 정원을 어슬렁거렸다. 아주 힘들게 살아왔음을 일깨워주는 우울한 모습이었다. 흙이 아직 얼어 있는 정원에서 녀석은 아직 다 자라지 않은 예쁜 고양이가 유리창 뒤에 있는 것을 보았다. 그 예쁜 고양이도 수고양이를 보더니 고개를 들었다. 이쪽, 저쪽으로. 히아신스를 한입 물어뜯어서 바닥에 떨어뜨리는가 하면, 무심하게 털을 핥기도 했다. 그러다가 거만하게 뒤를 한 번 흘깃 보고는, 선반에서 훌쩍 뛰어내려 수고양이가 볼 수 없는 집 안으로 들어가버렸다.

아니면 이층으로 올라가는 길에, 누군가의 팔이나 어깨 위에서 창밖에 있는 그 가엾고 늙은 고양이를 흘깃 바라볼 때도 있었다. 녀석이 워낙 꼼짝도 하지 않았기 때문에 가끔은 정원에서 이미 죽어서 그대로 얼어붙은 건가 하는 생각이 들 정도였다. 한낮에 햇볕이 조금 따뜻해지면, 그 수고양이는 제 몸을 핥았다. 그제야 우리는 안도했다. 우리 고양이가 가끔 창가에 앉아 그 수고양이를 지켜볼 때도 있었지만, 아직은 사람의 품, 침대, 쿠션, 사람들과의 생활이 녀석에게 세상의 전부였다.

봄이 오고 뒷문이 열렸다. 이제 모래상자가 필요하지 않게 된 것은 정말이지 반가운 일이었다. 집 뒤편 정원이 이제는 녀석의 땅이 되었다. 생후 육 개월인 녀석은, 자연의 관점에서 보면 완전히 다 자란 성체였다.

너무나 예쁘고, 너무나 완벽했다. 아주 오래전 내가 영원히 너 같은 고양이는 없을 것이라고 맹세했던 그 고양이보다도 더 아름다웠다. 물론 그 옛날 그 고양이 같은 녀석은 없었다. 그 녀석은 재치 있고, 섬세하고, 따스하고, 우아한 천성을 지니고 있었으니까. 그러니 흔히들 하는 말처럼, 그 녀석은 일찍 죽을 수밖에 없는 운명이었다.

우리의 공주 고양이는 예나 지금이나 항상 아름답지만, 솔직히 말해서 이기적이다.

고양이들이 정원 담장 위에 줄지어 앉았다. 가장 앞에 있는 것은 뒷마당 정원의 왕인, 그 우울하고 늙은 겨울 고양이였다. 그다음에는 옆집의 잘생긴 흑백 고양이였다. 생김새를 보아하니 겨울 고양이의 아들인 것 같았다. 그다음에는 전투의 상처가 가득한 얼룩 고양이. 그다음에는 자기가 틀림없이 질 거라고 생각해서 결코 담장 아래로 내려오는 법이 없는, 회색과 흰색이 섞인 고양이. 그다음에는 우리 고양이가 확연히 감탄하는 기색을 내보인, 용감한 호랑이 같은 젊은 수고양이. 하지만 늙은 왕은 아직 싸움에서 진 것이 아니었다. 우리 고양이는 꼬리를 꼿꼿이 세우고 모두를 무시하는 척하면서 한들한들 걸어나갔다. 실제로는 그 멋진 호랑이 같은 젊은 고양이를 지켜보고 있었다. 젊은 고양이는 우리 고양이를 향해 뛰어내렸지만, 겨울 고양이가 담장 위에 엎드린 채 몸을 조금 들썩였을 뿐인데도 다시 안전한 담장 위로 뛰어 올라갔다. 이런 식으로 몇 주가 흘렀다.

그동안 H와 S가 예전에 자기들이 기르던 고양이를 보러 왔다. S는 공주 고양이에게 선택의 여지가 없다는 사실이 정말 무섭고 불공평하다고 말했다. H는 원래 그래야 하는 거라고 말했다. 공주에게는 왕이 필요하다고. 설사 늙고 못생긴 왕이라 해도. H는 겨울 고양이가 위엄이 넘친다고 말했다. 존재감이 대단하기 때문에 젊고 예쁜 고양이를 얻을 자격이 있었다. 긴 겨울을 고결하게 견뎌 냈으니까.

이제 그 못생긴 고양이는 메피스토펠레스*라고 불리고 있었다(그 녀석의 주인들은 녀석을 빌리라고 불렀다). 우리 고양이는 그동안 여러 이름으로 불렸다. 멜리사, 프래니, 메릴린, 사포, 키르케, 아이샤, 쉬젯. 하지만 대화 중에, 사랑스러운 이야기를 나눌 때, 녀석은 이름보다 길게 발음을 늘인 형용사들에 반응해서 야옹거리며 목을 울렸다. 저어엉 말 예에에예쁜 고양이야.

어느 몹시 더운 주말, 내 기억에 고약한 여름 중 딱 한 번이었던 그 주말에 우리 고양이는 발정기를 맞았다.

일요일에 점심을 함께하러 온 H와 S는 나와 함께 뒤쪽 베란다에 앉아 자연의 선택을 지켜보았다. 우리의 선택이 아니었다. 우리 고양이의 선택도 아니었다.

이틀 동안 밤에 싸움이 벌어졌다. 무시무시한 싸움이었다. 정원에서 고양이들이 무섭게 소리를 질러댔다. 그동안 우리 고양이는 내 침대 발치에 앉아 어둠 속을 바라보았다. 귀가 쫑긋거리고, 꼬리 끝이 살짝살짝 움직이며 나

---

* 괴테의 《파우스트》에 나오는 악마.

름대로 논평을 했다.

그 일요일에 나와 있는 고양이는 메피스토펠레스뿐이었다. 우리 회색 고양이는 황홀경에 빠져 정원 사방을 굴러다녔다. 우리에게 다가와 발치에서 몸을 굴리며, 우리 발을 깨물기도 했다. 정원 끝의 나무를 쪼르르 올라갔다 내려오기도 했다. 녀석은 몸을 굴리고 소리를 지르며 상대를 청했다.

"욕망이 이렇게 창피하게 드러나는 광경은 처음 봐." S가 H를 바라보며 말했다. H는 우리 고양이를 몹시 좋아했다.

"가엾은 녀석이야." H가 말했다. "내가 메피스토펠레스라면 저 아이를 저렇게 형편없이 취급하지 않을 텐데."

"세상에, H." S가 말했다. "징그러운 소리 좀 그만해. 당신이 이런 소리를 했다고 하면 아무도 안 믿겠지만, 내가 항상 말했듯이 당신은 징그러워."

"그래, 당신은 항상 그렇게 말하지." H가 황홀경에 빠진 고양이를 쓰다듬으면서 말했다.

날씨는 몹시 덥고, 우리는 점심 때 포도주를 잔뜩 마셨다. 그리고 그 사랑의 게임은 오후 내내 계속되었다.

마침내 회색 고양이가 몸부림치며 굴러다니는 곳을 향해 메피스토펠레스가 뛰어내렸다. 하지만, 이를 어쩌나,

녀석이 서투른 실수를 저지르고 말았다.

"저럴 수가." H가 진심으로 괴로워하며 말했다. "저런 말도 안 되는 짓을 하다니, 용서할 수 없어."

S도 괴로워하면서 우리 고양이의 고통을 지켜보았다. 그리고 과연 섹스가 저만한 가치가 있는 일인지 큰 소리로 자주 말했다. 대사를 읊는 배우 같았다. "저것 좀 봐. 우리랑 같아. 우리도 저렇다고."

"우리랑은 완전히 다르지." H가 말했다. "메피스토펠레스가 문제야. 저런 놈은 총으로 쏴버려야 돼."

그래, 당장 쏴. 우리 모두 입을 모았다. 아니면 하다못해 어디 가둬버리기라도 해. 그래야 옆집의 그 젊은 호랑이한테 기회가 돌아갈 거 아냐.

하지만 그 잘생기고 젊은 고양이의 모습은 보이지 않았다.

우리는 계속 포도주를 마셨다. 햇빛도 계속 반짝였다. 우리 공주님은 춤추고, 뒹굴고, 나무를 쪼르르 올라갔다 내려왔다. 그러다 마침내 일이 잘 풀리는가 싶으면, 늙은 왕에게 자꾸 얻어맞기만 했다.

"문제는 저놈이 우리 아이에 비해 너무 늙었다는 거야." H가 말했다.

"정말이지, 빨리 당신을 데리고 집으로 가야겠어." S가 말했다. "여기 계속 있다가는 당신이 저 고양이랑 직접 사랑을 나눌 기세네."

"그럴 수만 있으면 오죽 좋아." H가 말했다. "저렇게 멋진 짐승이, 저렇게 사랑스러운 생물이, 저런 공주님이 고작 고양이를 상대해야 한다는 걸 참을 수가 없어."

다음 날 겨울이 되돌아왔다. 정원에는 차가운 비가 내리고, 우리 회색 고양이는 까다롭고 도도한 평소 모습으로 돌아왔다. 늙은 왕은 영국식으로 추적추적 내리는 비를 맞으며 정원 담장에 누워 있었다. 여전히 모두를 이긴 승리자로서 뭔가를 기다리듯이.

4

회색 고양이는 임신을 가볍게 견뎌냈다. 정원 저쪽으로 달려가서 나무를 쪼르르 올라갔다가 돌아오기를 몇 번이나 반복했다. 여기서 중요한 점은, 나무에 달라붙어 있을 때 녀석이 눈을 반쯤 감은 채 박수갈채를 기대하듯이 고개를 돌렸다는 것이다. 녀석은 계단을 한 번에 서너 칸씩 뛰어내렸다. 소파 밑에서 바닥을 기어다녔다. 사람이라면 누구든 자신을 처음 보면 황홀경에 빠져서 어머, 이렇게 아름다운 고양이가 다 있다니, 하고 외치기 십상이라는 사실을 알게 되었기 때문에 손님이 오면 항상 문 앞에서 적절한 포즈를 취하고 있었다.

그런데 어느 날 난간을 타고 아래층 계단까지 미끄러져 내려가려고 하다가 그럴 수 없다는 것을 깨달았다. 다시 해봐도 마찬가지였다. 굴욕감을 느낀 녀석은 그런 시도를 한 적이 없는 것처럼 굴었다. 계단을 굽이굽이 돌아서 한참 동안 걸어 내려가는 편을 더 좋아하는 척했다.

나무를 쪼르르 올라갔다 내려오는 속도도 점점 느려지더니, 아예 나무에 올라가지 않게 되었다.

새끼들이 배 속에서 움직이기 시작했을 때는 당황해서 놀란 표정을 지었다.

보통 출산을 앞두고 약 보름 전에 고양이는 킁킁 냄새를 맡으며 찬장이나 구석진 곳으로 들어간다. 적당한 장소를 물색하기 위해서이다. 하지만 우리 고양이는 그런 행동을 전혀 하지 않았다. 나는 침실 벽장에서 신발을 보관해두었던 곳을 치운 뒤 녀석에게 그 장소를 보여주었다. 안전하고, 어둡고, 편안한 곳이었다. 녀석은 안으로 들어갔다가 다시 나왔다. 나는 다른 장소들을 보여주었다. 녀석이 그 장소들을 딱히 싫어한 것은 아니었다. 다만 지금 무슨 일이 벌어지고 있는 건지 잘 모르는 것 같았다.

출산 전날, 녀석이 낡은 신문지 주위를 굴러다니기는 했다. 하지만 그것은 어떤 의도나 목적과는 전혀 관계가 없는, 자동적인 행동이었다. 모종의 호르몬이 그런 행동을 하라고 녀석을 부추긴 것이다. 녀석은 그 지시에 복종했지만, 그 행동에 대해 아는 바가 전혀 없었는지 다시 그 행동을 시도하지는 않았다.

출산하던 날, 녀석은 세 시간쯤 진통을 겪은 뒤에야 상황을 알아차렸다. 부엌 바닥에 앉아 놀란 목소리로 야옹거리는 것을 보고, 나는 이층 벽장으로 올라가라고 지시했다. 녀석은 계단을 올라갔지만, 벽장에 가만히 있지 않고 멍하니 집 안을 돌아다녔다. 이제야 쿵쿵 냄새를 맡으며 여러 장소들을 살펴보는 것 같더니 곧 흥미를 잃고 다시 부엌으로 내려왔다. 통증 또는 감각이 좀 누그러지자 녀석은 상황을 잊어버리고 다시 평소처럼 굴려고 했다. 지나친 사랑을 받아 도도하게 구는 새끼 고양이처럼 굴려고 했다는 뜻이다. 실제로도 녀석은 아직 새끼였다.

나는 녀석을 데리고 이층으로 올라가 벽장 안에 가만히 있게 했다. 하지만 녀석은 말을 듣지 않고, 새끼를 출산하는 고양이에게서 나타나는 행동을 전혀 하지 않았다. 그 모습이 감동적이면서도 어리석고 우스워서 우리는 웃음을 터뜨리고 싶었다. 자궁의 수축이 점점 강해지자, 녀석은 화를 냈다. 출산이 임박해 통증이 심해졌을 때는 야옹거리며 울었다. 짜증을 내며 항의하는 것 같은 소리였다. 녀석은 자신이 겪고 있는 이 일을 인정하는 우리에게 짜증을 내고 있었다.

고양이의 첫 번째 새끼가 태어나는 모습을 지켜보는 것은 매혹적인 경험이다. 꼬물거리는 작은 생명체가 하얀

셀로판 같은 것에 싸여 모습을 드러내면, 어미는 그 막을 핥아서 제거하고, 탯줄을 끊고, 태반을 먹는다. 이 모든 일이 아주 깔끔하고, 효율적이고, 완벽하게 이루어진다. 고양이로서는 생전 처음 하는 일인데도. 그러다 언제나 잠깐 행동이 멈추는 순간이 온다. 어미의 몸에서 나온 새끼는 어미의 엉덩이 근처에 누워 있다. 어미는 어딘가에 갇혀서 도망치고 싶어하는 짐승의 반사작용처럼, 자기 몸과 연결되어 있는 생명체를 바라본다. 다시 한 번 바라보아도 그 생물의 정체를 알 수 없다. 그러다 자연의 섭리가 작동하기 시작하면, 어미는 거기에 굴복해 진짜 어미가 되어서 행복하게 목을 골골 울린다.

하지만 우리 고양이만큼 새끼를 오랫동안 바라보는 어미 고양이는 본 적이 없었다. 녀석은 새끼를 보고, 나를 보고, 몸을 조금 움직였다. 자기 몸과 연결된 그 생물이 사라졌는지 확인하기 위해서였다. 그러다 자연의 섭리가 작동하기 시작하자, 녀석은 새끼를 깨끗이 핥아주는 등 꼭 해야 하는 행동을 모두 하면서 목을 울리는 소리를 냈다. 그러고는 벌떡 일어나서 아래층으로 걸어 내려가 뒤쪽 베란다에 앉아서 정원을 바라보았다. **이제 다** 끝났다고 생각하는 것 같았다. 그런데 옆구리가 다시 수축하자 녀석은 고개를 돌려 나를 바라보았다. 짜증스럽고 화가 나서 어쩔 줄을 모르는 듯했다. 녀석의 표정과 몸이 하는 말은 분명했다. 아, 진짜 귀찮아 죽겠네! 나는 녀석에게 명령했다. 이층으로 가! 올라가라고! 녀석은 골을 내며 올라갔다. 귀를 뒤로 눕히고 계단을 기듯이 올라갔다. 개가 야단을 맞거나 창피를 당했을 때 하는 행동과 **거의** 똑같았다. 하지만 개처럼 비굴한 기색은 전혀 없었다. 오히려 지금 진행 중인 모든 일과 나에게 짜증을 냈다. 그래도 아까 처음으로 태어난 새끼가 보이자, 녀석은 새끼를 알아보고 또다시 자연의 섭리에 따라 새끼의 몸을 핥아주었다. 녀석은 도합 네 마리의 새끼를 낳고 잠이 들었다. 아름다운 광경이었다. 빼어나게 아름다운 고양이가 몸을 둥글게 말아 새끼 네 마리를 감싸고 젖을 먹이는 모습이라니. 예쁜 녀석들이었다. 첫째는 어미와 판박이인 암컷이었다. 심지어 눈 주위에 연필로 그려놓은 것 같은 여러 개의 고리, 가슴과 다리를 반만 감싼 검은색 띠, 흐릿한 무늬가 있는 크림색 배까지 모두 똑같았다. 그다음은 회색이 도는 파란색 새끼 고양이. 이 녀석은 나중에 어떤 각도에서 보면 어두운 보라색을 띠었다. 그다음은 눈이 노란색인 검은 고양이. 다 자랐을 때 온몸이 완벽한 검은색이된 이 녀석은 우아함과 강인한 힘 그 자체였다. 그다음은 아비를 쪽 빼닮은 새끼 고양이. 검은색과 흰색이 섞인 이 녀석은 다소 둔하고 우아하지 못했다. 처음 세 마리에게는 샴고양이의 특징인 밝은 색 줄무늬가 있었다.

잠에서 깨어난 어미는 잠든 새끼들을 보고 일어나서 몸을 부르르 떨더니 살랑살랑 아래층으로 내려갔다. 거기서 우유를 조금 마시고, 날고기를 조금 먹고, 제 몸을 샅샅이 핥았다. 그리고 새끼들에게 돌아가지 않았다.

새끼들을 구경하러 온 S와 H가 계단 아래에서 옆으로 단정하게 앉아 있는 어미를 발견했다. 어미는 곧 집 밖으로 달려가 다시 나무를 오르락내리락했다. 여러 번이나. 그러고는 안으로 들어와 맨 꼭대기 층까지 올라갔다가, 난간을 타고 한 층, 한 층 뚝뚝 떨어지는 방식으로 일층까지 내려와 H의 다리를 감고 돌며 골골 목을 울렸다.

"넌 어미잖아." S가 충격을 받은 표정으로 말했다. "새끼들 옆에 있어야지."

녀석은 아무래도 새끼들을 잊어버린 것 같았다. 이유도 모른 채 불편한 일을 겪은 녀석은, 그 일이 다 끝났으니 더 신경 쓸 필요가 없다고 생각하는 모양이었다. 결국 밤 늦게까지 까불고 장난치며 집 안을 돌아다니던 녀석에게 나는 이층으로 올라가라고 명령했다. 그래도 녀석이 말을 듣지 않아서, 내가 녀석을 직접 들어 안고 새끼들에게 데려다주었다. 녀석은 아무렇게나 새끼들과 어울렸다. 누워서 새끼들에게 젖을 먹이려고 하지도 않아서 내가 억지로 눕게 했다. 하지만 내가 고개를 돌리자마자 녀석은 새끼들을 두고 일어나버렸다. 나는 녀석이 새끼들에게 제대로 젖을 먹이도록 옆에 앉아서 지키고 있었다.

내가 잠자리에 들 준비를 하려고 잠시 자리를 비웠다가 내 침실로 돌아와보니, 녀석은 내 침대 이불 속에서 잠들어 있었다. 나는 녀석을 다시 새끼들 옆에 놓아주었다. 녀석은 귀를 뒤로 젖히고 새끼들을 보다가, 또 그냥 자리를 뜨려고 했다. 나는 녀석을 내려다보며 서서 냉정하고 권위적으로 새끼들을 가리켰다. 녀석은 벽장 안으로 들어가 축 늘어지듯 주저앉았다. 마치 당신이 시키니까 어쩔 수 없이 한다는 듯한 태도였다. 그래도 새끼들이 젖꼭지를 물자 비록 약하게나마 본능이 작동했는지 한동안 목을 골골 울렸다.

녀석은 밤새 몰래 벽장을 빠져나와서 평소와 같이 내 침대로 들어왔다. 그때마다 나는 녀석을 돌려보냈다. 그래도 내가 잠들자마자 녀석은 다시 내 침대로 왔고, 새끼들은 불만스럽게 칭얼거렸다.

아침이 되자 녀석도 자신이 저 새끼들을 책임져야 한다는 사실을 이해한 것 같았다. 하지만 혼자 내버려두면, 자연의 섭리든 모성애든 죄다 상관없이 새끼들에게 젖을 먹일 생각을 하지 않았다.

다음 날 점심 때, 녀석이 새끼 한 마리를 입에 물고 위아래로 획획 움직이며 방 안으로 달려 들어왔다. 녀석은 새끼를 바닥에 내려놓고 다른 새끼들을 데려오려고 이층으로 다시 올라갔다. 그렇게 네 마리를 차례로 데려온 뒤, 녀석은 부엌 바닥에서 새끼들 옆에 몸을 쭉 펴고 누웠다. 아무도 없는 곳에서 혼자 갇혀 있는 건 싫다는 결론을 내린 모양이었다. 그달 내내 새끼들은 무력했다. 어미가 새끼들을 입에 물고, 기가 막힐 만큼 아무렇게나 흔들어대며 방 안으로 뛰어오는 모습을 어디서나 볼 수 있었다. 밤에 자다가 깨어보면 언제나 회색 고양이가 내 옆에 조용히 누워 있었다. 내가 알아차리지 못하기를 바라는지 아무 소리도 내지 않았다. 그러다 내가 알아차린 것을 알게 되면, 내 기분을 달래려는 듯 목을 울리며 내 얼굴을 핥고 코를 깨물었다. 모두 소용없는 짓이었다. 내가 돌아가라고 명령하면, 녀석은 골을 내며 새끼들에게 돌아갔다.

간단히 말해서, 녀석은 어미로서 재앙 같은 존재였다. 우리는 그것을 녀석이 너무 어린 탓으로 돌렸다. 출산 하루 뒤, 녀석은 생후 한 달이나 오 주가 된 새끼들을 대하듯이 제 새끼들과 놀려고 했다. 아직 앞도 잘 못 보는 새끼를 커다란 뒷발로 이리저리 굴리다가 깨물었다. 모두

악의 없는 장난이었다. 새끼가 원하는 것은 어미가 마지 못해 내놓는 젖꼭지뿐이었는데도. 슬픈 광경인 것은 맞 았다. 그래서 우리 모두 녀석에게 화가 났다. 하지만 곧 웃음을 터뜨리고 말았다. 그런데 그것이 더 문제였다. 녀 석은 누가 자신을 비웃는 것을 무엇보다 싫어했기 때문 이다.

새끼들은 그렇게 형편없는 취급을 받는데도 여전히 황 홀할 만큼 예뻤다. 내 집에서 만들어진 최고의 생물들이 었다. 저마다 나름의 놀라운 매력을 지니고 있었다. 메피 스토펠레스를 쏙 빼닮은 녀석도 예외가 아니었다.

어느 날 내가 이층에 올라갔더니 메피스토펠레스가 침 실에 와 있었다. 녀석은 새끼들을 바라보고 있었다. 물론 어미는 보이지 않았다. 메피스토펠레스는 1미터쯤 떨어 진 곳에서 고개를 앞으로 쑥 내민 자세였다. 벌어진 턱에 서 여느 때처럼 침이 줄줄 흘렀다. 하지만 메피스토펠레 스가 새끼들을 해치려고 온 것은 아니었다. 다만 흥미를 보일 뿐이었다.

새끼들이 워낙 예뻤으므로 금방 데려가겠다는 사람들 이 나섰다. 그래도 결국 가엾은 처지가 되었다. 십팔 개월 도 안 돼서 모두 슬픈 결말을 맞았기 때문이다. 어미를 그 대로 닮아서 많은 사랑을 받았던 녀석은 어느 날 갑자기 주인의 집에서 사라져버렸다. 검은 고양이도 마찬가지였다. 아기 메피스토펠레스는 힘이 세고 용감해서 창고지기로 쓰고 싶다는 사람이 데려갔지만, 고양이 장염으로 죽었다. 보라색 고양이는 내가 보았던 새끼들 중 가장 예쁜 녀석들인, 몸은 크림색이고 눈은 분홍색인 완벽한 샴고양이 세 마리와, 궁상맞고 추레하게 생긴 새끼 세 마리를 낳은 뒤, 주인을 잃었다. 하지만 가까운 곳에서 새로운 주인을 찾았다는 소식이 들려왔다.

우리는 회색 고양이가 다시는 새끼를 낳지 못하게 해야겠다고 결정했다. 모성애는 녀석의 적성에 전혀 맞지 않았다. 하지만 우리의 결정은 때늦은 것이었다. 녀석은 또 임신한 상태였다. 상대는 메피스토펠레스가 아니었다.

우리 동네는 고양이 상인들과 도둑들에게 고양이 나라로 알려져 있다. 그 사람들은 차를 몰고 우리 동네를 돌아다니다가, 안전한 실내를 벗어나 밖을 돌아다니는 고양이들 중 외모가 마음에 드는 녀석들을 모두 데려가는 것 같다. 그런 일은 밤에 일어난다. 고양이 주인이 깨지 않게 고양이의 입을 막는 데 도둑들이 무슨 방법을 사용할지 생각해보면 기분이 나쁘다. 이 거리의 주민들은 주변에 들어서 있는 병원들을 의심한다. 생체해부를 하는 놈들이 또 왔다 갔다고들 말한다. 어쩌면 그 말이 옳을지도 모른다. 어쨌든, 어느 날 밤 고양이 여섯 마리가 사라졌는데 그중에 메피스토펠레스도 끼어 있었다. 그래서 우리 회색 고양이는 평소에 꿈꾸던 상대, 그러니까 하얀 새틴 조끼를 입은 호랑이처럼 생긴 젊은 수고양이를 만날 수 있었다.

이번에도 녀석은 출산이 시작되자 깜짝 놀랐다. 하지만 마음을 가라앉히는 데 예전만큼 시간이 오래 걸리지는 않았다. 출산이 끝나자 녀석은 벌떡 일어나 아래층으로 내려가서, 우리가 명령하지 않는 한 새끼들에게 돌아가려 하지 않았다. 하지만 대체로 그 두 번째 새끼들을 좋아했던 것 같다. 이번에 태어난 새끼들은 평범했다. 흰색과 얼룩무늬가 섞인 고양이와 얼룩 고양이 사이에서 태어난 예쁜 아이들이었지만, 특별한 색이나 줄무늬는 보이지 않았다. 그래서 그 아이들의 주인을 찾아주기가 더 힘들었다.

가을이라 길에는 커다란 나무에서 떨어진 갈색 단풍잎이 두텁게 깔려 있었다. 우리 고양이가 새끼 네 마리에게 사냥감의 뒤를 밟다가 달려드는 법을 가르치는 광경 위로 낙엽들이 하늘하늘 떨어져 내렸다. 그 낙엽들이 사냥감인 생쥐와 새 역할을 했다. 고양이들은 낙엽을 붙잡아 집 안으로 가져왔다. 새끼 한 마리는 제가 잡은 이파리를 아주 공들여서 갈기갈기 찢곤 했다. 우리 회색 고양이의 가장 기묘한 특징을 그 녀석이 물려받은 것이다. 회색 고양이는 신문지를 이빨로 물고 아주 체계적으로 조각조각 찢는 데 삼십 분 동안 몰두하곤 했다. 혹시 이것은 샴고양이의 특징인 걸까? 내 친구 중에 샴고양이 두 마리를 키우는 사람이 있는데, 아파트에 장미를 꽂아두면 두 고양이가 이빨로 장미를 화병에서 꺼내 바닥에 놓고 꽃잎을 하나씩 뜯어낸다고 한다. 마치 그것이 반드시 해야 하는 작업이라는 듯이. 어쩌면 고양이들이 야생에서 나무 이파리, 신문, 장미 등으로 굴을 꾸미는 것인지도 모르겠다.

회색 고양이는 새끼들에게 사냥을 가르치며 즐거워했다. 시골 고양이와 비교해도 뒤지지 않는 교육이었다. 어미 고양이는 또한 새끼들에게 몸을 깨끗이 유지하는 법도 가르쳤다. 그래서 새끼들 때문에 집이 더러워지는 일은 전혀 없었다. 하지만 어미 고양이 자신이 여전히 먹는 것에 까다로운 탓인지, 새끼들에게 먹는 법을 가르치는 데에는 관심이 없었다. 새끼들은 그것을 스스로 터득해야 했다.

이 두 번째 새끼들 중 한 마리는 유독 오랫동안 우리 집에 남아 있었다. 그래서 그해 겨울에 우리는 회색 고양이와 녀석이 낳은 수고양이를 함께 길렀다. 이 새끼 고양이는 갈색에 가까운 오렌지색 몸통에 제 아비처럼 조끼를 입은 것 같은 무늬가 있었다.

회색 고양이는 다시 새끼 고양이로 돌아가 하루 종일 제 새끼와 함께 놀고, 서로 엉킨 채 잠이 들었다. 어린 수고양이의 덩치가 어미보다 훨씬 컸지만, 어미는 새끼의 행동이 마음에 들지 않으면 새끼를 위협하고 때렸다. 둘이 몇 시간이고 함께 누워서 서로의 얼굴을 핥아주며 기분 좋게 목을 울릴 때도 많았다.

새끼 수고양이는 엄청난 대식가였고, 가리는 음식도 없었다. 우리는 어미가 새끼를 보고 음식에 대해 교훈을 얻기를 기대했지만, 소용없었다. 다른 고양이들과 마찬가지로, 어미는 새끼에게 먹을 것을 양보한 뒤, 웅크리고 앉아서 새끼가 먹고 마시는 모습을 지켜보았다. 새끼의 식사가 끝나면, 어미가 다가와 새끼가 먹던 고양이 먹이나 음식 찌꺼기의 냄새를 킁킁 맡아본 뒤 나를 찾아와 내 종아리를 아주 살짝 물었다. 깨끗한 접시에 토끼고기, 날고기, 날생선 등을 조금씩 담아 품위 있게 놓아주어야 한다는 사실을 내게 일깨우기 위해서였다.

녀석은 자신이 마땅히 누려야 하는 권리라고 생각하는 이 먹이를 사납게 지켰다. 공격적인 자세를 취하고 새끼를 향해 눈을 부라리며, 서두르지 않고 딱 먹을 수 있는 만큼만 먹었다. 녀석이 접시에 담긴 음식을 모두 먹어 치우는 일은 거의 없었다. 거의 매번 조금씩 음식을 남겼다. 그것이 교외의 예의였다. 회색 고양이가 비록 맥락은 다르지만 이렇게 그 예의를 지키는 것을 보고 나는 아주 고약하고 공격적인 태도가 이런 예의의 출발점이었던 것 같다는 생각을 처음으로 했다. "난 이 음식을 다 먹지 않을 거야. 난 배가 고프지 않아. 네가 이 음식을 너무 익혔어. 그러니 이렇게 음식이 낭비되는 건 네 잘못이야." "난 먹을 것이 아주 많은 생물이야. 굳이 이걸 먹을 필요가 없어." "난 섬세하고 우월해서, 음식처럼 조악한 것에는 초연하지." 회색 고양이의 태도는 이 마지막 말에 해당했다.

새끼 수고양이는 어미가 남긴 것을 먹었지만, 그것이 아까 자신이 먹었던 먹이보다 훨씬 더 훌륭한 음식이라는 사실은 알아차리지 못했다. 식사를 마친 뒤 둘은 서로 쫓고 쫓기면서 온 집 안과 정원을 우다다다 뛰어다녔다. 아니면 내 침대 발치에 앉아 창밖을 내다보면서, 가끔 서로의 몸을 핥아주고, 기분 좋게 목을 골골 울리곤 했다.

이때가 회색 고양이의 최고 전성기였다. 행복과 매력이 정점에 도달한 시기. 녀석은 혼자가 아니었다. 게다가 그 동무는 녀석에게 위협적이지 않았다. 녀석이 그 동무를 지배하고 있었으니까. 또한 녀석은 몹시 아름다웠다. 정말이지 너무너무 아름다웠다.

　침대에 앉아 밖을 내다볼 때의 모습은 정말 최고였다. 연한 색의 막대 모양 무늬가 있는 크림색 앞다리는 나란히 쭉 뻗어 있고, 앞발은 은색을 띠었다. 은색처럼 보이는 하얀색이 가장자리에 가볍게 둘러진 귀는 앞뒤로 쫑긋거리며 이런저런 소리를 들었다. 새로운 것이 감지될 때마다 녀석은 한껏 집중하며 고개를 살짝 돌렸다. 꼬리의 움직임은 또 다른 차원을 보여주었다. 마치 다른 기관들은 감지하지 못하는 메시지를 꼬리 끝으로 감지하는 것 같았다. 녀석은 완벽한 자세로 앉아서 보고, 듣고, 느끼고, 냄새 맡고, 숨을 쉬었다. 털, 콧수염, 귀 등 녀석의 온몸이, 녀석의 모든 것이 섬세하게 진동했다. 물고기가 물의 움직임을 형체로 구현한 존재라면, 고양이는 섬세한 공기의 움직임을 다이어그램과 패턴으로 표현하는 존재이다.

　아, 고양이. 또는 아아아아름다운 고양이! 멋진 고양이! 최고의 고양이! 새틴 같은 고양이! 순한 올빼미 같은 고양이, 앞발이 나방 같은 고양이, 보석으로 장식된 고양이, 기적 같은 고양이! 고양이, 고양이, 고양이, 고양이.

　처음에 녀석은 날 무시하곤 했다. 그러다 비단처럼 매끄러우면서도 거만하게 고개를 돌리고는, 찬사를 한마디씩 들을 때마다 눈을 반쯤 감았다. 나의 찬사 세례가 끝나면, 녀석은 일부러 멋들어지게 하품을 했다. 분홍색 아이스크림 같은 입속에 역시 분홍색으로 둥글게 말려 있는 혀를 드러내면서.

아니면 일부러 몸을 웅크리고, 그 눈으로 나를 매혹시키곤 했다. 나는 검은 연필로 가늘게 선을 그려놓은 것 같은 아몬드 모양의 눈을 들여다보았다. 눈 주위에는 크림색 연필로 그려놓은 선이 하나 더 있었다. 그리고 양쪽 눈 아래에는 검은색 물감을 묻힌 붓이 한 번 스치고 지나간 것 같은 자국. 초록색, 초록색 눈. 그늘진 곳에서는 어둡고 흐릿한 금색을 띠는 눈. 그래서 녀석은 검은 눈의 고양이가 되었다. 하지만 밝은 곳에서는 선명하고 멋진 에메랄드 색, 초록색. 투명하고 둥근 눈동자 위에는 혈관이 드러난 나비 날개 조각들. 반짝이는 보석 같은 날개, 날개의 정수.

이파리를 먹고 살아가는 곤충은 이파리와 구분되지 않는 모습을 하고 있다. 무심히 보면 그렇다. 하지만 자세히 들여다보면 이파리를 흉내 낸 모양이 이파리보다 더 이파리를 닮았다는 걸 알 수 있다. 가장자리가 둥글게 말리고, 잎맥 같은 혈관 무늬가 있고, 섬세하다. 보석 장인의 작품 같다. 하지만 그 보석 장인의 심사가 아주 조금 비뚤어져 있었기 때문에, 이파리 곤충 역시 금방이라도 조롱을 쏟아낼 것처럼 보인다. 이파리 곤충이 말한다. 봐, 이 가짜야. 나만큼 멋진 이파리 봤어? 비록 나는 불완전한 이파리를 본떠서 만들어졌지만, 완벽 그 자체야. 이렇게 만들어진 나를 보고 나서, 고작 이파리 따위를 다시 보고 싶어?

회색 고양이의 눈은 옥으로 깎은 나비 날개처럼 초록색 광채를 띠었다. 마치 이 작품을 빚어낸 예술가가 이렇게 말하는 것 같았다. 고양이만큼 우아하고 섬세한 것이 또 있겠어? 공중을 날아다니는 생물 중에 이보다 더 자연스러운 것이 또 있을까? 날아다니는 생물 중 어떤 것이 고양이와 흡사할까? 나비, 그렇지, 나비! 고양이의 눈 속 깊은 곳에도 이런 생각이 들어 있다. 설익은 웃음이 그것을 살짝 암시해줄 뿐이지만. 속눈썹 뒤, 그 섬세한 갈색 속 눈꺼풀 뒤, 고양이 특유의 아양으로 어물쩍 넘기는 태도 뒤에도 그것이 숨어 있다.

우리 회색 고양이는 완벽하고 훌륭한 여왕이다. 녀석은 표범과 뱀을 살짝 닮았다. 나비와 올빼미의 모습도 언뜻 보인다. 생명을 빼앗는 강철 발톱을 지닌 축소판 사자. 비밀과 친근함과 수수께끼로 가득한 고양이. 생후 십팔 개월로 한창 때의 젊은 어미인 회색 고양이는 세 번째 임신을 했다. 이번에는 회색과 흰색이 섞인 고양이가 아비였다. 왕이 집권하던 시기에는 겁을 집어먹고 담장에서 내려올 엄두를 내지 못하던 녀석. 회색 고양이는 새끼 네 마리를 낳았다. 출산이 진행되는 동안 내내 녀석의 아들이 옆에 앉아 지켜보며, 잠시 진통이 멈춘 사이 어미를 핥아주고, 태어난 새끼들을 핥아주었다. 그러고 나서 아들 고양이는 새끼들과 함께 보금자리로 들어가려고 했지만, 갓난아이처럼 군다며 귀를 얻어맞았다.

5

다시 봄이 되었다. 뒷문이 열리자 회색 고양이는 다 자란 아들과 새끼 네 마리를 데리고 즐겁게 정원을 돌아다녔다. 하지만 회색 고양이는 새끼들보다 아들과 함께 있는 편을 더 좋아했다. 그래서 이번에도 S를 기막히게 했다. 출산이 끝나자마자 녀석이 벌떡 일어나 새끼들을 버려둔 채, 다 자란 아들의 품으로 곧장 걸어가버렸기 때문이다. 두 녀석은 서로 붙잡고 바닥을 뒹굴며 기분 좋게 목을 울렸다.

아들 고양이는 새로 태어난 새끼들에게 아비 역할을 했다. 어미 못지않게 새끼들을 키우는 데 큰 몫을 했다.

그러는 동안 벌써 조짐이 나타났다. 미래가 처음 모습을 드러낼 때면 언제나 그렇듯이 가면을 쓴 희미한 낌새에 불과했지만, 이 집을 홀로 여왕처럼 지배하는 회색 고양이의 앞날에 그림자가 드리워졌다.

인간세상에서는 무시무시한 폭풍과 감정과 드라마가 펼쳐졌다. 여름이 오자 아름답고 슬픈 금발 아가씨가 우리 집을 찾아왔다. 작고 깔끔하고 우아한 검은 고양이를 데리고 있었는데, 사실 아직 다 자라지 못한 새끼나 마찬가지였다. 당분간 주인의 집에 있을 수 없게 된 이 낯선 존재가 우리 집 지하에 자리를 잡았다. 물론 일시적인 조치였다.

이 작은 검은색 고양이는 빨간 목걸이와 목줄을 차고 있었다. 아직 어리기 때문에 목걸이도 목줄도 아름다운 아이를 장식해주는 물건에 불과했다. 역시 암컷인 그 아이는 위층에 자리 잡은 우리 집 여왕과 분리되어 만날 수 없었다.

그런데 우리 회색 고양이 입장에서는 정말 순식간에 모든 것이 엉망이 되어버렸다. 아들 고양이를 데려가기로 했던 사람이 마침내 그 아이를 데리고 켄싱턴으로 가버렸다. 새로 태어난 새끼 네 마리도 각자 주인을 찾아 흩어졌다. 그리고 우리는 회색 고양이가 더 이상 임신을 하면 안 된다는 결정을 내렸다.

당시 나는 고양이 암컷의 중성화 수술이 어떤 것인지 알지 못했다. 내가 아는 사람들은 암수를 불문하고 '의사

의 손을 거친' 고양이를 기르고 있었다. 영국 왕립동물학
대방지협회도 그 방법을 강력히 추천했다. 이해할 수 있
는 일이었다. 그 협회는 매주 사람들이 원하지 않는 고양
이 수백 마리를 어쩔 수 없이 폐기하는 곳이었다. 그 고양
이들은 모두 새끼 때 누군가에게 "어머, 정말 예쁜 새끼
고양이잖아"라는 말을 들었을 것이다. 더 이상 새끼가 아
니게 될 때까지. 하지만 영국 왕립동물학대방지협회에서
일하는 여자 분들의 목소리는 길모퉁이 식품점 아주머니
의 목소리와 정확히 똑같은 분위기를 풍겼다. 내가 새끼
고양이들을 입양할 사람을 찾으려고 돌아다닐 때, 그 아
주머니는 항상 이렇게 말했다. "**아직도** 수술을 안 시켰어
요? 그런 걸 또 겪게 하다니, 가엾기도 하지. 내가 보기에
는 잔인한 짓이에요." "하지만 새끼를 낳는 건 자연스러운
일이잖아요." 나는 이렇게 주장했지만 사실 우리 회색 고
양이에게 모성 본능이란 강제로 주입된 것에 불과했으니,
내 말은 진실이 아니었다.

나는 주로 고양이 때문에 동네 여자들과 이야기를 나
누게 된다. 고양이를 잃어버렸다거나, 옆집 고양이가 놀
러왔다거나, 아이들이 새끼 고양이를 보러 오고 싶어한다
거나, 새끼 고양이를 입양하고 싶다거나 하는 이야기들.
그런데 그중에, 고양이가 새끼를 낳게 내버려두는 것이

잔인한 일이라는 주장을 펼치지 않는 사람은 한 명도 없다. 그들은 열렬히, 거의 히스테리를 부리듯이 그런 이야기를 한다. 그 정도까지는 아니더라도, 우리 어머니처럼 최소한 뚱한 얼굴로 완강하게 적대감을 드러내는 태도는 누구에게서나 볼 수 있다. "그게 너한테도 좋아!"

길모퉁이에서 채소가게를 운영하는 독신 노인(슈퍼마켓에 밀려 지금은 가게의 문을 닫았다. 그는 자신의 가게가 가업이라고 말했지만, 그에게는 가족이 없었다), 외바퀴 수레에 과일과 채소를 놓고 파는 할머니와 똑같이 뺨이 보랏빛을 띠다 못해 거의 검게 보이는 그 뚱보 노인이 동네 여자들에 대해 이렇게 말했다. "그 여자들은 쉬지 않고 애를 낳기만 하고 돌보지는 않아. 그렇지 않소?" 그는 자식이 없었으므로, 다른 사람들의 자식에 대해 자기만 정의파인 것처럼 굴었다.

그러나 그에게는 여든 살이 넘은 노모가 있었다. 자리를 보전하고 누워서 전혀 거동할 수 없었기 때문에, 아들이 일일이 수발을 들어줘야 했다. 이 채소가게 노인을 제외하고, 아들 하나와 딸 셋은 결혼해서 자식을 키우고 있었으므로, 다들 결혼하지 않은 채소가게 노인이 노모를 돌봐야 한다고 생각했다.

노인은 순무, 감자, 양파, 당근, 양배추 등 여러 채소가

진열된 자그마한 가게에 서 있었다. 이런 동네에서 다른 채소는 냉동된 것이 아니고는 구할 수가 없었다. 그는 아이들이 뛰어노는 모습을 지켜보며, 그 아이들의 엄마에 대해 좋지 않은 소리를 했다.

그도 우리 회색 고양이에게 수술을 시키는 것에 찬성했다. 이 세상에 사람도 너무 많고, 동물도 너무 많고, 먹을 것은 너무 적고, 요즘은 아무도 물건을 사지 않고, 이러다 세상이 어찌 되려는지 모르겠다는 것이었다.

나는 동물병원 세 곳에 전화를 걸어 고양이의 자궁과 나팔관을 들어내는 것이 꼭 필요한 일인지 물어보았다. 그냥 나팔관만 묶어서, 성적인 기능을 최소한 보존해 줄 수는 없나요? 세 병원 모두 전부 들어내는 것이 최선의 방법이라고 강력하게 주장했다. "그쪽 기관 전부요." 한 병원은 이렇게 말했다. 내 친구 한 명도 산부인과 의사에게서 정확히 똑같은 말을 들은 적이 있었다. "환자분을 위해서 그쪽 기관 전부를 들어낼 겁니다."

아주 흥미로웠다.

포르투갈인인 H와 S에 따르면 포르투갈에서는 부르주아 계급의 부인들이 티파티에서 각자 자신이 받은 수술과 여자들만의 문제에 대해 이야기한다고 한다. 그런데 그녀들이 그쪽 기관을 지칭하는 말이 닭이나 칠면조 같은 가금류의 내장을 지칭하는 단어와 똑같다.

정말로 흥미로운 일이다.

나는 우리 회색 고양이를 고양이 바구니에 넣어 동물병원으로 갔다. 단 한 번도 어딘가에 갇혀본 적이 없는 회색 고양이는 불평을 늘어놓았다. 자존심과 품위에 상처를 입은 것이다. 나는 녀석을 병원에 맡겨두었다가 오후 늦게 다시 데리러 갔다.

녀석은 소독약 냄새를 풍기면서 고양이 바구니 안에 힘없이 늘어져 있었다. 현기증이 나고, 병든 고양이 같았다. 한쪽 옆구리의 털을 깎아냈기 때문에, 희뿌연 회색 살갗이 크게 드러나 있었다. 거기에 5센티미터 길이의 꿰맨 자국이 보였다. 고양이는 크고 검은 눈에 충격을 담고 나를 바라보았다. 자신이 배신당했음을 아는 눈이었다. 자신을 먹이고 보호해주고 침대까지 잠자리로 내어주어서 친구라고 생각했던 사람이 자신을 팔아넘겼음을 아는 눈. 녀석은 자신이 무시무시한 일을 당했음을 알고 있었다. 나는 차마 그 눈을 마주볼 수 없었다. 택시를 타고 집으로 오는 동안 내내 녀석은 끙끙 앓았다. 절망과 두려움과 무력함이 느껴지는 소리였다. 집에 도착한 뒤 나는 녀석을 동물병원과 고통의 기억이 담긴 그 바구니에서 다른 바구니로 옮겼다. 그리고 이불을 덮어준 뒤 라디에이터 옆에 바구니를 놓고 나도 그 옆에 앉았다. 녀석이 몹시 아프거나 위험한 상태인 것은 아니었다. 하지만 심하게 충격을 받은 상태이긴 했다. 어느 동물이든 그런 경험을 '극복'할 수 있을 것 같지 않다.

녀석은 이틀 동안 꼼짝하지 않고 바구니 안에만 있다가 힘들게 일어나서 모래상자를 이용했다. 그다음에는 우유를 조금 마시고 다시 바구니로 기어들어가 누웠다.

일주일 뒤 흉한 흉터가 생긴 부위에 까끌까끌하게 털이 자라났다. 이제 실밥을 제거하기 위해 녀석을 다시 동물병원에 데려가야 했으나 처음 갈 때보다 더 힘들었다. 고양이가 바구니와 자동차가 움직이던 느낌을 기억하고, 그것이 곧 고통과 공포로 이어졌음을 알기 때문이었다.

회색 고양이는 바구니 안에서 소리를 지르며 몸부림쳤다. 내 경험상 언제나 친절하기 그지없는 택시기사는 내가 녀석을 달랠 수 있게 잠시 차를 멈춰주기까지 했으나, 곧 우리 둘 다 그보다는 빨리 해치우는 편이 낫다는 결론을 내렸다. 실밥을 제거하는 동안 나는 밖에서 기다렸다. 우리는 몸부림치는 고양이를 억지로 바구니에 다시 넣었고, 나는 같은 택시를 타고 집으로 돌아왔다. 고양이는 무서워서 오줌을 지리고는 울었다.

고양이를 사랑하는 사람인 택시기사는 수의사들이 왜

고양이를 위한 피임법을 고안하지 않는지 모르겠다고 말했다. 우리가 우리 편하자고 고양이에게서 자연스러운 본능을 억지로 없애는 것은 옳은 일이 아닙니다. 그가 말했다.

내가 집에 들어와 바구니를 열자, 이제 자유로이 움직일 수 있게 된 고양이는 집 밖으로 도망쳐 정원 담장 앞의 나무 아래로 뛰어갔다. 또 충격을 받아 눈을 휘둥그렇게 뜨고 있었다. 녀석은 밤에 먹이를 먹으려고 안으로 들어왔다. 그리고 내 침대가 아니라 소파에서 잠들었다. 녀석은 며칠 동안 자신을 쓰다듬으려는 내 손길을 허락하지 않았다.

수술 후 한 달이 안 돼서 회색 고양이의 몸매가 변했다. 호리호리한 몸매와 우아함이 급속히 사라지고, 모든 것이 거칠어졌다. 눈도 살짝 아래로 처져 주름이 졌고, 얼굴은 넓적해졌다. 순식간에 예쁘기는 해도 하여튼 통통한 고양이가 되어버린 것이다.

성격의 변화는, 글쎄, 동시에 찾아온 다른 충격들도 십중팔구 어느 정도 영향을 미쳤을 것이다. 친구인 젊은 수고양이를 잃고, 새끼들을 잃고, 검은 고양이가 나타난 것.

어쨌든 성격이 확실히 변했다. 집에서 전제군주 같은 힘을 발휘하던 미모가 사라진 탓인지, 녀석은 자신감에

타격을 입었다. 그 도도한 매력, 심장을 부여잡게 만드는 머리와 눈의 움직임이 모두 사라졌다. 물론 옛날처럼 몸을 이리저리 굴리며 칭찬을 기다리고, 소파 밑으로 들어가는 등의 행동은 그대로였지만, 그럴 때도 조심스러운 태도가 아주 오랫동안 지속되었다. 자신의 행동을 사람들이 좋아해줄지 **자신이 없었던** 것이다. 아주 오랫동안 녀석은 모든 것에 자신이 없었다. 그래서 고집을 부렸다. 성격이 조금 껄끄럽게 변해서, 자신의 권리에 대해 까다로워졌다. 뒤끝도 길어졌다. 꼭 우리가 열심히 비위를 맞추며 달래줘야 했다. 옛날에 자신에게 구애하던 담장 위의 수고양이들에게도 못되게 굴었다. 간단히 말해서, 녀석은 노처녀 고양이가 되어버렸다. 우리는 이 동물들에게 끔찍한 짓을 하고 있다. 하지만 어쩔 수 없는 일인 것 같다. 작은 검은색 고양이는 여러 가지 안타까운 이유로 인해 살던 집을 잃고 우리 집 고양이가 되었다. 만약 검은 고양이가 수컷이었다면 둘이 사이좋게 지내기가 쉬웠을 것이다. 하지만 두 암컷 고양이는 서로를 적으로 간주하고, 몇 시간 동안이나 웅크리고 앉아서 상대를 지켜보았다.

털을 깎았던 옆구리에 아직 털이 까슬까슬 자라는 중인 회색 고양이는 내 침대에서 자려고 하지도 않고, 어르고 달래기 전에는 먹이도 먹으려 하지 않았다. 그런데 자신감도 잃고 불행해진 녀석이 단호하게 구는 일이 하나 있었다. 검은 고양이에게 자신의 자리를 절대 내줄 수 없다는 것.

한편 검은 고양이는 여기가 이제부터 자기 집이라는 사실을 알고 있었으므로 쉽게 쫓겨나려 하지 않았다. 그렇다고 싸움을 하지는 않았다. 원래 회색 고양이가 더 크고 더 강했으니까. 검은 고양이는 등을 보호하기 위해 벽을 등지고 구석자리에 앉아서, 회색 고양이에게서 단 한 번도 시선을 떼지 않았다.

그러다 적이 잠들면 검은 고양이는 그제야 먹이를 먹고 물을 마셨다. 그러고 나서 멋진 목줄을 매단 채로, 이미 잘 알고 있는 정원을 돌아다니며 꼼꼼히 살펴보았다. 그다음에는 집 안으로 들어와 한 층, 한 층 차례대로 조사했다. 그리고 내 침대를 자신의 자리로 낙점했다. 그러자 회색 고양이가 훌쩍 뛰어 올라와서 침을 뱉으며 검은 고양이를 쫓아버리고, 내 침대에 자리를 잡았다. 검은 고양이는 소파를 제자리로 삼았다.

검은 고양이와 회색 고양이는 성격이 서로 완전히 다르다. 검은 고양이는 착실하고, 고집 세고, 겸손한 녀석이다. 회색 고양이의 행동을 볼 때까지는 아양 떠는 법을 몰랐기 때문에 포즈를 취하지도, 추파를 던지지도, 바닥에서 구르지도, 후다닥 움직이지도, 뽐내며 돌아다니지도 않았다.

검은 고양이는 자신이 이 집의 첫 번째 고양이가 아니며, 회색 고양이가 대장이라는 사실을 알고 있었다. 하지만 두 번째 고양이라 해도 검은 고양이 역시 권리가 있으므로 그 권리를 강력히 주장했다. 두 고양이가 물리적으로 싸운 적은 한 번도 없었다. 다만 눈으로 무서운 결투를 벌일 뿐이었다. 두 녀석은 부엌 양편에 앉아 각각 초록색 눈과 노란색 눈으로 서로를 노려보았다. 만약 검은 고양이가 선을 넘는 행동을 하면, 회색 고양이는 작게 으르렁거리는 소리를 내며 근육을 살짝 위협적으로 움직였다. 그러면 검은 고양이가 물러났다. 회색 고양이는 내 침대에서 잠을 잤지만, 검은 고양이는 절대 그럴 수 없었다. 회색 고양이는 탁자 위에 앉을 수 있었지만, 검은 고양이는 그럴 수 없었다. 손님들이 오면 회색 고양이가 가장 먼저 문으로 마중을 나갔다. 그 녀석은 새로 씻은 접시에 새로 자른 먹이를 담아 부엌의 깨끗한 자리에 따로 놓아주지 않으면 식사도 하려고 하지 않았다. 검은 고양이는 옛날에 먹이를 먹던 구석자리에 만족했다.

검은 고양이는 이 모든 조건에 굴복했다. 집에 사람이 있으면 겸손하고 상냥하게 굴면서 우리의 다리를 감싸고,

목을 울리며 이야기를 건넸다. 이 아이도 절반은 샴고양이의 피가 섞여 있기 때문이었다. 하지만 검은 고양이는 회색 고양이에게서 한시도 눈을 떼지 않았다.

이런 행동은 외모와 어울리지 않았다. 회색 고양이는 항상 외모와 일치하는 행동을 보였다. 외모가 행동을 좌우하는 셈이었다.

하지만 검은 고양이는 애매하다. 예를 들어, 몸 크기가 그렇다. 검은 고양이는 작고 날씬하다. 새끼를 뱄을 때, 그 몸에 새끼가 들어설 공간이 있다는 사실을 믿을 수 없을 정도이다. 하지만 품에 안아보면 몸이 단단하고 묵직하다. 몸집이 작지만, 강하고 탄탄한 녀석이다. 이런 겉모습만 보면 전혀 겸손하고 얌전할 것 같지 않다. 나중에 새끼를 낳고 보여준 모성애도 녀석의 겉모습만으로는 짐작할 수 없었다.

검은 고양이는 우아하다. 둥글게 휘어진 옆모습은 고상해서, 마치 무덤에 새겨진 고양이상 같다. 녀석이 앞발을 나란히 놓고 똑바로 앉아서 앞을 바라보거나, 눈을 반쯤 감은 채 웅크리고 있을 때는 아주 조용하고 초연해 보인다. 자기 내면의 아주 먼 곳으로 침잠해 들어가 있는 것 같다. 그럴 때 녀석의 모습은 우울해서 경외가 느껴진다. 그리고 녀석의 온몸은 검고, 검고, 또 검다. 콧수염도 검게 반짝이고, 속눈썹도 검다. 하얀 터럭은 단 하나도 보이지 않는다. 회색 고양이를 만든 누군가가 최고의 섬세함과 애정을 발휘해서 세세한 부분에까지 신경을 썼다면, 검은 고양이는 무조건 검은 고양이를 만들겠다는 의지로 만들어진 것 같다. 검은 고양이의 정수, 하계下界에서 올라온 고양이를 만들겠다는 선언 같다.

이 두 녀석이 서로의 우선권을 확립하는 데에는 약 이주일이 걸렸다. 녀석들은 절대 서로를 건드리지도, 함께 놀지도, 서로를 핥아주지도 않았다. 항상 서로를 의식하고 적대적으로 지켜보며 일종의 균형을 이뤘다. 그건 슬픈 일이었다. 회색 고양이가 다 자란 새끼와 함께 뒤엉켜 놀다가 서로의 몸을 핥아주던 기억이 분명히 있는데. 우리는 이 둘도 시간이 흐르면 애정을 배울지 모른다고 생각했다.

하지만 검은 고양이가 병에 걸리자, 회색 고양이는 가엾게도 힘들게 쟁취한 자리를 완전히 잃어버렸다.

나는 검은 고양이가 감기에 걸린 줄 알았다. 장에 탈이 났는지 그 아이는 정원에 자주 나갔고, 여러 번 토하려고 했다.

그때 내가 녀석을 병원에 데려갔다면, 녀석이 그렇게 심하게 아프지 않았을 것이다. 녀석의 병은 장염이었다.

하지만 나는 그 병이 얼마나 중한지, 그 병을 이겨내는 고양이가 적어도 아직 덜 자란 상태에서는 얼마나 드문지 알지 못했다. 검은 고양이가 병에 걸린 지 이틀째 되던 날 밤, 내가 자다가 깨보니 녀석이 구석에 웅크리고 있었다. 처음에 나는 녀석이 기침을 하는 줄 알았지만, 사실은 토하려고 애쓰는 중이었다. 하지만 토할 것이 전혀 남아 있지 않았다. 검은 고양이의 턱과 입을 온통 뒤덮은 하얀 거품은 쉽게 닦이지 않아서 물로 씻어내야 했다. 검은 고양이는 다시 구석자리로 가서 웅크린 채 앞만 바라보았다. 그렇게 앉아 있는 모습이 불길했다. 잠이 든 것도 아닌데 녀석은 꼼짝도 하지 않았다. 뭔가를 기다리는 모양새였다.

아침에 나는 녀석을 가까운 고양이 병원으로 데려갔다. 일찌감치 데려갈걸 그랬다는 후회로 가슴이 찢어졌다. 병원에서는 병세가 중하다고 말했다. 그 말투를 듣고 나는 그들이 녀석의 회복을 기대하지 않는다는 사실을 깨달았다. 검은 고양이는 탈수증세가 심하고, 체온은 불덩이였다. 병원에서는 해열제 주사를 놓아준 뒤, 어떻게든 수분을 섭취하게 해야 한다고 말했다. 하지만 그것이 불가능했다. 나는 고양이가 물을 마시려 하지 않는다고 말했다. 맞아요, 그렇죠. 병원에서는 이렇게 말했다. 병이 어느 단계를 넘어서면 또 다른 증세가 나타나거든요. 고양이 스스로 죽음을 결심하는 게 바로 그 증세예요. 그래서 어딘가 서늘한 곳으로 기어들어간답니다. 피가 뜨겁게 달궈져 있으니까요. 그렇게 서늘한 곳에 웅크리고 죽음을 기다려요.

내 손에 들려 집으로 돌아온 검은 고양이는 퀭한 모습으로 성큼성큼 걸어 정원으로 들어갔다. 초가을이라 기온이 차가웠다. 고양이는 서늘한 정원 담장에 딱 붙어서 몸을 웅크렸다. 발밑의 흙도 차가웠다. 검은 고양이는 전날 밤과 똑같이 참을성 있게 뭔가를 기다리는 자세를 취했다.

나는 녀석을 데리고 들어와 라디에이터와 그리 가깝지 않은 담요 위에 놓았다. 녀석은 다시 정원으로 돌아가 똑같은 자세를 취했다. 참을성 있게 죽음을 기다리는 자세.

나는 다시 녀석을 데리고 들어와 문을 잠가버렸다. 검은 고양이는 문으로 기어가 그 앞에 자리를 잡더니 코를 문 쪽으로 향한 채 죽음을 기다렸다.

나는 물과 포도당, 고기즙으로 녀석을 유혹했다. 녀석이 딱히 음식을 거부한 것은 아니었다. 음식을 초월했을 뿐이었다. 녀석은 이미 과거지사가 되어버린 음식을 다시 돌아보려 하지 않았다.

다음 날 다시 들른 병원에서는 검은 고양이의 체온이 여전히 너무 높다고 말했다. 열이 떨어지지 않았다는 것이다. **반드시** 수분을 섭취해야 한다는 말도 다시 했다.

　나는 녀석을 집으로 데려온 뒤 곰곰이 생각에 잠겼다. 검은 고양이를 살리려면 확실히 온종일 녀석에게만 매달려야 할 것 같았다. 하지만 나는 바쁜 사람이었다. 그리고 우리 집 사람들의 말처럼 녀석은 그저 고양이일 뿐이었다.

　하지만 그냥 고양이가 **아니었다.** 여러 가지 이유로, 비록 모두 녀석과는 상관없는 인간적인 이유이긴 해도, 하여튼 여러 가지 이유로 나는 녀석이 죽어가는 것을 그냥 내버려둘 수 없었다.

　나는 포도당, 피, 물을 섞어 고약하지만 몸에 좋은 용액을 만든 뒤 검은 고양이와 씨름했다.

　녀석은 입을 벌리려고 하지 않았다. 건강하고 단단한 살이 모두 빠져버려서 그림자처럼 가볍고 고열에 시달리는 이 작은 짐승은 내 무릎에 앉아서, 아니, 쓰러져서 이빨을 꼭 다물고 숟가락을 받아들이려 하지 않았다. 약한 자의 고집이었다. 안 돼, 안 돼, 안 돼.

　나는 녀석의 송곳니를 지지대로 삼아 이빨을 억지로 벌렸다. 그렇게 용액을 목구멍에 떨어뜨렸지만 녀석이 삼키려 하지 않았다. 내가 녀석의 턱을 들어 올리자 용액이 입가로 흘러내렸다. 하지만 일부가 안으로 들어갔음이 분명했다. 숟가락으로 세 번, 네 번, 다섯 번 용액을 흘려 넣은 뒤, 녀석이 어렴풋이 삼키는 동작을 했다.

그래, 이거였다. 삼십 분마다 한 번씩. 나는 구석에 앉아 있는 그 가엾은 녀석을 데리고 나와 억지로 용액을 흘려 넣었다. 내가 가하는 힘 때문에 녀석의 턱이 잘못될까 봐 걱정스럽기는 했다. 십중팔구 턱이 몹시 아팠을 것이다.

그날 밤 나는 내 침대에 녀석을 재우면서 한 시간마다 한 번씩 깨웠다. 하지만 사실 녀석은 제대로 잠들지 못한 채, 가만히 웅크리고 있을 뿐이었다. 고열 때문에 녀석 주변까지 따뜻해질 정도였다. 녀석은 눈을 반쯤 감은 모습으로 고통 속에서 생명의 마지막을 감내하고 있었다.

다음 날에도 열은 내려가지 않았다. 하지만 그다음 날 마침내 열이 내리자 병원에서 포도당 주사를 놓아주었다. 주사를 한 번 놓을 때마다 빳빳한 가죽이 크고 말랑말랑하게 부풀어올랐다. 하지만 녀석은 개의치 않았다. 그 무엇에도 개의치 않았다.

열이 내리자 녀석은 오한에 시달렸다. 나는 낡은 수건으로 녀석을 감싸 라디에이터 근처에 놓아두었다. 그리고 삼십 분마다 녀석과 씨름을 벌였다. 아니, 죽고자 하는 검은 고양이의 의지와 녀석이 죽으면 안 된다는 내 의지가 서로 싸움을 벌였다고 해야 할 것이다.

밤에 녀석은 내 침대에서 내 옆에 웅크리고 있었다. 극도로 몸이 약해진 탓에 속에서부터 가늘게 떨리는 몸 위에 나는 수건을 덮어주었다. 내가 어디에 놓아두든 녀석은 그 자리에서 움직이지 않았다. 움직일 기운이 없기 때문이었다. 그런데도 입을 열어 용액을 받아먹으려 하지 **않았다**. 절대로. 남은 힘을 모두 **거부의** 뜻을 표현하는 데 쓰고 있었다.

열흘이 흘렀다. 나는 매일 녀석을 데리고 고양이 병원에 갔다. 젊은 수의사들의 교육도 겸하는 병원이었다. 이웃사람들이 매일 오전 9시에서 12시 사이에 개나 고양이를 데려왔다. 우리는 크고 황량한 대기실에서 줄줄이 놓인 긴 의자에 앉아 있었다. 몸이 아픈 동물들은 잠시도 가만히 있지 못하고 낑낑거리거나 짖어댔다. 이 동물들의 병을 매개로 온갖 종류의 우정이 이곳에서 맺어졌다.

또한 온갖 종류의 소소한 슬픈 일들이 내 마음에 남았다. 예를 들어, 밝은 금발로 머리를 염색한 초췌한 얼굴의 중년여자 이야기 같은 것. 그녀는 무엇보다 아름다운 커다란 개를 기르고 있었는데, 잘 먹이고 잘 보살핀 기색이 역력했다. 개가 당당하고 기운차게 짖어대는 것을 보니 어디가 크게 아픈 것 같지도 않았다. 하지만 개의 주인인 그 여자는 항상 외투도 없이 얇은 정장차림으로 서 있었다. 매번 똑같은 옷이었다. 심하지는 않아도 날이 조금 추웠기 때문에 가벼운 스웨터 등을 입고 있는 다른 사람들과 달랐다. 걷잡을 수 없이 몸을 덜덜 떠는 그녀의 팔과 다리에는 살이 전혀 없었다. 그녀는 먹을 것이 충분하지 않은데도 돈과 시간을 모두 개에게 쏟고 있음이 분명했다. 그렇게 덩치가 큰 개를 먹이는 데에는 돈이 많이 든다. 고양이는 우리 집의 두 녀석처럼 아무리 버릇이 잘못 들었다 해도 일주일에 10실링쯤이면 된다. 그런데 그 여자는 개를 삶의 중심에 두고 있었다. 아마 그곳에 있던 사람들이 모두 그것을 느꼈을 것이다. 이 동네에는 가난한 사람들이 대부분이다. 사람들은 문이 열리기를 기다리는 동안 응석받이 개와 함께 서서 덜덜 떨고 있는 그녀를 바라보다가 추위를 벗어나 건물 안으로 들어올 수 있게 줄 앞쪽 자리를 양보해주었다. 그리고 그녀의 상황을 이해한다며 안타깝다는 말을 해주었다.

이것과는 완전히 정반대의 사건도 있었다. 적어도 겉으로 보기에는 그랬다. 뚱뚱한 불도그를 열두 살쯤 된 뚱보 소년이 데리고 왔다. 개는 어찌나 살이 쪘는지 온몸의 살이 흘러내릴 정도였다. 수의사들은 개를 진찰대에 올려놓고, 개에게 먹이를 너무 많이 주면 안 되니 하루에 한 번만 주라고 소년에게 설명했다. 개의 건강에는 아무 문제가 없지만, 과식이 문제라는 것이었다. 수의사들은 또한 개에게 케이크, 빵, 달콤한 과자 등을 주면 안 된다고…….
뚱보 소년은 집에 가서 엄마에게 이 말을 전하겠다고 몇 번이나 되풀이했다. 엄마에게 말을 전하겠다고. 하지만 **엄마가** 알고 싶어하는 것은 개가 쌕쌕 숨을 몰아쉬는 이유라는 말을 덧붙였다. 이제 두 살밖에 되지 않은 개가 다른 개들처럼 뛰지도 않고, 놀지도 않고, 짖지도 않는다는 것이었다. 수의사들은 참을성 있게 설명해주었다. 동물에게 음식을 너무 적게 주거나 너무 많이 주는 일이 일어나기 쉬운데, 개한테 음식을 너무 많이 주면 보다시피…….

수의사들의 인내심이 놀라웠다. 게다가 몹시 친절하기까지 했다. 행동도 조심스러웠다. 동물에게는 반드시 필요하지만 주인이 불안해할 수도 있는 처치를 할 때는 주인이 보지 못하게 문을 닫았다. 우리 검은 고양이에게 주사를 놓을 때도 어딘가로 데려가서 이십 분이나 삼십 분쯤 뒤에 내게 돌려주었다. 빳빳하고 더러운 털 아래 피부가 주사액 때문에 부풀어오른 모습으로.

검은 고양이는 자기 몸을 핥아서 깨끗하게 씻는 행동

을 며칠 동안 하지 않았다. 몸을 움직일 수 없기 때문이었다. 도무지 병세가 호전되지 않았다. 내가 그렇게 주의를 기울이고 수의사들이 애를 써도 효과가 없다면, 글쎄, 혹시 녀석의 죽음을 받아들여야 하는 걸까. 어차피 녀석도 죽음을 원하고 있는데. 검은 고양이는 날마다 라디에이터 아래에 앉아 있었다. 털은 먼지와 솜털이 묻어서 이미 죽은 고양이의 털과 비슷했다. 눈에는 점액이 끼고, 입 주위 털은 내가 억지로 떠먹이려 애쓴 포도당이 묻어 단단하게 굳어 있었다.

나는 아파서 침대에 누워 있을 때의 기분을 떠올렸다. 짜증스럽고 속이 메스꺼운 느낌, 점점 자라나는 자기혐오. 그러다 보면 자기혐오가 곧 질병 자체처럼 느껴진다. 머리를 감지 못해 찜찜하고, 입과 피부에서는 환자 특유의 고약한 냄새가 나고, 몸은 질병이라는 껍데기와 독기 안에 갇혀 있는 것 같다. 그러다 간호사가 나타나서 얼굴을 닦아주고, 머리를 빗어주고, 쉰내가 나는 침대보를 재빨리 갈아준다.

그래, 고양이는 당연히 사람과 다르다. 사람도 고양이와 다르다. 그래도 우리 검은 고양이처럼 까다로운 생물이라면 자신이 이렇게 고약한 냄새를 풍기는 더러운 꼴이 되었다는 사실 때문에 틀림없이 괴로워할 것 같았다.

하지만 고양이는 사람이 씻겨줄 수 있는 동물이 아니다. 먼저 나는 가벼운 수건을 뜨거운 물에 적셨다가 물기를 꼭 짠 뒤 그것으로 녀석의 몸을 살살 닦아주었다. 먼지와 솜털을 제거하고, 끈적거리는 것들을 닦아내기 위해서였다. 시간이 오래 걸렸다. 검은 고양이는 수동적으로 가만히 앉아 있었다. 십중팔구 고통스러웠을 것이다. 살갗에 주사바늘 자국이 아주 많았으니까. 나는 그렇게 털과 귀와 눈을 따뜻하게 닦아준 뒤, 역시 따뜻한 수건으로 물기를 제거했다.

그다음에는 내 양손을 뜨거운 물에 넣어 따뜻하게 데운 뒤 녀석의 온몸을 아주 천천히 문질러주었다(아무래도 이것이 효과를 냈던 것 같다). 녀석의 차가운 몸에 조금이나마 생기를 넣어주고 싶었다. 나는 한동안, 그러니까 대략 삼십 분 동안 녀석의 몸을 문질렀다.

그 뒤에는 깨끗하고 따뜻한 수건으로 몸을 덮어주었다. 그러자 아주 뻣뻣하고 느린 동작으로 녀석이 몸을 일으켜 부엌을 가로지르더니 곧 다시 웅크리고 앉았다. 움직이고자 했던 충동이 다 소진된 모양이었다. 하지만 녀석이 스스로의 의지로 **움직였다**는 사실이 중요했다.

다음 날 나는 고양이의 몸을 문질러주는 것이 그런 효과를 낼 수 있는지 수의사들에게 물어보았다. 그들은 그렇지 않을 것이라면서, 아마 주사제의 효과였을 것이라고 말했다. 설사 그렇다 해도, 내가 몸을 깨끗이 닦고 문질러주었을 때 생기가 되돌아왔을 가능성은 분명히 있었다. 그 뒤로 열흘 동안 병원에서는 검은 고양이에게 포도당을 투여했고, 나는 고기즙과 물과 포도당을 섞은 고약한 용액을 억지로 먹였다. 그리고 하루에 두 번씩 몸을 문지르고 털을 빗어주었다.

그동안 내내 회색 고양이는 가엾게도 구석에 밀려나 있었다. 급한 일부터 먼저 돌보는 것이 순서였다. 검은 고양이에게 많은 주의를 기울여야 했기 때문에 회색 고양이에게는 많은 신경을 쓸 수 없었다. 하지만 회색 고양이는 순서에서 뒤로 밀려나는 것을 그냥 받아들일 성격이 아니었다. 일단 녀석은 물리적으로도 감정적으로도 냉담한 태도를 취하며 가만히 지켜보기만 했다. 때로는 어느모로 보나 이미 죽은 것이나 다름없는 검은 고양이에게 조심스레 다가와서 킁킁 냄새를 맡아보고 뒤로 물러났다. 그렇게 코를 킁킁거리는 도중 녀석의 털이 곤두설 때도 있었다. 검은 고양이가 죽으려고 추운 정원으로 나갈 때 회색 고양이가 따라 나간 적도 한두 번 있었다. 녀석은 몇 걸음 떨어진 곳에 앉아서 검은 고양이를 지켜보았다. 하지만 적대적인 태도를 취하지는 않았다. 검은 고양이를 해치려고 하지도 않았다.

그동안 내내 회색 고양이는 혼자 놀지도, 장난을 치지도, 먹이를 놓고 까다롭게 굴지도 않았다. 내 손길을 받지도 못하고, 밤에는 침실 구석에서 바닥에 누워 잠을 잤다. 호사스럽게 몸을 둥글게 만 자세가 아니라, 검은 고양이가 간호를 받고 있는 침대를 지켜볼 수 있게 웅크린 자세였다.

그러다 검은 고양이가 회복하기 시작하자 최악의 시기가 시작되었다. 그러니까, 사람의 관점에서 그랬다는 뜻이다. 어쩌면 검은 고양이의 관점에서도 마찬가지였는지 모른다. 자신의 의지와 상관없이 억지로 다시 살아나게 되었으니까. 검은 고양이는 무슨 일이든 생전 처음 해보는 새끼 고양이 또는 아주 나이가 많은 노인 같았다. 배변도 전혀 통제하지 못했다. 아무래도 모래상자의 기능이 무엇인지 잊어버린 듯했다. 먹이를 먹을 때도 고통스러워 보였고, 서투르기 짝이 없어서 주위를 지저분하게 만들었다. 또한 어디서든 갑자기 픽 쓰러지듯 주저앉아 앞만 멍하니 바라보곤 했다. 몹시 속이 상하는 광경이었다. 작은 짐승이 병에 걸렸는데도 초연한 태도로 웅크린 채 꼼짝도 하지 않는 모습. 녀석은 몸을 둥글게 말지도, 쭉 펴지도 않았다. 그냥 웅크린 채 앞만 빤히 바라보았다. 그 모습은 죽음 그 자체 같았다. 얼마 동안 나는 녀석이 미쳐버린 건지도 모른다고 생각했다.

하지만 녀석의 증세가 차츰 나아졌다. 이제는 바닥을 지저분하게 더럽히지도 않고, 먹이도 잘 먹었다. 그러던 어느 날 가만히 웅크린 채 뭔가를 기다리는 듯한 자세를 취하는 대신, 자신이 몸을 둥글게 말고 누울 수 있다는 사실을 문득 떠올린 듯했다. 그렇다고 곧바로 쉽게 그 자세를 취한 것은 아니었다. 근육이 방법을 잊어버리기라도 했는지 검은 고양이는 두세 번 시도한 뒤에야 코와 꼬리가 맞닿게 몸을 둥글게 말고 잠이 들었다. 다시 고양이가 된 것이다.

하지만 여전히 제 몸을 핥아서 깨끗이 단장하지는 않았다. 나는 녀석에게 기억을 일깨워주려고 앞발 하나를 들어 녀석의 뺨을 문질러주었지만, 내가 손을 놓자 앞발은 그냥 아래로 툭 떨어져버렸다. 아직은 그럴 때가 되지 않은 모양이었다.

그러다 내가 육 주 동안 여행을 떠나게 되어서 나는 두 고양이를 친구에게 맡겼다.

여행에서 돌아온 내가 부엌으로 들어가보니 회색 고양이는 다시 당당한 대장이 되어서 식탁 위에 앉아 있고, 바닥에서는 깨끗하고 반들반들해진 검은 고양이가 목을 울리고 있었다.

둘은 다시 힘의 균형을 이루고 있었다. 그리고 검은 고양이는 제가 아팠던 사실을 몽땅 잊어버린 것 같았다. 아니, 꼭 그런 것만은 아니었다. 녀석의 근육은 끝내 완전히 회복되지 못했다. 궁둥이가 아직도 좀 뻣뻣해서 깨끗한 점프가 불가능하다. 그래도 그럭저럭 괜찮은 점프를 할 수는 있다. 꼬리 위쪽 등에는 털이 유난히 성긴 부분이 남아 있고, 녀석의 머릿속 어딘가에는 그때의 기억이 아직 남아 있다. 일 년이 넘게 시간이 흐른 뒤 녀석의 귀에 가벼운 염증이 생겨서 내가 동물병원에 데려간 적이 있다. 검은 고양이는 바구니에 담겨 병원으로 가는 길에 전혀 싫은 기색이 없었다. 대기실에서 기다릴 때도 아무렇지 않았다. 하지만 진찰실로 들어가자 덜덜 떨면서 침을 흘리기 시작했다. 병원 사람들이 녀석을 더 안쪽 방으로 데려가서 주사를 여러 대 놓고 귀도 소독한 뒤 다시 데리고 나왔는데, 녀석은 겁을 먹고 뻣뻣하게 굳어 있었다. 입에서는 침이 줄줄 흘렀고, 몸의 떨림은 그 뒤로도 몇 시간 동안 멈추지 않았다. 그래도 녀석은 이제 평범한 본능을 지닌 평범한 고양이로 살아가고 있다.

6

아마 거의 죽을 뻔하다가 되돌아온 탓인지 검은 고양이의 식욕은 어마어마하다. 우리는 그 녀석에게서 부족했던 것을 보상하는 과정을 목격하고 있다.

검은 고양이는 회색 고양이의 서너 배를 먹는다. 발정기 때는 함부로 손대기가 힘들다. 회색 고양이는 즐기듯 사랑을 좇았지만, 검은 고양이는 강박적이다. 나흘이나 닷새 동안 사람들은 오로지 한 가지에만 초점을 맞춘 자연의 힘을 지켜보며 경외심을 느낀다. 검은 고양이가 미친 듯이 목을 울려대고 바닥을 구르면서 쓰다듬어달라고 요구하는 것은 짝이 필요한 시기가 왔음을 알리는 신호이다. 녀석은 사람들의 손과 발, 카펫 등과 사랑을 나눌 듯이 군다. 길고 슬프게 울어대며 정원을 돌아다닌다. 그리고 그것으로는 부족하다고 목청껏 불만을 토로한다.

부족하다고. 그 시기가 지나고 나면 섹스는 관심 밖으로 밀려난다. 어미가 되었기 때문이다. 다른 것에는 전혀 관심을 쏟지 않고 모든 시간을 새끼에게 쏟는 100퍼센트 어미.

검은 고양이가 처음 낳은 새끼들의 아비는 동네에 새로 나타난 젊은 얼룩 고양이였다. 그해 여름에는 새로 나타난 고양이들이 많았다. 생체해부를 하는 자들, 아니, 고양이 가죽 상인들이 우리 동네를 또 한 바퀴 돌고 난 뒤 하루아침에 고양이 여섯 마리가 사라졌기 때문이다.

검은 고양이의 상대가 될 수 있는 녀석들로는 잘생긴 얼룩 고양이, 털이 긴 흑백 고양이, 회색 무늬들이 있는 하얀 고양이가 있었다. 검은 고양이는 얼룩 고양이를 원했고, 그 고양이와 짝짓기를 했다. 부록과 함께. 검은 고양이의 발정기 이틀째 오후 늦게 나는 다음과 같은 광경을 목격했다.

검은 고양이는 얼룩 고양이 밑에 몇 시간 동안 있다가 현관으로 뛰어 들어왔다. 얼룩 고양이가 쫓아오기를 바라는 듯한 모양새였다. 검은 고양이는 현관 바닥에서 뒹굴며 기다렸다. 얼룩 고양이가 따라 들어와서 검은 고양이를 보더니 녀석의 몸을 핥아주었다. 그러고는 바닥에서 뒹굴며 유혹하는 녀석을 앞발로 내리 눌렀다. 마치 잠시 가만히 있으라고 말하는 것 같았다. 녀석은 끈질기게 졸라대는 검은 고양이를 그렇게 누른 채로, 애정을 담아 응석을 받아주는 것 같은 태도로 몸을 웅크렸다. 검은 고양이는 녀석의 앞발 아래에서 꿈틀거리며 애원했다. 조용히 있어. 얼룩 고양이가 말했다. 하지만 곧 검은 고양이가 꿈틀꿈틀 빠져나와 얼룩 고양이가 뒤쫓아 오는지 확인하려고 힐끔힐끔 뒤를 돌아보면서 정원으로 달려 나갔다. 얼룩 고양이가 실제로 뒤따라가기는 했지만, 서두르지 않았다. 정원에는 흑백 고양이가 기다리고 있었다. 검은 고양이는 바닥을 뒹굴면서 얼룩 고양이를 유혹했으나 녀석은 무심한 척 제 몸만 핥으면서 앉아 있었다. 그래도 사실은 검은 고양이를 지켜보고 있었다. 검은 고양이가 흑백 고양이 앞에서 바닥을 뒹굴기 시작하자 얼룩 고양이는 그쪽으로 다가가 옆에 웅크리고 앉아서 둘을 지켜보았다. 검은 고양이가 흑백 고양이와 짝짓기를 하는 동안에도 얼룩 고양이는 그 자리에 앉아서 지켜보았다. 짧은 짝짓기였다. 검은 고양이가 순전히 교태를 부리려고 새 짝에게서 떨어져 나오자, 얼룩 고양이는 부정을 저지른 녀석의 귀를 후려쳤다. 그리고 검은 고양이의 몸을 타고 올라갔다. 흑백 고양이에게 신경을 쓰거나 화풀이를 할 조짐은 전혀 보이지 않았다. 그렇게 사나흘이 지나는 동안 검은 고양이는 두 고양이와 번갈아 짝짓기를 하고 그 대가로 귀를 얻어맞았지만, 얼룩 고양이의 앞발에는 별로 힘이 들어가 있지 않았다.

고양이는 토끼처럼 중복자궁을 갖고 있다. 검은 고양이가 낳은 새끼 여섯 마리 중 한 마리는 회색 비슷한 색을 띠었고, 두 마리는 검은색, 세 마리는 검은색과 흰색이 섞여 있었다. 검은 고양이가 좋아하는 얼룩 고양이보다 두 번째로 선택한 흑백 고양이가 새끼들에게 더 많은 영향을 미친 것 같았다.

회색 고양이처럼 검은 고양이도 어둡고 으슥한 곳에서 새끼를 낳아야 한다는 자연의 법칙과는 아주 거리가 멀었다. 녀석은 항상 사람이 있는 방에서 새끼를 낳으려 했다. 당시 우리 집의 맨 꼭대기 방은 시험공부를 하는 젊은 여자가 쓰고 있었으므로, 그 여자가 방에 있을 때가 아주 많았다. 검은 고양이는 그녀의 가죽의자를 제 분만실로 선택해서, 회색 고양이가 지켜보는 가운데 새끼를 낳았다. 회색 고양이가 한두 번 의자 팔걸이로 올라가 앞발로 새끼를 만져보려 했지만, 검은 고양이는 어미로서 자신감이 넘쳤기 때문에 회색 고양이에게 당당히 내려가라고 지시했다. 그래서 회색 고양이는 아래로 내려갈 수밖에 없었다.

새끼들은 제대로 깔끔하게, 그리고 신속하게 태어났다. 여느 때처럼 우리는 새끼가 한 마리씩 나올 때마다 그 녀석이 마지막이기를 바랐다. 이번만은 새끼가 두 마리만, 많아야 세 마리만 태어나기를. 그리고 여느 때처럼 새끼는 세 마리면 충분하니 나머지는 처리하기로 결정했다. 녀석들은 몸이 깨끗해진 뒤 앞발을 어미의 가슴에 대고 일어서서 힘차게 젖을 빨아먹었다. 어미는 뿌듯한 얼굴로 기분 좋게 목을 울렸다. 그 모습을 보고 나니 새끼들을 죽이는 것은 도저히 불가능할 것 같았다.

회색 고양이와 달리 검은 고양이는 새끼들과 떨어지려 하지 않았다. 그리고 의자 주위에 사람들이 네댓 명쯤 모여서 자신을 칭찬해주는 것을 가장 좋아했다. 회색 고양이는 하품을 하며 인간들의 경의를 받아들인 반면, 검은 고양이는 거만하고 나른했다. 새끼들과 함께 있는 검은 고양이에게 영리하고 아름답다고 말해주면, 녀석은 어색함이라고는 전혀 없이 기뻐하며 하품을 했다. 검은 털 때문에 입속과 혀의 분홍색이 몹시 도드라졌다.

어미가 된 검은 고양이는 두려움을 몰랐다. 집 안에 새끼들이 있을 때 다른 고양이가 침입하면, 검은 고양이는 몸을 던지듯이 계단을 내려가 시끄럽게 소리를 질러대며 그 고양이를 내쫓았다. 침입자 고양이는 담장을 넘어 정신없이 달아났다.

하지만 회색 고양이는 반갑지 않은 고양이가 나타나더라도 사람이 올 때까지 으르렁거리며 위협을 할 뿐이다. 그러고는 사람의 도움을 받아 침입자를 내쫓는다. 사람이 오지 않으면 검은 고양이가 올 때까지 기다린다. 회색 고양이는 검은 고양이가 먼저 침입자 고양이를 공격한 뒤에야 비로소 공격에 나선다. 검은 고양이는 임무를 완수했다는 듯 단호한 표정으로 분주히 집 뒤편으로 뛰어가지만, 겁쟁이인 회색 고양이는 한가로이 안으로 돌아와 털을 핥다가 사람의 다리나 문 뒤에서 어디 덤빌 테면 덤벼보라는 듯이 소리만 질러댄다.

검은 고양이가 새끼들에게 모든 시간을 쏟는다면, 회색 고양이는 거의 자신에게만 집중한다. 밤이 되면 침대 주위를 걸어다니며 마음에 드는 자리를 선택한다. 이불 밑도 내 어깨 위도 아니고, 내 다리의 오금이나 발바닥의 오목한 부분 주위가 그 녀석이 가장 좋아하는 곳이다. 녀석은 세심하게 내 얼굴을 핥아주고, 잠깐 창밖을 바라보며 나무, 달, 별, 바람을 확인한 뒤 자리를 잡는다. 어쩌면 이제는 영원히 멀어져버린 다른 고양이들의 사랑을 확인하는 것인지도 모르겠다. 아침이 되면 녀석은 나를 깨우려고 내 가슴에 웅크리고 앉아 앞발로 내 얼굴을 톡톡 두드린다. 내가 모로 누워 있으면 얼굴 앞에 웅크리고 앉아 얼굴을 들여다본다. 그리고 아주, 아주 부드럽게 앞발로 얼굴을 건드린다. 나는 눈을 뜨고 일어나기 싫다고 말한 뒤 다시 눈을 감는다. 고양이가 내 눈꺼풀을 부드럽게 두드리고, 코를 핥고, 목을 골골 울린다. 내 얼굴과 겨우 5센티미터 떨어진 곳에서. 그래도 내가 자는 척 누워 있으면, 녀석은 내 코를 살짝 깨문다. 결국 나는 웃음을 터뜨리며 일어나 앉는다. 그러면 녀석은 침대에서 훌쩍 뛰어내려 번개같이 아래층으로 내려간다. 겨울이면 뒷문을 열어달라고 하기 위해서이고, 여름이면 먹이를 달라고 요구하기 위해서이다.

검은 고양이는 일어날 때가 됐다 싶으면 꼭대기 층에서 내려와 내 방 바닥에 앉아서 나를 바라본다. 가끔 나는 잠든 상태에서도 고집스럽게 나를 바라보는 그 노란 눈을 느낄 수 있다. 검은 고양이가 침대 위로 올라오면 회색 고양이는 작게 으르렁거린다. 하지만 새끼 고양이들을 지원군으로 거느린 검은 고양이는 제 권리가 무엇인지 알기 때문에 겁을 내지 않는다. 녀석은 침대 발치를 가로질러 벽과 가까운 쪽으로 옮겨가서 다시 거슬러 올라오며 내내 회색 고양이를 무시한다. 그리고 가만히 앉아서 기다린다. 두 녀석은 각각 초록색 눈과 노란색 눈으로 그렇게 한참 동안 서로를 빤히 바라본다. 그래도 내가 끝내 일어나지 않으면, 검은 고양이는 내 몸 위를 펄쩍 건너뛰어 바닥으로 내려간다. 그리고 자신의 그 움직임 때문에 내가 깨어났는지 확인한다. 내가 여전히 자고 있으면 녀석은 같은 행동을 반복한다. 한 번 더, 또 한 번 더. 회색 고양이는 섬세함이 없는 검은 고양이를 경멸하며 녀석에게 한 수 가르쳐주기 위해 웅크리고 앉아 내 얼굴을 톡톡 두드린다. 하지만 검은 고양이는 그런 섬세함을 배울 수 있는 성격이 아니다. 참을성이 없기 때문이다. 사람의 얼굴을 톡톡 두드려 웃게 만드는 법도, 장난치듯 가볍게 무는 법도 알지 못한다. 자신이 내 몸 위를 계속 훌쩍훌쩍 뛰어넘으면, 내가 일어나서 먹이를 줄 것이라는 사실을 알 뿐이다. 먹이를 먹고 나면 검은 고양이는 새끼들에게 돌아간다.

나는 녀석이 회색 고양이를 따라하려고 애쓰는 모습을 지켜보았다. 회색 고양이가 몸을 쭉 펴고 누워서 칭찬을 기다리고 있으면 우리는 예쁘다, 너어어어어어무 예쁘다고 말해준다. 그러면 검은 고양이가 그 옆에 똑같은 자세로 벌렁 드러눕는다. 회색 고양이가 하품을 하면 검은 고양이도 하품을 하고, 회색 고양이가 드러누운 채로 몸을 움직여 소파 밑으로 들어가면 검은 고양이는 패배자가 된다. 그런 재주를 부릴 능력이 없기 때문이다. 그래서 새끼들이 있는 곳으로 가버린다. 우리가 그곳으로 찾아와 새끼들뿐만 아니라 어미에게도 찬사를 보낼 것이라는 사실을 검은 고양이도 아주 잘 알고 있기 때문이다.

회색 고양이는 점차 사냥꾼으로 변신하는 중이었다. 먹이를 구하기 위해서가 아니었다. 녀석의 사냥은 먹이를 위한 것이었던 적이 단 한 번도 없다. 먹이를 영양분을 섭취하는 수단으로 봤을 때 그렇다는 뜻이다. 녀석에게 먹이는 자신의 감정을 드러내는 수단이다.

어느 주말 나는 신선한 토끼고기를 사야 한다는 사실을 깜박 잊어버렸다. 회색 고양이는 이제 토끼고기밖에 먹지 않는데. 통조림으로 나온 고양이 먹이가 있기는 했다. 회색 고양이는 배가 고프더라도 먹이를 놓아두는 구석자리에 앉지 않는다. 그곳은 자기보다 신분이 낮은 검은 고양이의 자리이다. 회색 고양이는 그 자리 맞은편의 **자기** 자리에 앉아, 먹이를 달라고 야옹거리는 법도 없이 나를 바라본다. 녀석 옆에는 상상 속의 접시가 있는 듯하다. 내가 녀석의 신호를 알아차리지 못하면, 녀석은 내게 다가와 다리 주위를 돌아다닌다. 그래도 내가 알아차리지 못하면 녀석은 펄쩍 뛰어 앞발로 내 치마를 잡는다. 그러고는 내 종아리를 가볍게 문다. 녀석이 검은 고양이의 접시로 다가가 그것을 등지고 서서 있지도 않은 흙을 끼얹는 시늉을 하는 것은 최종적인 의사표현이다. 마치 제가 보기에는 그 접시에 배설물이 묻은 것 같다고 말하는 듯하다.

하지만 그날은 냉장고에 토끼고기가 **없었다**. 나는 가까운 곳에 앉아 기다리는 녀석 앞에서 냉장고를 열었다가 닫았다. 그 안에 원하는 물건이 없으니, 정말로 배가 고프다면 통조림 먹이를 먹을 수밖에 없다는 사실을 알리기 위해서였다. 회색 고양이는 내 뜻을 이해하지 못하고, 여전히 상상 속의 접시 옆에 앉아 있었다. 나는 다시 냉장고를 열었다가 닫은 뒤, 통조림 먹이를 가리켜 보이고는 다시 일을 하기 시작했다.

그러자 회색 고양이는 부엌을 나갔다가 몇 분 뒤 익힌 소시지 두 개를 들고 들어와 내 발치에 놓았다.

못된 녀석! 도둑고양이! 도덕이 뭔지도 몰라! 소시지를 훔치다니!

내가 한 마디씩 할 때마다 녀석은 맞다는 듯 눈을 감더니 몸을 돌려 소시지에 흙을 끼얹는 시늉을 했다. 그리고 불같이 화를 내며 부엌을 나가버렸다.

나는 침실로 올라왔다. 그 방에서는 뒷마당과 정원과 담장을 볼 수 있었다. 회색 고양이는 정원을 가로질러 집 뒤편 담장으로 향하고 있었다. 뛰어가는 모습이 길고 호리호리한 사냥꾼 같았다. 녀석은 담장 위로 뛰어올라 그 위를 달리다가 시야에서 사라졌다. 녀석이 어디로 가버렸는지 나는 알 수 없었다.

내가 다시 부엌으로 돌아온 뒤, 녀석이 또 익힌 소시지를 들고 나타나 아까 가져온 소시지 두 개 옆에 나란히 놓았다. 그러고는 또 흙을 끼얹는 시늉을 하고, 부엌을 나가 내 침대로 올라가서 잠이 들었다.

다음 날 부엌 바닥에는 익히지 않은 소시지가 줄줄이 놓여 있고, 그 옆에 회색 고양이가 앉아 있었다. 자신이 하고자 하는 말을 내가 해석해주기를 기다리는 듯했다.

녀석이 혹시 작은 극단의 가난한 배우들이 점심으로 먹을 소시지를 훔쳐온 건 아닐까. 아니었다. 회색 고양이가 담장 위를 뛰어가다가 풀쩍 뛰어내려 어느 집 안으로 사라지는 것을 내 침실 창문에서 지켜보았다. 담장과 직각으로 서 있는 집이었다. 그 집에서 벽돌 두어 개가 빠진 자리가 눈에 띄었는데, 아마도 부엌의 환기구인 듯했다. 고양이가 그 작은 구멍으로 들어가는 것은 쉬운 일이 아니었다. 거의 1미터 높이의 좁은 담장에서 뛰어내린 직후라면 더욱더. 하지만 회색 고양이가 바로 그런 재주를 부리고 있었다. 지금도 녀석은 내게 먹이를 제대로 달라는 뜻을 전하고 싶을 때 그런 재주를 부린다.

그 집 여자는 부엌에서 분명히 남편의 아침식사로 소시지 두 개를 익혀두었는데, 잠시 한눈을 팔기만 하면 소시지가 사라지는 일을 겪고 있었다. 유령인가! 때로는 공연히 아무 죄도 없는 개나 아이를 찰싹 때리기도 했을 것이다. 아직 익히지 않은 소시지 1파운드*를 미리 꺼내서 접시에 담아둔 뒤 잠시 등을 돌렸을 때도 역시 소시지는 사라지고 없었다. 회색 고양이는 줄줄이 엮인 소시지를 뒤에 늘어뜨린 채 우리 집 정원을 가로질러 뛰어와서 부엌 바닥에 내려놓았다. 옛날에 먹이를 사냥해서 인간에게 가져다주는 훈련을 받았던 조상들의 사냥 습관이 이렇게 나타난 것일 수도 있었다. 녀석의 머릿속에 남은 그 기억이 인간의 언어와 거의 흡사한 의사표현으로 전환된 것인지도.

정원 끝의 단풍나무에 개똥지빠귀 한 마리가 매년 둥지를 짓는다. 매년 새끼들이 알을 깨고 나와 첫 비행을 나섰다가 밑에서 기다리던 고양이들의 입속으로 들어간다. 어미 새나 아비 새도 새끼들을 쫓아 내려왔다가 붙잡

* 약 453그램.

힌다.

그렇게 붙잡힌 새가 겁에 질려 찍찍거리는 소리가 집 안을 어지럽힌다. 회색 고양이는 그 새를 가지고 안으로 들어오지만, 그것은 순전히 사냥 솜씨를 칭찬받기 위한 행동일 뿐이다. 녀석은 새를 가지고 놀면서 괴롭히기만 한다. 그런 행동도 어찌나 우아한지. 검은 고양이는 계단에 웅크리고 앉아 그 모습을 지켜본다. 검은 고양이는 새를 죽인 적이 한 번도 없다. 하지만 회색 고양이가 새를 잡아온 지 세 시간, 네 시간, 다섯 시간이 지나 새가 죽어버리거나 거의 죽은 상태가 되면, 검은 고양이가 그 새를 가져가서 이리저리 던졌다가 받기를 계속한다. 회색 고양이의 장난을 흉내내는 것이다. 매년 여름 나는 회색 고양이에게서 새들을 구출해 아주 멀리 허공으로 날려 보낸다. 때로는 다른 집 정원에 놓아주기도 한다. 그러니까 아주 심하게 다치지 않은 새들을 그렇게 구해준다는 얘기다. 어떻게든 회복할 수 있도록. 내가 새를 빼앗아가면 회색 고양이는 불같이 화를 내면서 귀를 뒤로 찰싹 붙이고 나를 노려본다. 녀석은 내 행동을 이해하지 못한다. 전혀, 조금도. 새를 잡아서 안으로 들어올 때 녀석은 아주 뿌듯한 모습이다. 사실 새는 녀석이 내게 주는 선물이지만, 나는 데번에서 여름을 보내게 되었을 때에야 비로소 그것을 알아차렸다. 그래서 나는 전혀 기뻐하지 않고 녀석을 꾸짖으면서 새를 빼앗아버린다.

이 형편없는 녀석! 새를 괴롭히다니! 잔인한 놈! 사디스트! 네 조상은 정직한 사냥꾼이었는데 넌 왜 이렇게 타락했어!

녀석은 내 성난 목소리를 듣고 푸르르 화를 내며, 죽어라 찍찍거리는 새를 물고 밖으로 달려 나간다. 나는 뒷문을 잠그고 창문을 닫지만, 그동안에도 고문은 계속된다. 시간이 흐른 뒤 소음이 잦아들고 고양이가 다시 들어온다. 내 다리를 휘감으며 움직이지도 않고, 나를 알은척하지도 않는다. 나를 무시한 채 이층으로 성큼성큼 올라가서 잠으로 감정을 씻어버린다. 고양이의 이빨과 발톱이 입힌 상처보다는 탈진으로 목숨을 잃은 새의 시체가 정원에서 뻣뻣하게 굳어가고 있다.

나는 이웃들의 요청으로 사람을 불러 우리 정원의 큰 나무를 가지치기했다. 어떤 이웃은 우리 나무가 자기 정원에 그림자를 드리워서 싫다고 했고, 또 어떤 이웃은 "거기서 떨어지는 이파리 때문에 사방이 지저분하다"고 말했다. 가지치기를 하러 온 사람도 같은 불평을 늘어놓았다. 자신에게 돈을 줄 고객인 내게 대놓고 말하지는 못하고, 대신 나무에 호의적이지 않은 현대의 삶을 탓했다.

그의 말투는 신랄하고 신랄했다. "매일 전화가 옵니다. 그래서 가보면 좋은 나무가 있어요. 백 년 동안 자란 나무입니다. 그런 나무에 비하면 우린 아무것도 아니죠. 사람들은 그 나무가 꽃밭의 장미를 망치고 있다면서 베어버리라고 내게 말합니다. 장미라니요! 나무에 비하면 장미가 뭡니까? 나는 그 장미 때문에 나무를 베어야 합니다. 어제만 해도 물푸레나무 한 그루를 땅에서 약 1미터 높이로 베어버려야 했습니다. 그루터기로 탁자를 만들고 싶답니다. 탁자를. 그 나무가 그렇게 자라는 데 백 년이나 걸렸는데. 주인은 탁자에 앉아서 차를 마시며 장미를 바라보고 싶다고 말했습니다. 요즘은 나무가 없습니다. 나무가 사라집니다. 우리가 솜씨를 부려도 사람들은 좋아하지 않습니다. 원래 모습을 알아볼 수 없게 마구 베어버리기를 원하니까요. 게다가 새는 또 어쩔 겁니까? 저기 가지 위에 새 둥지가 있는 걸 알고 계셨습니까?"

"고양이 때문이에요." 내가 말했다. "저 새들이 다른 곳에 둥지를 틀었으면 좋겠어요."

"아, 네. 그렇게 말씀하셨죠. 고양이 때문이라고. 모두들 나무를 베어버리려고 합니다. 고양이는 사방에 있고요. 새들은 어디로 갑니까? 난 이 일을 그만두고 말 겁니다. 요즘은 정직한 전문가를 원하는 사람이 없어요. 저 고양이들을 보세요. 한번 보세요!"

그 나무 전문가에게 나무와 새는 무엇보다 먼저 고려해야 하는 신성한 조합이었다. 그에게 결정권이 있다면 사람보다 그 조합을 더 우선시했을 것이다. 고양이는 모조리 없애버리고 싶어할 뿐이었다.

그는 가지치기를 했다. 나무를 마구 난도질하지 않았다. 그리고 이듬해 봄에 개똥지빠귀 한 마리가 거기에 둥지를 틀었고, 새끼 새들이 여느 때처럼 팔랑팔랑 아래로 내려왔다. 하지만 그중 한 마리가 집 뒤편의 가장 높은 창문 안으로 곧장 날아 들어왔다. 평소에는 비어 있는 여분의 방이었다. 녀석은 거기서 하루를 보냈다. 의자 위에 예쁘게 앉아서 30센티미터쯤 떨어져 있는 나를 바라보았다. 거의 눈과 눈이 마주칠 만한 위치였다. 녀석은 사람을 무서워할 줄 몰랐다. 아직은. 밖에서 어슬렁거리는 회색 고양이 때문에 나는 문을 꼭 닫아두었다. 그 여름날 저녁 늦게, 모든 새가 이미 조용히 잠들어 있을 때, 그 작은 새는 창문을 통해 나무로 곧장 날아갔다. 땅 가까이 내려온 적은 없으니 아마 죽지 않았을 것이다.

이 이야기를 하다 보니, 파리의 콩트르스카르프 광장 근처의 칠층 아파트 맨 꼭대기 층에 사는 여자에게서 들은 이야기가 생각난다. 그녀는 여행할 때 언제든 원하는 곳으로 자유로이 이동할 수 있게 짐을 가볍게 싸는 편이었다. 그녀의 남편은 선원이었다. 어느 날 오후, 새 한 마리가 나무 위에서 집 안으로 날아들더니 도무지 나갈 생각을 하지 않았다. 그녀는 깔끔한 성격이라 새똥이 어디 떨어지기라도 하면 도저히 참을 수 없을 것 같았다. 하지만 '잠시 정신이 어떻게 됐는지' 그녀는 신문을 내려놓고 새와 친해졌다. 새는 겨울이 왔는데도 남쪽으로 떠나지 않았다. 그러자 그녀는 자신이 그 새를 책임져야 한다는 사실을 문득 깨달았다. 겨울의 파리 하늘로 이제야 새를 날려보낸다면, 새는 죽을 것이다. 이주일 정도 여행을 갈 일이 생겼을 때 그녀는 새를 두고 갈 수가 없어서 새장을 구입해 함께 데려갔다.

그러다 자신의 모습을 돌아보게 되었다. "생각해봐. 내가! 내가! 한 손에는 여행가방을, 다른 손에는 새장을 들고 지방 호텔에 들어서는 모습을! 내가! 하지만 어쩔 수 없잖아. 내 방에 새가 있으니, 호텔에서 일하는 사람들과 친해져야 했어. 마치 모든 인류를 사랑하는 사람처럼 굴어야 했다고. 세상에! 노부인들은 계단에서 날 불러 세우고, 젊은 아가씨들은 나한테 연애상담을 했어. 나는 일을 마치고 곧바로 파리로 돌아가 봄이 올 때까지 뚱하니 골을 냈지. 그리고 봄에 욕을 하면서 그 새를 창밖으로 날려

보냈어. 그 뒤로는 창문을 계속 닫아놓고 살아. 새한테 호
감을 얻고 싶은 생각이 전혀 없으니까!"

검은 고양이는 첫 번째 새끼들을 낳은 지 겨우 열흘 뒤
에 두 번째 임신을 했다. 내가 보기에는 비경제적인 일이
었지만, 수의사는 늘 있는 일이라고 말했다. 이 두 번째
새끼들 중 가장 작고 약한 녀석(이런 녀석들은 대개 성격이 제
일 착하다. 아마 다른 형제들보다 힘에서 뒤떨어지는 부분을 매력
으로 벌충하기 위해서인 것 같다)은 학생들로 가득한 어느 아
파트에 입양되었다. 녀석이 삼층 창턱에 앉아 있을 때 뒤
에서 개가 짖었다. 그러자 녀석은 겁에 질려 반사적으로
창에서 뛰어내리고 말았다. 모두들 고양이의 시체를 수습
해야 한다는 생각에 인도로 달려 나왔지만, 녀석은 제 몸
을 핥으며 앉아 있었다. 다친 곳이 전혀 없었다.
일시적으로나마 새끼가 전혀 없는 몸이 된 검은 고양
이는 아래층으로 내려와 다시 평범한 생활을 하기 시작
했다. 그런데 회색 고양이는 검은 고양이가 이층에서 새
끼들을 돌보는 생활을 영원히 계속할 것이라고 생각한
모양이었다. 하지만 녀석은 생각과는 달리 아래층을 혼자
독차지할 수 없으며, 언제든 제 자리가 위협받을 수 있다
는 사실을 곧 알아차렸다. 그렇게 해서 서로 자리를 확보

하기 위한 싸움이 다시 시작되었는데, 이번에는 그 모습이 과히 보기 좋지 않았다. 새끼를 낳은 경험이 있는 검은 고양이는 예전보다 자신감이 늘어서 회색 고양이의 위협에 쉽게 위축되지 않았다. 바닥이나 소파에서 자려고 하지 않는 것이 한 예였다.

결국 잠자리 문제가 해결되기는 했다. 회색 고양이는 침대 머리맡에서, 검은 고양이는 침대 발치에서 자는 걸로. 날 깨우는 일은 회색 고양이의 몫이었다. 녀석은 검은 고양이 앞에서 순전히 보란 듯이 내게 장난을 걸고, 날 앞발로 가볍게 두드리고, 혀로 핥고, 목을 골골 울렸다. 잘 봐, 날 잘 보라고. 이렇게 말하는 것 같았다. 먹이를 먹을 때도 비슷했다. 날 잘 봐. 새들을 대할 때도 마찬가지였다. 잘 봐. 넌 이런 것 못 하지? 그렇게 지나간 몇 주 동안 두 고양이에게 인간의 존재는 안중에도 없었던 것 같다. 그들은 서로 경쟁하는 아이들처럼 오로지 서로에게 집중했다. 그들에게 어른은 제 맘대로 조종할 수 있고, 뇌물로 매수할 수 있는 대상이며, 그들이 오로지 서로를 향해 품고 있는 집착에 속하지 않는 존재였다. 온 세상이 상대방의 존재로 가득 차서, 그들은 상대를 무찌르는 데에만 집중했다. 고열에 시달릴 때 보이는 환상의 세계처럼, 밝고 뜨겁고 무섭고 작은 세상이었다.

고양이들은 이제 매력적이지 않았다. 둘이 하는 행동이 똑같아지고, 매력은 사라졌다.

매력이란 과연 무엇인가? 자연스럽게 드러나는 우아함, 날 때부터 갖고 있는 어떤 특징을 아낌없이 내뿜는 것. 하지만 여기에는 조금 불편한 부분, 그냥 넘어가면 안 될 것 같은 부분, 거슬리는 부분이 있다. 부당한 일이 눈앞에서 펼쳐지고 있다는 느낌. 처음부터 남들에 비해 너무나 많은 것을 지니고 태어나는 생물들은 자신이 가진 것을 반드시 도로 내놓아야 하는 건가? 매력이란 과외의 것, 남아도는 것, 불필요한 것, 그냥 마구 나눠주는 어떤 힘 같은 것이다. 회색 고양이가 따뜻한 햇볕을 받으며 사치스럽고 육감적으로 기쁜 듯이 바닥을 뒹굴면, 그것이 바로 매력이다. 보는 사람이 목이 멜 정도이다. 회색 고양이가 바닥을 뒹굴 때는 항상 똑같은 감정이 든다. 하지만 검은 고양이를 볼 때는 눈이 가늘어진다. 볼품 없는 광경이다. 심지어 녀석의 동작조차 딱딱하고 퉁명스러워 보인다. 검은 고양이는 회색 고양이를 지켜보며, 자신에게는 재능이 없는 행동을 흉내내려고 애쓴다. 자기 것이 아닌 물건을 훔치려 할 때처럼, 상대를 부러워하며 은밀히 움직이는 것 같은 느낌이 난다. 자연이 회색 고양이에게 지능과 아름다움을 멋대로 퍼부어주었으니, 회색 고양이는

그 보답으로 그 지능과 아름다움을 아낌없이 흩뿌려야
마땅하다.

검은 고양이가 모성애를 아낌없이 발휘하는 것처럼. 검
은 고양이는 새끼들과 함께 있을 때, 새까만 색의 호리호
리한 앞발을 새끼들 위로 뻗는다. 새끼들을 보호하는 동
시에, 녀석들을 전제군주처럼 휘두를 것 같은 모습이다.
눈은 반쯤 감겼고, 목구멍 안쪽 깊숙한 곳에서는 골골 울
리는 소리가 난다. 그럴 때의 검은 고양이는 위풍당당하
고 너그럽다. 무심한 듯 자신감이 넘친다. 이번에는 성적
인 능력을 빼앗긴 회색 고양이가 저만치 떨어진 곳에 앉
아서 검은 고양이를 부러워하고 시기한다. 녀석의 온몸과
얼굴과 뒤로 젖혀진 귀가 이렇게 말하는 듯하다. 난 쟤 싫
어, 난 쟤 싫어.

간단히 말해서, 몇 주 동안 두 녀석은 집 안의 사람들에
게 아무런 즐거움을 안겨주지 못했다. 녀석들도 전혀 즐
거워 보이지 않았다.

하지만 모든 것이 갑자기 변했다. 시골여행 덕분이었
다. 두 녀석 모두 한 번도 해본 적이 없는 여행.

7

두 녀석 모두 고양이 바구니에서 고통과 두려움을 느낀 기억을 갖고 있기 때문에 바구니에 탄 채로 이동하는 것을 싫어할 것 같았다. 그래서 나는 두 녀석을 자동차 뒷좌석에 풀어놓았다. 회색 고양이는 곧바로 앞좌석으로 펄쩍 뛰어와 내 무릎에 앉았다. 불쌍한 모습이었다. 런던을 벗어나는 동안 내내 녀석은 덜덜 떨면서 야옹야옹 울어댔다. 날카롭게 계속 이어지는 그 불만스러운 소리 때문에 우리 모두 미칠 것 같았다. 검은 고양이는 낮고 슬픈 목소리로 불만을 표시했다. 주변 상황보다는 녀석이 마음속으로 느끼는 불편함에 대한 불만이었다. 회색 고양이는 창문을 통해 승용차나 화물트럭의 모습이 보일 때마다 비명을 질러댔다. 그래서 나는 지나가는 자동차들을 보지 못하게 녀석을 내 발치에 내려놓았다. 그런데 그것이 마음에 들지 않는 모양이었다. 녀석은 무서운 소리를 내는 물체들을 직접 보고 싶어했다. 하지만 그것을 보고 싶지 않다는 마음도 강했다. 녀석은 내 무릎에 웅크리고 앉아 어떤 소리가 점점 크게 다가오면 고개를 들었다. 그리고 덜덜 진동하는 검은 기계 덩어리가 앞으로 달려가거나 뒤로 처지는 모습을 보고 야옹야옹 울어댔다. 고양이를 통해 이런 식으로 도로를 경험하면, 우리가 차에 오를 때마다 일부러 차단해버리는 것들을 새로이 느낄 수 있다. 평소 우리는 도로의 무시무시한 소음과 떨림을 귀에 담지 않는다. 만약 그런 소리를 모두 느낀다면, 회색 고양이처럼 우리도 살짝 미쳐버릴 것이다.

우리는 고양이 소리를 참을 수가 없어서 차를 세우고 녀석을 바구니에 넣으려고 했다. 그러자 녀석은 두려움에 발광하며 히스테리를 부렸다. 결국 우리는 녀석을 다시 풀어주고 대신 검은 고양이를 바구니에 넣으려 했다. 녀석은 뚜껑이 있는 바구니 안에 들어가는 것을 몹시 반가워했다. 목적지에 도착할 때까지 녀석은 바구니 옆에 난 구멍으로 검은색 코를 내민 채 바구니 안에 웅크리고 있었다. 우리는 그 코를 쓰다듬어주며 괜찮으냐고 물어보았다. 녀석은 나직하고 슬픈 목소리로 대답했지만, 지나치게 화가 난 것 같지는 않았다. 어쩌면 임신한 상태라서 비교적 차분했던 것인지도 모른다.

　그동안 회색 고양이는 계속 불만을 표출했다. 데번까지 차를 몰고 가는 여섯 시간 동안 내내 야옹거리는 소리가 그치지 않았다. 나중에는 녀석이 앞좌석 아래로 들어가 아무 의미도 없이 계속 야옹거렸다. 아무리 말을 걸고 달래줘도 소용이 없었다. 하지만 우리는 도로의 소음을 듣지 못하는 것처럼 곧 그 야옹거리는 소리도 듣지 못하게 되었다.

　그날 밤 우리는 어떤 마을에 있는 친구 집에 묵었다. 고양이 두 마리는 커다란 방에 풀어놓고, 모래상자와 먹이를 주었다. 친구 집에도 고양이들이 있었으므로 우리 고양이 두 마리는 그 커다란 방에서 나올 수 없었다. 회색 고양이는 검은 고양이를 이겨야 한다는 생각에 두려움을 잊었는지 모래상자도 먼저 사용하고 먹이도 먼저 먹었다. 그리고 하나뿐인 침대를 차지하고 앉아서 검은 고양이에게 어디 한번 올라올 테면 올라와보라고 을러대는 듯한 자세를 취했다. 검은 고양이는 먹이를 먹고 모래상자를 사용한 뒤 바닥에 앉아 회색 고양이를 올려다보았다. 시간이 흐른 뒤 회색 고양이가 다시 먹이를 먹기 위해 침대에서 내려오자 검은 고양이가 침대로 뛰어올라갔지만 곧바로 쫓겨나고 말았다.

녀석들은 그렇게 밤을 보냈다. 적어도 내가 아침에 일어나 가보았을 때는 검은 고양이가 바닥에 앉아 회색 고양이를 올려다보고 있고, 회색 고양이는 침대 한쪽 끝에 앉아 눈을 이글거리며 검은 고양이를 경계하고 있었다.

우리는 황야에 있는 오두막으로 숙소를 옮겼다. 한동안 비어 있던 낡은 집이었다. 가구도 거의 없었다. 하지만 커다란 벽난로가 있었다. 우리 고양이들은 불을 직접 본 적이 없었다. 벽난로에서 장작이 타오르기 시작하자 회색 고양이는 겁에 질려 비명을 지르며 이층으로 도망쳐서 침대 밑으로 들어가 나오려 하질 않았다.

검은 고양이는 코를 킁킁거리며 아래층 방을 돌아다니다가 하나뿐인 안락의자를 찾아내서 제 자리로 삼았다. 녀석은 불을 무서워하지 않고 오히려 흥미를 보였다. 적어도 불에 너무 가까이 있지 않을 때는 그랬다.

녀석이 무서워한 것은 오두막 바깥의 시골 풍경이었다. 벽돌로 깔끔하게 구획된 사각형 안에 갇히지 않고 몇 에이커*나 되는 넓은 땅에 펼쳐져 있는 벌판, 풀, 나무. 이것들 가장자리에 나직한 돌담이 있을 뿐이었다.

우리는 청결을 위해 두 고양이를 모두 집 밖으로 내보

---

* 1에이커는 약 4000제곱미터.

내야 했다. 며칠이 지나자 녀석들은 상황을 이해했는지 스스로 밖으로 나갔다. 비록 금방 다시 되돌아오긴 했지만. 처음에는 꽃밭과 조약돌이 있는 창문 아래에만 머물렀지만, 곧 그보다 조금 멀리, 식물이 잔뜩 자라고 있는 돌담까지 나아갔다. 그다음에는 돌담에 둘러싸인 땅을 밟았고, 그날 회색 고양이는 금방 집으로 돌아오지 않았다. 땅에는 쐐기풀, 엉겅퀴, 디기탈리스가 높이 무성하게 자라고 있고, 새와 생쥐가 가득했다. 회색 고양이는 이 자그마한 황무지 가장자리에 웅크리고 앉아 수염과 귀, 꼬리를 부지런히 움직이며 소리를 듣고 감각을 느꼈다. 하지만 아직 자신의 본성을 받아들일 준비가 되어 있지 않았다. 새가 나뭇가지에 갑자기 내려앉았을 뿐인데도 녀석은 허둥지둥 집으로 돌아와 이층에 있는 침대 밑에 숨었다. 그리고 거기서 며칠 동안 나오지 않았다. 하지만 손님들이 자동차를 몰고 찾아오거나 장작, 빵, 우유 등의 배달 트럭이 오면 녀석은 집이 갑갑하게 느껴지는지 벌판으로 달려나가서 한결 마음이 놓이는 표정을 지었다. 간단히 말해서 녀석은 혼란스러워하고 있었다. 평소 모습과는 완전히 달랐다. 녀석의 본능도 제대로 작동하지 않았다. 고양이는 싫어하는 먹이가 나오거나, 겁에 질렸거나, 속이 조금 안 좋을 때 우유나 물을 핥아먹기만 하면서 놀라울 정도로 오랜 시간을 버틸 수 있다. 녀석도 먹이를 먹지 않았다.

우리는 녀석이 도망칠까 봐 걱정이었다. 혹시 런던으로 돌아가려고 하지 않을까.

내가 여섯 살인가 일곱 살 때 어떤 남자가 우리 시골집의 방에 앉아 램프 불빛을 받으며 고양이를 쓰다듬고 있었다. 그가 고양이를 쓰다듬으며 말을 걸던 모습이 기억난다. 그 둘이 둥글게 떨어지는 램프 불빛을 받고 있던 모습이 지금도 눈에 선하다. 그때 강하게 느꼈던 감정, 즉 불편함이 지금도 느껴진다. 나는 아버지 옆에 서서 아버지와 같은 기분을 느끼고 있었다. 그런데 도대체 어떤 상황이었던 거지? 나는 기억을 들쑤신다. 부드러운 회색 털을 비추던 따스한 빛을 보고, 그 남자의 지나치게 감정적인 목소리를 다시 들으면 기억이 작동할 것 같다. 하지만 생각나는 것은 그가 가졌으면 좋겠다는 불편한 기분뿐이다. 뭔가 아주 커다란 문제가 있었다. 어쨌든 그 남자는 그 고양이를 원했다. 그는 약 30킬로미터 떨어진 산 근처에서 나무를 베는 일을 하다가 주말이면 아내와 자녀가 사는 솔즈베리로 돌아왔다. 그렇다면 생기는 궁금증. 그는 왜 고양이를 벌목장에 데려가려고 했을까? 점점 자라면서 그 남자와 벌목장을 주인과 집으로 인식하게 될 새끼 고양이가 아니라 다 자란 고양이를 원한 이유가 무엇인가? 왜 하필 그 고양이였을까? 우리는 왜 언제나 일이 잘못될 우려가 있다는 것을 알면서도 다 자란 고양이를 떠나보낼 준비를 하고 있었을까? 더구나 그 남자는 우기에는 마을로 돌아오기 때문에 벌목장에 머무르는 시기가 제한되어 있었는데도. 왜 그랬을까? 이런 의문의 대답은 그날 저녁 그 방을 채우고 있던 긴장감 속에서 찾을 수 있다.

우리는 고양이를 데리고 함께 벌목장으로 갔다.

산맥 기슭의 나지막한 언덕 위에 자리 잡은 벌목장은 커다란 나무들이 조용히 서 있는 공원 같은 곳이었다. 나무들 사이 공터에 하얀 천막들이 나지막하게 늘어서 있었다. 매미들이 죽어라 악을 써댔다. 그 뒤로 얼마 지나지 않아 비가 내리기 시작한 것으로 보아 아마 9월 말이나 10월쯤이었을 것이다. 몹시 덥고 몹시 건조했다. 멀리 나무들 사이에서 톱이 윙윙 돌아가는 소리가 매미 소리처럼 단조롭고 꾸준하게 들려왔다. 그러나 톱 소리가 멈추면 지나치게 무거운 침묵이 찾아왔다. 곧 나무 한 그루가 쿵 쓰러지고, 더위로 열이 오른 이파리와 풀에서는 강렬한 냄새가 풍겨 나왔다.

우리는 그 덥고 조용한 곳에서 그날 밤을 보낸 뒤 고양이를 두고 떠나왔다. 벌목장에는 전화가 없었지만, 그 남자가 그다음 주말에 전화를 걸어 고양이가 사라졌다고 알려주었다. 그는 우리 어머니 말씀대로 고양이 발에 버터를 발라주었지만, 사방에 천막뿐이라 고양이를 가둬둘 곳이 없었다며 우리에게 미안하다고 말했다. 그래서 고양이가 도망쳐버렸다고.

이주일 뒤 아주 더운 오전에 그 고양이가 덤불에서 집 쪽으로 기어왔다. 매끈하던 녀석의 몸이 홀쭉하고, 회색 털은 거칠며, 눈은 겁에 질려 어쩔 줄을 몰랐다. 녀석은 우리 어머니에게 달려와 웅크리고 앉아서 어머니를 올려다보았다. 이 무서운 세상에서 적어도 이 사람만은 예전 그대로인지 확인하려는 것 같았다. 그러다가 이내 녀석은 어머니의 품으로 뛰어들어와 목을 울리며 울었다. 다시 집에 돌아왔다는 기쁨 때문이었다.

직선거리로 따지면 24킬로미터쯤 될지 몰라도 어쨌든 녀석이 온 거리는 30킬로미터가 넘었다. 녀석은 벌목장을 슬쩍 빠져나와 본능이 가리키는 방향으로 걸었다. 선명하게 뻗은 도로 같은 것은 없었다. 우리 시골집과 벌목장 사이에는 아무렇게나 구불구불 이어진 흙길뿐이었다. 게다가 벌목장으로 이어진 길 중 6에서 8킬로미터는 건조한 풀밭 사이로 궤도차가 다니는 길이었다. 고양이가 처음 벌목장으로 자신을 데려간 자동차의 경로를 그대로 되짚어 오는 것은 거의 불가능했다. 그러니 틀림없이 벌판을 직선으로 달렸을 것이다. 주인이 없어 황량한 그 벌판에는 녀석이 잡아먹을 수 있는 쥐와 새가 많았지만, 고양이의 적인 표범, 뱀, 맹금류 또한 살고 있었다. 고양이는 십중팔구 밤에 이동했을 것이다. 그리고 오는 길에 강 두 개를 건너야 했다. 건기 막바지라 강물이 크게 불어 있지는 않았다. 곳곳에 징검다리처럼 돌이 늘어서 있기도 했다. 아니면 고양이가 강둑을 이리저리 돌아다니며 강 양편의 나뭇가지들이 강물 위로 뻗어 서로 맞닿아 있는 부분을 찾아냈을 가능성도 있었다. 그것도 아니라면 아마 강을 헤엄쳐 건넜을 것이다. 비록 내 눈으로 직접 본 적은 없지만, 고양이가 헤엄칠 줄 안다는 소리를 들은 적은 있다.

그즈음에 우기가 시작되었다. 두 강이 모두 갑자기 범람했고, 상류로 16킬로미터, 24킬로미터, 32킬로미터 떨어진 곳에 폭풍이 일었다. 불어난 물은 파도처럼 사방을 휩쓸며, 높이가 60에서 450센티미터인 모든 것을 쓸어갔다. 우기의 첫 비가 내렸을 때 어쩌면 고양이는 강을 건널 기회가 생기기를 기다리며 강가에 앉아 있었는지도 모른다. 하지만 녀석은 두 강에서 모두 운이 좋았다. 강물에 흠뻑 젖었던 털도 곧 말랐다. 두 번째 강을 무사히 건넌 뒤에는 다시 아무것도 없는 벌판을 16킬로미터 더 이동해야 했다. 녀석은 틀림없이 자신이 반드시 이동해야 하며, 지금 올바른 방향으로 가고 있다는 사실 외에는 아무것도 모른 채 주린 배를 안고 필사적으로 무작정 움직였을 것이다.

우리 집 회색 고양이는 낯선 사람이 오두막을 찾아오면 도망칠 생각부터 하면서도 실제로는 도망치지 않고 들판에 숨었다. 검은 고양이는 안락의자에 편안히 앉아 꼼짝도 하지 않았다.

우리에게는 힘든 일이 많이 기다리고 있었다. 담장에 페인트도 칠하고, 바닥도 청소하고, 몇 에이커나 되는 땅에서 쐐기풀과 잡초도 뽑아야 했다. 요리할 시간이 별로 없었으므로 순전히 기운을 내기 위해 음식을 먹었다. 검은 고양이는 우리와 함께 먹이를 먹었다. 회색 고양이가 겁에 질려 침대 밑에 숨어버리는 바람에 먹이를 놓고 다툴 일이 없어서 기쁜 모양이었다. 우리가 집 안으로 들어오면 다리 사이를 돌아다니며 기분 좋게 목을 울리는 녀석도, 우리가 쓰다듬어주는 녀석도 모두 검은 고양이였다. 녀석은 안락의자에 앉아, 우리가 커다란 장화를 신은 채 무리지어 방을 들락거리는 모습을 지켜보았다. 벽난로의 빨간 불꽃도 바라보았다. 살아 있는 생물처럼 항상 움직이는 그 불꽃은 우리가 당연하게 여기던 믿음, 즉 고양이와 벽난로가 잘 어울린다는 믿음을 곧 녀석에게도 심어주었다.

검은 고양이는 이내 용기를 내서 불가로 가까이 다가가 앉았다. 구석에 쌓아둔 장작더미 위로 뛰어 올라갔다가 빵을 굽는 낡은 오븐 안으로 뛰어내리기도 했다. 녀석은 안락의자보다 그 오븐이 새끼 고양이들에게 더 알맞은 장소라고 판단한 모양이었다. 하지만 누군가가 고양이의 존재를 깜박 잊어버리고 오븐을 닫았다. 그래서 어느 바람 부는 날 한밤중에 검은 고양이는 운명 앞에서 자신이 무력한 존재임을 드러내는 슬픈 소리를 냈다. 검은 고양이가 불만을 제기할 때는 절대 무시할 수 없었다. 회색 고양이와 달리 녀석의 불만에는 언제나 그럴 만한 이유가 있었기 때문이다. 우리는 아래층으로 달려갔다. 슬프게 야옹거리는 소리가 벽에서 들려왔다. 검은 고양이가 오븐에 갇힌 것이 위험한 일은 아니었지만, 녀석은 겁에 질려 있었다. 그래서 이미 안전이 입증된 안락의자로 되돌아왔다.

회색 고양이가 마침내 침대 밑에서 나와 아래층으로 내려왔을 때, 검은 고양이는 이 오두막의 여왕이 되어 있었다.

회색 고양이는 눈빛으로 검은 고양이를 제압하려 했다. 녀석에게 겁을 줘서 불가의 안락의자를 벗어나게 만들려고 했다. 그래서 위협적으로 근육에 힘을 주고, 갑자기 화가 난 것 같은 동작을 취했지만 검은 고양이는 모두 무시해버렸다. 회색 고양이는 먹이를 두고도 우선권을 주장하려고 시도했다. 하지만 불행히도 우리 모두 너무 바빠서 녀석에게 장단을 맞춰줄 시간이 없었다.

검은 고양이는 벽난로 앞에 기분 좋게 앉아 있고, 회색 고양이는 불에서 멀리 떨어진 곳에 소외되어 있었다.

회색 고양이는 창턱에 앉아 움직이는 불꽃을 향해 도전적으로 야옹거렸다. 그리고 불을 향해 조금 다가왔다. 불길은 녀석을 해치지 않았다. 심지어 검은 고양이는 불에서 겨우 제 수염 길이만큼 떨어진 곳에 앉아 있었다. 회색 고양이는 더 가까이 다가와 벽난로 앞 깔개에 앉아서 불꽃을 지켜보았다. 귀가 뒤로 착 달라붙고, 꼬리가 움찔거렸다. 녀석도 철창 뒤의 불꽃은 오히려 이로운 존재라는 사실을 서서히 알아차렸다. 그래서 그 앞에 누워 바닥을 뒹굴며 크림색 배를 따스한 불 쪽으로 드러냈다. 런던에서 바닥을 뒹굴며 햇볕에 배를 드러낼 때와 똑같았다. 이제 불과 화해한 것이다. 하지만 검은 고양이가 우선권을 갖고 있는 현실은 여전히 받아들이지 못했다.

나는 며칠 동안 오두막에 혼자 있었다. 그런데 갑자기 검은 고양이가 보이지 않았다. 안락의자에 앉아 있는 것도, 벽난로 앞에 앉아 있는 것도 모두 회색 고양이였다. 검은 고양이는 오두막 안 어디에도 없었다. 회색 고양이가 기분 좋게 목을 울리며 나를 핥고 깨물었다. 혼자가 되어서 기분이 좋다고, 검은 고양이가 없으니 정말 좋다고 계속 말했다.

나는 검은 고양이를 찾아나섰다. 녀석은 벌판에 숨어 있었다. 나는 슬프게 야옹거리는 녀석을 집으로 다시 데려왔지만, 녀석은 겁에 질려 회색 고양이에게서 달아났다. 나는 회색 고양이를 찰싹 때려주었다.

그 뒤로 내가 차를 몰고 장을 보러 갈 때나 황무지로 나갈 때면 검은 고양이가 야옹거리며 내 차를 뒤따라왔다. 나랑 같이 차에 타고 싶은 것이 아니었다. 내가 어딘가로 가버리는 것이 싫은 거였다. 차를 몰고 멀어지면서 나는 녀석이 담장 위나 나무 위로 올라가는 모습을 보았다. 녀석은 내가 집에 돌아온 뒤에야 다시 아래로 내려왔다. 내가 없을 때 회색 고양이가 녀석을 험하게 대하기 때문이었다. 검은 고양이는 그때 만삭이었는데, 첫 번째 새끼들을 낳은 뒤 너무 이른 임신이었다. 회색 고양이의 힘이 검은 고양이보다 훨씬 더 셌다. 이번에는 내가 녀석을 세게 때리면서 나무랐다. 녀석도 내 말을 잘 이해한 것 같았다. 차를 몰고 나갈 일이 생기면 나는 검은 고양이를 오두막 안에 들여놓은 뒤 문을 잠가 회색 고양이가 안으로 들어갈 수 없게 했다. 녀석은 부루퉁해졌고, 검은 고양이는 풀이 죽었다. 하지만 우리의 지원을 받으며 안락의자를 탈환한 검은 고양이는 두 번 다시 회색 고양이의 접근을 허락하지 않았다.

그래서 회색 고양이는 정원으로 나갔다. 0.5에이커 넓이의 정원에는 이제 잡초의 밑동만 남아 있었다. 회색 고양이는 쥐를 몇 마리 잡아 안으로 가져와서 바닥 한복판에 놓아두었다. 우리에게는 반갑지 않은 선물이라 우리는 그것을 밖으로 던져버렸다. 회색 고양이는 오두막에서 밖으로 나가 시간을 보냈다.

돌담 사이 오솔길을 따라 걸어가면 작은 공터가 나왔다. 어깨 높이까지 무성하게 서 있던 풀을 베어내고 나니, 그 공터 한곳에 물이 조용하게 고여 있었다. 그 웅덩이 위로 커다란 나무 한 그루가 드리워져 있고, 그 나무 주위에는 풀과 덤불이 차례로 자라고 있었다.

웅덩이에서 가까운 곳에 바위 하나가 있었다. 회색 고양이는 그 바위에 앉아 수면을 바라보았다. 저긴 위험한 곳일까? 얼마전 불을 처음 보았을 때처럼, 넓게 물이 고여 있는 웅덩이 또한 녀석에게는 신기한 광경이었다. 바람에 일어난 잔물결이 바위까지 밀려와 녀석의 발을 적셨다. 녀석은 화를 내며 소리를 한 번 지르고는 집으로 뛰어왔다. 녀석은 문 밖에 앉아 귀를 쫑긋거리면서 웅덩이로 이어진 오솔길을 바라보았다. 그러다가 천천히 온 길을 되돌아갔다. 곧바로 돌아간 것은 아니었다. 녀석은 자신이 틀렸을지도 모른다는 사실을 그렇게 금방 인정하는 성격이 아니었다. 먼저 녀석은 포즈를 취하고 몸을 핥아 깨끗이 다듬었다. 자신의 무심함을 과시하기 위해서였다. 그러고는 둥글게 돌아가는 길을 택해 웅덩이로 향했다. 정원에서 풀이 높게 자라 있는 부분을 통과해 돌투성이 웅덩이 기슭으로 내려가는 길이었다. 물가의 바위는 그대로 있었다. 살짝살짝 움직이는 물도 여전했다. 그 위에 낮게 드리워진 나무도 그대로였다. 고양이는 노부인처럼 짜증스러운 기색으로 젖은 풀밭을 조심조심 걸어갔다. 그리고 바위에 앉아 웅덩이를 바라보았다. 녀석의 머리 위에서 나뭇가지들이 바람에 흔들렸다. 잔물결이 또 녀석의 발을 향해 밀려왔다. 녀석은 발을 뒤로 물리고, 꼿꼿이 앉아서 나무를 올려다보았다. 나무는 어지럽게 움직이고 있었다. 녀석에게는 친숙한 광경이었다. 녀석은 움직이는 물을 가만히 바라보다가 먹이를 대할 때 보이는 행동을 했다. 내가 낯선 먹이를 주면 녀석과 검은 고양이는 모두 앞발을 내밀어 만져보고, 찔러보고, 두드려본 뒤 앞발을 들어 냄새를 맡고, 거기에 묻은 낯선 물질을 핥아본다. 그날 물 앞에서도 회색 고양이는 앞발 하나를 물 쪽으로 뻗었지만 직접 물을 만지지는 않고 다시 거둬들였다. 그러고는 순간적인 충동으로 마치 도망칠 것처럼 몸에 힘을 주었다가 생각을 바꾼 모양이었다. 녀석은 고개를 숙여 물을 핥아보더니 마뜩잖은 표정을 지었다. 밤에 내 방에서 협탁 위 물 잔에 담긴 물을 먹을 때와는 맛이 달랐을 것이다. 녀석이 고개를 옆으로 돌리고 한 방울씩 받아먹는 수돗물과도 달랐을 것이다. 녀석은 앞발 하나를 곧바로 물속으로 뻗어 잠시 가만히 있다가 빼내서 혀로 핥았다. 확실히 물은 물이었다. 녀석이 이미 알고 있는 물. 종류가 조금 다른 것 같기는 하지만.

회색 고양이는 바위에 웅크리고 앉아서 웅덩이 위로 얼굴을 내밀고 수면에 비친 제 모습을 바라보았다. 녀석은 이미 거울과 친숙하니 전혀 이상한 일이 아니었다. 하지만 잔물결이 밀려왔다 밀려가면서 물에 비친 녀석의 모습이 흐트러졌다. 녀석은 자신의 모습을 향해 앞발을 내밀었지만, 거울을 만질 때와 달리 발이 물속으로 쑥 들어가버렸다. 녀석은 확연히 짜증스러운 표정으로 허리를 세웠다. 이런 상황을 도저히 견딜 수 없는 모양이었다. 녀석은 젖은 풀밭을 우아하게 걸어 집으로 돌아왔다. 그리고 검은 고양이에게 자기가 녀석을 얼마나 싫어하는지 눈으로 말해준 뒤 벽난로 앞에 앉았다. 녀석의 등 뒤에서 안락의자에 앉아 있는 검은 고양이는 경계를 늦추지 않고 녀석을 지켜보았다.

회색 고양이는 물가의 바위로 다시 나갔다. 그리고 바위에 앉아 주위를 관찰했다. 수면 위로 드리워진 나무를 새들이 좋아한다는 것, 자신이 이 공터를 떠나는 순간 새들이 물 위로 일제히 날아와 물을 마시고, 물장구를 치고, 이리저리 날아다닌다는 것. 이제 녀석은 순전히 새들 때문에 물가로 나오고 있었다. 하지만 거기서 새를 잡은 적은 한 번도 없었다. 오두막에서도 새를 잡은 적은 없는 것 같다. 혹시 그 주변에 고양이들이 아주 많다는 사실을 새들이 이미 알고 있었기 때문일까?

밤에 운전을 하다 보면 헤드라이트 불빛에 항상 고양이들이 잡혔다. 산울타리에서 쥐를 사냥하는 고양이, 자동차 바퀴 바로 옆에서 나란히 뛰고 있는 고양이, 출입문 위에 앉아 있는 고양이, 담장 위의 고양이.

오두막은 나무와 담장에 가려 도로와 다른 집들이 보이지 않는 곳에 있었기 때문에 확실히 조용히 쉴 수 있는 곳처럼 보였다. 우리가 이곳에 온 뒤 처음 일주일 동안 고양이 여러 마리가 어떤 사람들과 어떤 고양이들이 새로 왔는지 보려고 찾아왔다.

어느 날 한밤중에 나는 불그스름한 꼬리가 열린 창문을 통해 밖으로 사라지는 것을 보았다. 나는 고양이려니 하고 다시 잠들었다. 하지만 다음 날 들른 상점에서 여우들이 다투어 인근에서 고양이를 쫓아다닌다는 말을 들었다. 여우와 고양이에 관한 고약한 이야기들이 아주 많았다. 하지만 시골에서 고양이를 집에 가둬둘 수는 없는 법이다. 게다가 주변에 고양이가 잔뜩 있는 것으로 보아 여우든 뭐든 고양이에게 위험한 존재가 있는 것 같지는 않았다.

내가 본 붉은 꼬리의 주인은 알고 보니 불그스름한 갈색을 띤 잘생긴 고양이었다. 이제 오두막의 왕이 된 회색 고양이는 이 고양이를 내쫓아버렸다. 그뿐만 아니라 집과 90미터 떨어진 출입문에서 우리 오두막을 찾아오는 다른 고양이들도 모두 쫓아버렸다. 이제는 우리 오두막과 인근 벌판이 모두 녀석의 영역이었다. 녀석이 집 위쪽의 작은 풀밭에서 높게 자란 풀 속에 앉아 일광욕을 하는 모습이나, 작은 습지들이 있어서 새들이 물을 마시러 오는 아래쪽 벌판에 웅크리고 있는 모습이 자주 보였다.

그러다가 침략이 있었다. 한쪽 울타리가 무너진 것이 시작이었다. 그 뒤 어느 날 아침 내가 벽난로에 불을 지피러 갔더니, 두 고양이가 모두 창턱에 앉아 있었다. 녀석들이 한 번도 본 적이 없는 커다란 짐승들이 창밖에서 고약한 냄새를 풍기고 소리를 질러대며 쿵쿵 돌아다니다가 서로 부딪치고 있는 탓에 둘이 일시적으로 동맹을 맺은 모양이었다. 검은 고양이는 특유의 슬프고 공허한 소리로 불만을 표시했다. 정말 너무해, 이게 다 뭐야, 어떻게 해야 할지 모르겠어, 제발 도와줘. 회색 고양이는 안전한 창턱에서 도전적으로 날카롭게 소리를 질러댔다. 인근 벌판에서 온 소들이 울타리를 부수고 들어와 오두막을 지나 연못이 있는 벌판으로 떼지어 몰려가고 있었다. 그 벌판의 풀이 뜯어먹기 딱 좋을 만큼 자랐다는 사실을 그 소들도 분명히 알고 있는 것 같았다. 나를 도와서 그 소떼를 쫓아내줄 사람이 당장은 한 명도 없었다. 그날 늦게야 농부가 한 명 오기로 되어 있었는데, 그 농부조차 약속시간에 나타나지 않았다. 약 오십 마리의 소가 우리 오두막 앞을 제 집인 양 돌아다니는 바람에 우리 고양이들은 괴로워했다. 녀석들은 창턱에서 창턱으로 뛰어다니다가 화를 못 이겨 문 밖으로 달려 나가서 사납게 항의를 해댔다. 결국 도와줄 사람이 나타나서 그 위협적이고 거대한 짐승들을 원

래 있던 곳으로 휘이휘이 쫓아줄 때까지. 안전. 고양이들
은 이런 종류의 동물이 위험하지 않다는 사실을 깨우쳤
다. 그래서 이틀쯤 뒤에 누가 마당 출입문을 열어놓는 바
람에 황무지에서 망아지들이 몰려 들어왔을 때는 고양이
들이 불평하지도 않고 겁에 질리지도 않았다. 작은 망아
지 여덟 마리는 오래된 정원에서 풀을 뜯었고, 회색 고양
이는 조심스레 밖으로 나가 돌담 위에 앉아서 망아지들
을 지켜보았다. 담장에서 내려오려 하지는 않았지만, 확
실히 흥미를 보이며 망아지들이 떠날 때까지 그 자리에
머물렀다.

　고양이는 낯선 생물이나 사건을 몇 시간 동안 계속 지
켜보곤 한다. 침대를 정리하는 모습, 바닥을 빗자루로 쓰
는 모습, 상자를 풀거나 싸는 모습, 바느질, 뜨개질 등등
무엇이든 지켜본다. 그럴 때 녀석들은 무엇을 볼까? 이주
일쯤 전에 검은 고양이가 새끼 두 마리와 함께 바닥 한복
판에 앉아 내가 천을 자르는 모습을 지켜보았다. 녀석들
은 가위의 움직임, 내 손의 움직임, 여러 개의 더미로 점
점 쌓여가는 천을 지켜보았다. 오전 내내 그렇게 홀린 듯
이 앉아 있었다. 하지만 녀석들의 눈에 비친 광경이 우리
가 생각하는 것과 같지는 않았을 것 같다. 예를 들어, 회
색 고양이는 창문으로 새어 들어온 햇빛 속에서 먼지가

움직이는 모습을 한 번에 삼십 분씩 지켜보면서 과연 무엇을 볼까? 창밖의 나무에서 흔들리는 이파리를 볼 때는? 눈을 들어 굴뚝 위의 달을 바라볼 때는?

새끼들을 꼼꼼하게 교육시키는 검은 고양이는 새끼들에게 뭔가를 가르치거나 훈계할 기회를 결코 놓치는 법이 없다. 그런 녀석이 왜 양편에 각각 한 마리씩 새끼들을 거느리고 앉아서 오전 내내 짙은 색 천 위에서 금속 가위가 번쩍이는 모습을 지켜보았을까? 왜 가위 냄새, 천 냄새를 쿵쿵 맡아보고, 작업하는 내 주변을 한 바퀴 돌아본 뒤 자신이 관찰한 것을 새끼들에게 전달해 장난꾸러기 새끼들 또한 같은 행동을 하게 했을까? 새끼들은 방금 어미가 했던 그대로 가위와 천의 냄새를 쿵쿵 맡아보았다. 그러고는 앉아서 지켜보았다. 어미 고양이는 뭔가를 배워서 새끼들에게 가르치고 있었다. 의심의 여지가 없었다.

8

두 번째 새끼를 낳기 전에 검은 고양이는 몸이 좋지 않았다. 털이 빠져 등에 커다란 땜통이 생기고, 살도 빠졌다. 게다가 지나친 불안 증세를 보였다. 출산 전 일주일 동안 녀석은 혼자 있으려고 하지 않았다. 오두막에는 사람이 잔뜩 있었으므로 녀석 옆에 누군가가 있는 모습을 쉽게 볼 수 있었다. 하지만 주말에는 오두막에 여자 세 명뿐이고 날씨도 나빴다. 우리는 차를 몰고 해안으로 나가서 폭풍이 부는 차가운 바다를 구경하고 싶었다. 그런데 검은 고양이가 밖으로 나가려는 우리를 막아섰다. 그때 우리는 몹시 짜증스러운 상태였다. 녀석이 새끼들에게 젖을 먹일 수 있는 상태가 아니라서 곧 낳을 새끼들 중 두 마리만 남겨놓을 작정이었기 때문이다. 다시 말해서, 우리가 새끼들을 죽여야 한다는 뜻이었다.

일요일 오전 10시쯤에 녀석의 진통이 시작되었다. 느리고 진이 빠지는 과정이었다. 첫 번째 새끼가 태어난 것은 오후 4시쯤이었다. 어미는 지쳐 있었다. 녀석은 새끼가 밖으로 나온 지 한참 뒤에야 반사적으로 몸을 틀어 새끼를 핥아주었다. 훌륭한 새끼였지만, 우리는 새끼들을 너무 많이 들여다보지 않기로, 이 활기 찬 생명체들에게 감탄하지 않기로 이미 합의한 뒤였다. 마침내 두 번째 새끼가 태어났다. 몹시 지친 어미는 제발 도와달라는 듯 슬픈 소리로 울었다. 그래, 결정했어. 우리는 이렇게 말했다. 이 두 마리만 남기고 나머지는 처리하자. 우리는 스카치위스키 한 병을 꺼내서 반 이상 마셨다. 그다음에 세 번째 새끼가 태어났다. 그래, 그래, 이거면 되지 않았나? 네 번째, 다섯 번째, 여섯 번째. 검은 고양이는 가엾게도 몹시 애를 쓰며 새끼들을 몸 밖으로 내보낸 뒤 혀로 깨끗이 핥아주었다. 안락의자에 깊숙이 파묻힌 채 그토록 부지런히 움직이는 모습이라니. 마침내 어미도 새끼들도 모두 깨끗해졌다. 어미는 몸을 쭉 펴고 누워서 새끼들에게 젖을 물린 채 당당하고 기분 좋게 목을 울렸다.

용감한 고양이, 영리한 고양이, 아름다운 고양이…… 하지만 다 소용없었다. 우리는 새끼 네 마리를 처리해야 했다.

끔찍했다. 그 일을 마치고 나서 우리 중 두 명은 손전등을 들고 어두운 벌판으로 나갔다. 그리고 꾸준히 내리는 빗속에서 땅을 파고, 죽은 새끼 네 마리를 묻었다. 그동안 우리는 자연을 향해, 서로를 향해, 인생을 향해 욕과 저주를 퍼부었다. 그러고 나서 벽난로에 불이 타오르는 조용한 오두막의 방으로 돌아왔다. 깨끗한 담요 위에 검은 고양이가 있었다. 예쁘고 긍지 높은 고양이와 새끼 두 마리. 문명이 다시 승리를 거뒀다. 우리는 믿을 수 없는 심정으로 새끼들을 보았다. 녀석들은 벌써 힘이 생겨서 뒷다리로 나란히 서 있었다. 아주 작은 분홍색 앞발로는 어미의 옆구리를 주무르면서. 그 녀석들이 죽은 모습을 상상할 수 없었지만, 그들이 선택된 것은 단지 우연일 뿐이었다. 만약 한 시간 전 내 손이 위에서부터 내려와 운명처럼 저두 녀석을 집어 들었다면, 녀석들은 지금쯤 비 내리는 벌판에서 젖은 흙을 무겁게 덮고 누워 있었을 것이다. 끔찍한 밤이었다. 우리는 술을 진탕 마신 뒤, 검은 고양이에게 수술을 시키기로 확실하게 마음먹었다. 정말로, 정말로, 이런 일을 무릅쓸 가치가 없기 때문이었다.

회색 고양이가 의자 팔걸이로 올라가 몸을 웅크리고, 앞발 하나를 새끼 고양이 쪽으로 뻗었다. 그러자 검은 고양이의 앞발이 휙 뻗어 나왔다. 회색 고양이는 슬그머니

내려가 빗속으로 나갔다.

다음 날 우리 모두 기분이 한결 나아져서 바다를 보러 갔다. 바다는 파랗고 차분했다. 밤사이 날씨도 개어 있었다.

검은 고양이가 자랑스럽게 목을 울리는 소리가 큰 방 가득 울려 퍼졌다.

회색 고양이는 쥐 여러 마리를 가지고 들어와 돌바닥에 늘어놓았다. 이것이 자신의 우월함을 과시하는 행동이고, 쥐는 선물이라는 것을 이제는 나도 알고 있었지만 소용없는 짓이었다. 죽은 쥐는 결코 매력적이지 않았으니까. 회색 고양이가 쥐를 가지고 들어오면 나는 그 시체를 밖으로 던져버렸다. 회색 고양이는 귀를 뒤로 착 붙이고 나를 바라보았다. 눈이 분노로 이글거렸다.

아침마다 일어나 보면, 회색 고양이가 내 침대 발치에 앉아 있고, 바닥에는 새로 잡아온 쥐 시체가 있었다.

아, 상냥한 고양이. 영리한 고양이. 정말 고맙구나, 고양이야. 하지만 나는 쥐 시체를 밖으로 던졌다. 그러면 검은 고양이가 쫓아나가 그것을 먹었다.

나는 정원 돌담 위에 앉아 있다가 회색 고양이가 사냥하는 모습을 보게 되었다.

얄팍한 구름이 빠르게 이동하고 있어서 벌판 전체에서

오두막과 나무와 정원이 햇빛과 구름 그림자를 피해 달아나는 것처럼 보였다. 회색 고양이는 라일락 나무 그늘 속에 그림자처럼 꼼짝 않고 앉아 있었다. 하지만 자세히 살펴보면 녀석의 수염과 귀가 아주 조금씩 움직이는 것이 보였다. 결국 녀석이 꼼짝 않고 가만히 있는 상태는 이파리와 풀이 가벼운 바람에 흔들리는 자연의 적막과 비슷했다. 회색 고양이는 눈동자를 이리저리 굴리며 1미터쯤 떨어진 곳을 바라보고 있었다. 풀을 베고 남은 밑동이 있는 곳이었다. 어느 순간 녀석이 아주 낮게 엎드린 채 앞으로 이동하기 시작했다. 흔들리는 가지 아래에서 움직이는 그림자 같았다. 점점 말라가는 풀 속에서 작은 쥐 세 마리가 기어다니고 있었다. 아직 고양이를 보지 못한 녀석들은 잠시 걸음을 멈추고 풀을 갉아먹다가 이동한 뒤 허리를 펴고 앉아서 주위를 둘러보았다. 고양이는 왜 곧바로 달려들지 않는 걸까? 고양이와 쥐들 사이의 거리는 1미터 정도였다. 나는 담장 위에 가만히 있었고, 고양이도 제자리에서 움직이지 않았다. 쥐들은 하던 일을 계속했다. 그렇게 삼십 분이 흘렀다. 고양이의 꼬리 끝이 움직였다. 더 이상 참을 수 없다는 듯 짜증스러운 움직임이 아니라, 시간이 아직 많다는 생각을 눈에 띄게 표현하는 움직임이었다. 한낮의 해를 품은 탓에 눈이 부신 구름 하나가 굵은 빗방울을 스무 개쯤 떨어뜨렸다. 빗방울 하나하나가 황금빛이었다. 그중 하나가 고양이의 얼굴에 떨어졌다. 녀석은 짜증스러운 기색이었지만 움직이지는 않았다. 쥐들 사이에도 황금빛 빗방울들이 철퍽철퍽 떨어졌다. 녀석들은 얼어붙었다가 허리를 세우고 앉아서 주위를 살펴보았다. 그 자그마한 검은 눈이 움직이는 게 보였다. 빗방울 두 개가 고양이의 머리에 떨어졌다. 녀석은 머리를 흔들어 물기를 털었다. 쥐들이 얼어붙고, 고양이가 달려들었다. 회색 줄이 한 줄기 그어진 것 같았다. 아주 작고 불쌍하게 찍찍거리는 소리. 고양이가 입에 쥐 한 마리를 물고 일어나 앉았다. 쥐는 꿈틀거리고 있었다. 고양이가 쥐를 놓아주자 녀석은 조금 기어갔다. 고양이가 그 뒤를 쫓아가 앞발을 휙 뻗었다. 그 사악한 발톱을 모두 꺼낸 채로 쥐를 안으로 긁어 들였다. 쥐가 찍찍거렸다. 고양이가 쥐를 물었다. 찍찍거리는 소리가 그쳤다. 고양이는 앉아서 우아하게 제 몸을 핥았다. 그러고는 쥐를 들고 내게 뛰어와 입으로 던져 올렸다가 받았다. 옛날에 제가 낳은 새끼들에게 했듯이. 녀석이 쥐를 내 발 앞에 내려놓았다. 내가 거기 있다는 것을 처음부터 알았으면서도 전혀 그런 기색을 내보이지 않은 것이다.

오두막에 있던 사람들이 떠나가고 나만 혼자 남았다.

이제 고양이들을 쓰다듬으며 말을 걸 수 있는 시간이 예전보다 늘어났다.

어느 날 부엌에서 식탁 위에 접시 두 개를 놓고 녀석들에게 줄 먹이를 자르고 있는데, 회색 고양이가 뛰어 올라와 한쪽 접시에 담긴 먹이를 먹기 시작했다. 검은 고양이는 바닥에서 기다렸다. 하지만 정작 내가 접시 두 개를 바닥에 내려놓았을 때는 회색 고양이가 다른 곳으로 가버렸다. 바닥에서는 음식을 먹지 않겠다는 뜻이었다.

다음 날도 똑같았다. 회색 고양이는 어떻게든 우월한 장소인 식탁 위에서 먹이를 먹으려고 했고, 검은 고양이는 바닥에서 기다렸다. 나는 회색 고양이에게 말했다. 안돼, 그럴 수는 없어. 그러자 사흘 동안 녀석은 집 안에서 아무것도 먹지 않았다. 어쩌면 밖에서 쥐를 먹었는지 모른다. 하지만 적어도 내가 보는 앞에서는 아무것도 먹지 않았다. 나흘째 되던 날 녀석이 또 식탁 위로 뛰어 올라왔다. 그래, 뭐, 흥미롭기는 하네, 한번 두고 볼까. 나는 이런 생각이 들었다. 녀석은 접시에 담긴 먹이를 모두 먹고 흡족한 표정을 지었다. 그렇게 먹이를 먹는 동안 내내 바닥에서 먹이를 먹는 검은 고양이를 힐끔거리는 것도 잊지 않았다. 날 봐, 내가 더 사랑받는다고.

며칠 뒤 검은 고양이도 똑같은 특권을 바라고 식탁 위

로 뛰어 올라왔다. 그러자 회색 고양이는 귀를 뒤로 눕힌 채, 식탁 위의 창턱으로 올라가 내가 그곳에 접시를 놓아 주기를 기다렸다. 검은 고양이가 식탁에 올라올 지위를 얻었다면, 자신은 그보다 더 나은 지위를 요구하겠다는 식이었다.

결국 나는 화가 나서 두 녀석 모두에게 귀찮으니까 바닥에서 먹을 게 아니면 아예 먹지 말라고 말했다.

그러자 회색 고양이는 집 밖으로 나가 며칠 동안 먹지도 마시지도 않았다. 처음에는 낮에만 나가 있더니 나중에는 밤에도 들어오지 않았다. 그렇게 한 번에 이삼 일씩 집을 비웠다. 여기가 아프리카의 농장이었다면 이쯤에서 우리는 녀석이 야생으로 돌아가고 있다고 말했을 것이다. 그래서 호들갑을 떨며 녀석을 집에 가둬 밖에 못 나가게 하고, 집에 살 때의 본성을 일깨우는 등 여러 조치를 취했을 것이다. 하지만 인구가 몹시 많은 영국에서는 야생으로 돌아가기가 그리 쉽지 않을 것이다. 아무리 다트무어라 해도 언제나 그리 멀지 않은 곳에서 어느 집의 불빛이 반드시 빛나고 있기 때문이다.

며칠 만에 회색 고양이가 돌아왔을 때 결국 내가 무릎을 꿇었다. 나는 식탁 위에 먹이를 놓아주고, 녀석을 칭찬했다. 그리고 검은 고양이를 아주 조금 냉대했다. 어차피 녀석에게는 새끼들이 있지 않은가. 그렇게 해서 회색 고양이는 집으로 돌아와 밤에 내 침대 발치에 자리를 잡았다. 녀석이 쥐를 잡아서 가져오면 나는 매번 짧게 칭찬을 해주었다.

검은 고양이가 그 죽은 쥐를 먹었다. 회색 고양이는 결코 쥐를 먹는 법이 없었다. 내가 쥐를 본 뒤에야 검은 고양이가 먹기 시작한다는 점이 흥미로웠다. 일단 내가 쥐의 시체를 받아들이고 회색 고양이를 칭찬해준 뒤에야 검은 고양이는 의자에서 내려와 깔끔하고 체계적으로 쥐를 먹었다. 회색 고양이는 지켜보기만 할 뿐 전혀 녀석을 막으려 하지 않았다. 하지만 제 딴에는 검은 고양이가 쥐를 볼 수 없을 것 같은 장소, 예를 들어 식탁 위나 창턱에 쥐의 시체를 놓아두려고 하기는 했다. 그래도 검은 고양이는 언제나 그 시체를 발견하고 그리로 기어 올라가 쥐를 먹었다.

그러던 어느 날 오전에 굉장한 일이 벌어졌다.

내가 오크햄턴에 장을 보러 갔다가 돌아와보니, 바닥 한복판에 초록색 이파리들이 돌무덤처럼 둥글게 쌓여 있었다. 회색 고양이는 근처에서 나를 지켜보았고, 검은 고양이는 안락의자에서 새끼들과 함께 기다렸다. 두 녀석 모두 내가 그 초록색 둔덕에 주의를 기울이기를 바라고 있었다.

나는 그리로 다가가서 살펴보았다. 초록색 이파리 밑에 죽은 쥐가 한 마리 있었다. 회색 고양이가 그것을 잡아서 선물로 바닥에 놓아둔 것이다. 하지만 내가 돌아오는 시간이 녀석의 예상보다 한참 늦어진 탓에 녀석은 그 시체를 장식할 시간적 여유가 생겼다. 아니, 어쩌면 쥐에 손대지 말라고 검은 고양이에게 주의를 주려는 심산이었는지도 모른다.

회색 고양이는 바로 얼마 전 가지치기를 해서 정리한 산울타리를 세 번이나 오가며 작은 제라늄 가지들을 가져와 쥐의 시체를 공들여 덮었을 것이다.

내가 칭찬하는 동안 녀석은 검은 고양이에게서 한 번도 눈을 떼지 않았다. 비열하고 의기양양하게 우월감을 뿜내는 표정이었다.

그 뒤로 나는 사자들이 가끔 방금 잡은 사냥감 위에 나뭇가지들을 끌고 와 덮어 놓는다는 이야기를 들었다. 표시를 하기 위해서? 자칼과 하이에나가 손대지 못하게 하려고? 햇빛을 가려주려고?

회색 고양이가 수천 년의 세월을 건너뛰어 사자와 자신이 친척관계임을 기억해낸 걸까?

하지만 내가 궁금한 것은 이것이다. 만약 검은 고양이

가 우리 집에서 함께 살게 되지 않았다면, 그래서 회색 고양이가 계속 우리를 독점하고 있었다면, 중년에 접어든 녀석이 귀찮게 우리를 구워삶으려 했을까? 자부심과 허영심을 드러내는 이런 복잡한 언어를 만들어냈을까? 새나 쥐를 한 번이라도 사냥했을까? 별로 그러지 않았을 것이다.

9

런던으로 돌아갈 때가 되었다. 회색 고양이는 뒷좌석에서 여행하는 여섯 시간 동안 내내 또 단조롭게 불만을 표시했다. 조용한 것은 녀석이 잠깐 졸 때뿐이었다. 자다가 깨어나면 녀석은 고통이 계속되고 있음을 깨닫고 특별히 큰 소리로 야옹거렸다.

하지만 녀석은 자동차의 소음과 움직임, 불편함을 겪는 것만으로는 만족하지 않았다. 다른 자동차들이 불쑥 다가왔다가 뒤로 밀려나는 무시무시한 광경을 직접 눈으로 **보고** 싶어했다. 그런 순간 녀석이 야옹거리는 소리에는 분명히 만족감이 배어 있었다고 나는 자신 있게 말할 수 있다. 신경증 환자처럼 녀석은 그런 무서운 광경에서 즐거움을 얻고 있었다.

검은 고양이는 새끼 고양이 두 마리와 함께 바구니 속

에 조용히 앉아서 새끼들을 챙겼다. 내가 바구니 살 사이로 손가락을 넣어 코를 쓰다듬어주면 기분 좋게 목을 울렸고, 그다지 불만스러운 내색도 하지 않았다. 그러다 회색 고양이가 특별히 큰 소리를 내면 녀석도 곧 합류해서 똑같이 야옹거렸다. **선배가** 하는 걸 보니 이게 맞는 일이라고 생각하는 것 같았다. 하지만 계속해서 그렇게 큰 소리로 야옹거리지는 못했다.

집에 도착해서 두 녀석을 집 안에 풀어놓자마자 녀석들은 이제 정말로 집에 돌아왔다는 듯 살판나게 움직였다. 검은 고양이는 새끼 두 마리를 욕실로 데려갔다. 이제 새끼들을 가르칠 때가 되었다고 생각한 모양이었다. 회색 고양이는 곧장 이층으로 올라가서 침대를 차지했다.

가을이었다. 난방 때문에 뒷문을 꼭 닫아두었고, 모래 상자는 베란다에 들여놓았다. 고양이들은 밖에 나가고 싶다고 부탁해야만 나갈 수 있었다. 그나마 자주 있는 일은 아니었다. 날이 추울 때는 녀석들도 실내에서만 지내는 생활에 만족하는 듯했다.

검은 고양이는 발정기 때문에 난폭해졌다. 여느 때처럼 새끼를 낳은 지 열흘 뒤 발정기가 찾아온 것이다. 회색 고양이는 밖에 나가서 사냥 중이었다. 검은 고양이는 벽난로 앞 안락의자에 새끼들을 두고, 수컷 고양이를 찾아 나섰다. 하지만 어찌 된 영문인지 한 마리도 찾지 못했다. 아마도 회색 고양이가 수컷들을 너무 철저하게 쫓아버린 모양이었다. 검은 고양이의 부름을 듣고 정원이나 담장 위로 달려오는 수컷이 하나도 없었다. 그러니 검은 고양이가 더 멀리까지 나가서 찾아봐야 할 것 같았다. 녀석은 새끼들을 더 안전하다 싶은 이층으로 옮겨놓고, 집 밖의 울타리 출입문으로 나가서 자리를 잡고 앉아 울어대기 시작했다. 그러다 도중에 잠시 집으로 뛰어와 새끼들을 돌봤다. 검은 고양이에게는 섹스조차 모성애보다 중요하지 않기 때문이었다. 녀석은 새끼들을 먹인 뒤 다시 밖으로 나갔다. 제대로 먹지도 않은 채 그렇게 울어대기만 하니 점점 수척해져서 뼈만 남게 되었다. 내가 한밤중에 자다가 깨어보면 울타리 출입문 근처에서 녀석이 울어대는 소리가 들렸다. 하지만 녀석은 끝내 짝을 찾지 못했고, 다시 살이 쪄서 매끈한 몸매가 되었다.

우리가 런던을 떠나 있던 두 달 동안 동네 고양이들 사이에 커다란 변화가 있었다. 원래 주변에서 볼 수 있던 고양이들은 한 마리도 보이지 않았다. 회색 얼룩 고양이도 사라졌고, 털이 긴 흑백 고양이도 사라졌다. 비교적 신참인 고양이, 즉 회색 무늬들이 있는 하얀 고양이는 남아 있었다. 그 외에는 짝짓기를 할 만한 고양이가 전혀 없었다. 그래서 그 무늬가 있는 하얀 고양이가 아비가 되었다. 우리는 이번에 유전자라는 주사위가 어떤 결과를 내놓을지 흥미로웠다.

그해 가을은 춥고 비가 많이 왔다. 내가 뒷마당으로 나가면 두 고양이도 나를 따라 나와서 젖은 낙엽 위를 소란스럽게 걸어다니다가 서로 앞서거니 뒤서거니 집 안으로 다시 들어갔다. 일종의 우정이 둘 사이에 시작되고 있었다. 아직 서로의 몸을 핥아주거나 가까이 붙어서 잘 정도는 아니지만, 함께 노는 모습이 조금씩 보였다. 비록 둘 중 하나가 먼저 놀자고 할 때 상대방이 위협적인 소리를 내며 무시해버릴 때가 더 많기는 했지만. 둘은 서로 마주칠 때마다 항상 조심스럽게 킁킁 서로의 코 냄새를 맡았다. 너야? 넌 친구야 적이야? 하고 물어보듯이. 적들이 악수를 나누는 모습 같았다.

검은 고양이는 몸이 점점 무거워지면서 잠이 많이 늘었다. 회색 고양이는 다시 대장이 되어 자신의 아름다움을 과시하며 제 나름의 재주를 부렸다.

검은 고양이는 이번에도 꼭대기 방에서 새끼 여섯 마리를 낳았고, 우리는 그 새끼들을 모두 어미 옆에 놓아두었다. 지난번 새끼들을 죽인 상처가 너무 아파서 차마 또 그런 짓을 할 수가 없었다.

　새끼들이 움직일 수 있게 되자 검은 고양이는 딱 한 가지 목표를 정했다. 무슨 일이 있어도 성취해야 하나는 단 하나의 목적, 그것은 바로 새끼들을 내 침대 밑에 두는 것이었다. 꼭대기 방에 항상 사람이 있지는 않다는 점이 큰 이유였다. 녀석은 항상 사람이 옆에 있으면서 칭찬해주기를 바랐다. 그 방의 주인인, 시험을 준비하는 여자는 여러 사람과 함께 즐거운 크리스마스를 보내고 있었다. 검은 고양이는 새끼들을 데리고 내려왔고, 나는 새끼들을 치마에 담아 아래층 욕실로 데려갔다. 검은 고양이가 새끼들을 다시 이층 내 방으로 데리고 올라가면, 나는 녀석들을 다시 데리고 내려왔다. 그러면 검은 고양이가 또 녀석들을 이층으로 데려갔다. 결국 나는 무력행사로 승리를 거뒀다. 내 방 문을 그냥 잠가버린 것이다.

　사람들은 새끼들이 가장 예쁜 모습일 때 집에서 치워버리고 싶어한다. 발밑에도, 식탁과 의자에도, 창턱에도 온통 새끼들이 있었다. 가구를 산산조각내면서. 어디를 봐도 예쁜 검은색이 있었다. 여섯 마리 새끼들이 모두 검은색이었기 때문이다. 흰색 바탕에 회색이 있는 아비는 새끼들의 외모에 영향을 전혀 미치지 못했다.

　어미 검은 고양이는 그들 사이에서 지칠 줄 모르고 언

제나 헌신적인 어미의 모습으로 새끼들의 움직임을 일일이 지켜보았다. 그리고 우유를 먹고 싶지 않을 때도 엄청나게 마셔댔다. 새끼가 한 마리라도 옆에 있을 때마다 우유나 물을 마시는 법을 가르쳐야 했기 때문이다. 또한 새끼가 먹이 접시 근처에 오면 어미는 그때마다 먹이를 먹었다. 한번은 녀석이 음식을 더 이상 한 입도 먹을 수 없는 상태가 되었을 때 새끼가 다른 곳으로 가자 곧바로 먹기를 멈추고 제 몸을 핥아 정돈한 뒤 휴식을 취하려 했다. 그런데 조금 전의 새끼인지 다른 녀석인지 하여튼 새끼 한 마리가 또 나타나자 어미는 접시를 향해 고개를 숙이고 먹이를 먹었다. 새끼들을 구슬릴 때 사용하는, 나직하게 떨리는 소리를 내면서. 새끼는 어미에게 다가와 호기심 어린 표정으로 앉아서 먹이를 먹는 어미를 지켜보았다. 어미는 계속 먹이를 먹었지만, 속도가 느렸다. 억지로 먹고 있음이 분명했다. 새끼는 먹이의 냄새를 맡아보더니 따뜻한 젖이 최고라고 생각했는지 어미의 젖꼭지로 향했다. 어미는 낮게 명령하는 소리를 냈다. 그러자 새끼는 얌전히 접시로 가서 한두 번 살짝 핥아보더니 이제 어미의 지시를 다 수행했다는 듯 다시 어미에게 달려갔다. 어미는 젖을 먹이기 위해 옆으로 털썩 누웠다.

검은 고양이와 모래상자 이야기도 있다. 녀석은 정원에

나가 막 볼일을 마친 참이었다. 그런데 그때 가르침을 받아야 할 새끼가 나타났다. 검은 고양이는 모래상자에 들어가 올바른 자세를 취한 뒤 새끼를 불렀다. 자신을 보라는 듯이. 그렇게 어미가 앉아 있는 동안 새끼들은 모래상자 주변을 한가로이 돌아다녔다. 어미를 지켜보는지 아닌지는 알 수 없었다. 새끼가 이만하면 알아들었겠다 싶을 때 녀석은 상자에서 나와 그 옆에 앉아서 목을 울리며 새끼들을 격려했다. 방금 자기가 한 것처럼 해보라고. 작고 작은 검은색 새끼 고양이들이 어미를 그대로 흉내 냈다. 성공이다! 새끼들은 놀란 표정이었다. 어미는 새끼들을 핥아주었다.

검은 고양이의 새끼들은 주변을 더럽히는 단계를 거치지 않았다. 강박적인 훈련을 받은 아이처럼 녀석들은 그 문제에 대해 지나치게 신경을 썼다. 모래상자가 없는 곳에서 놀다가 모래상자가 필요해진 새끼 고양이는 정신없이 야옹거리면서 올바른 자세를 취하려고 애쓰다가 다시 필사적으로 야옹거렸다. 여기서 그러면 안 된다는 것을 알기 때문이었다. 어미는 그 소리를 듣고 달려와 새끼를 재촉해서 모래상자가 있는 방으로 데려갔다. 새끼는 야옹거리며 모래상자로 달려갔다. 어쩌면 도중에 오줌을 조금 지렸는지도 모르겠다. 마침내 모래상자에 도달하면 어찌나 안심하는 표정을 짓던지. 어미는 잘했다는 듯이 옆에 앉아 있었다. 새끼의 자세와 얼굴은 이렇게 말하고 있었다. 와, 난 진짜 착하고 깔끔한 새끼 고양이야. 새끼가 상자에서 나오면 어미는 대견하다는 듯이 새끼를 핥아주었다. 아무 데나 내키는 대로 자신감 있게 핥아주는 그 동작은 뽀뽀와 같다.

이 녀석은 이제 됐는데, 다른 녀석들은 어떻지? 어미는 다른 새끼들의 얼굴, 꼬리, 털을 확인하려고 바삐 달려갔다. 그런데 녀석들이 어디 있지? 이제 곧 집을 떠날 나이가 된 녀석들은 사방에 흩어져 있었다. 어미는 미친 듯이 돌아다니며 새끼들을 찾았다. 계단을 오르내리고 방을 들락거리면서. 너희들 어디 있니? 어디 있어? 새끼들은 상자 뒤에, 벽장 안에 한데 뭉쳐서 몸을 동그랗게 말고 있었다. 어미가 불러도 밖으로 나오질 않아서 어미는 녀석들 근처로 쿵 떨어져 주변을 경계하며 누웠다. 혹시나 있을지도 모를 적이나 침입자를 발견하기 위해 눈은 반만 감았다.

그러다 지쳐버렸다. 새끼들은 한 마리씩 차례로 집을 떠났다. 어미는 두 마리만 남을 때까지 그 사실을 알아차리지 못하는 것 같았다. 녀석은 남은 새끼 두 마리를 노심초사 지켜보았다. 그러다 마침내 한 마리만 남았다. 어미는 그 지독한 모성애를 그 한 마리에게 모두 쏟았다. 그 한 마리마저 집을 떠났다. 그러자 어미는 온 집 안을 뛰어다니며 야옹야옹 새끼들을 찾아 헤맸다. 그러다 문득 스위치가 꺼졌다. 검은 고양이는 제가 뭣 때문에 이렇게 불안한지 잊어버리고, 계단을 올라가 자신의 자리인 소파에서 잠을 청했다. 마치 새끼를 낳은 적이 없는 것 같았다.

다시 새끼를 낳을 때까지는. 새끼들, 새끼들. 새끼들이 소나기처럼 우리를 찾아왔다. 어찌나 많은지 벌거벗은 가지에서 자라나 초록색으로 묵직하게 매달려 있는 이파리들 같았다. 그렇게 매달려 있다가 매년 정확히 같은 시기에 떨어지는 이파리들. 사람들은 우리 집에 와서 이렇게 말했다. 그 예쁜 새끼 고양이는 어떻게 됐어요? 어떤 새끼 고양이 말인가요? 우리 애들은 전부 사랑스러운 새끼 고양이인데요.

새끼 고양이. 출산 분비물과 투명한 막에 둘러싸인, 작고 생기 있는 생물. 십 분 뒤, 아직 축축하지만 깨끗해진 녀석들은 벌써 어미의 젖꼭지에 달라붙어 있다. 열흘 뒤, 부드럽고 몽롱한 눈을 지닌 자그마한 부스러기 같은 녀석이 자신을 향해 허리를 숙이는 무시무시한 존재를 향해 입을 열어 용감하게 위협적인 소리를 낸다. 이 시점에서 녀석이 야생에 있었다면, 야생성을 인정받아 야생 고양이가 되었을 것이다. 하지만 이미 인간의 손을 탄 녀석의 몸에는 인간의 냄새가 잔뜩 묻어 있고, 녀석은 인간의 목소리에서 안정을 얻는다. 곧 녀석은 사방에서 볼 수 있는 거대한 생물들이 결코 자신을 해치지 않을 것이라는 확신을 얻어 보금자리에서 나온다. 처음에는 기우뚱거리며 걷다가, 그다음에는 천천히 걷다가, 그다음에는 온 집 안을 뛰어다닌다. 모래상자 안에 주저앉기도 하고, 제 몸을 핥기도 하고, 우유도 홀짝홀짝 마시고, 토끼 뼈 하나를 낚아채서 제 형제들이 가져가지 못하게 지키기도 한다. 매혹적인 새끼 고양이, 예쁜 새끼 고양이, 아름답고 아기 같고 멋지고 작은 털 뭉치. 그러다 녀석이 사라진다. 녀석은 새로 살게 된 집에서 새로운 주인의 손에 성격이 형성될 것이다. 어미와 함께 있을 때는 그냥 새끼 고양이였기 때문이다. 그래도 검은 고양이의 새끼였으니, 가정교육을 아주 잘 받은 새끼 고양이기는 했다.

어쩌면 회색 고양이처럼, 그 가엾고 고독한 고양이처럼, 검은 고양이도 결국 우리 손에 병원으로 가서 '의사의 손길'을 받는다면 전혀 모르는 것을 바라보듯이 새끼들을 보게 될지도 모른다. 아니, 어쩌면 녀석의 기억이 새끼들에 대한 지식을 포기하지 않을지도 모른다. 새끼들과 함께 있을 때는 녀석의 밤도 낮도 본능도 모두 새끼들을 향하고 있었다. 필요하다면 새끼들을 위해 어떤 죽음이든 기꺼이 맞았을 것이다.

오래전 암컷 고양이 한 마리가 있었다. 그 녀석이 왜 야생으로 돌아갔는지는 기억나지 않는다. 사람들의 시선이 미치지 못하는 곳에서 끔찍한 전투가 벌어졌음이 분명하다. 어쩌면 녀석이 자존심상 도저히 참지 못할 만큼 적에게 비웃음을 당했는지도 모른다. 이 늙은 고양이는 집을 나가 몇 달 동안 돌아오지 않았다. 예쁜 녀석은 아니었다. 검은색, 하얀색, 회색의 줄무늬와 얼룩이 지저분해 보이는 녀석이었다. 어느 날 녀석은 집으로 돌아와 집 앞 공터 가장자리에 앉아서 집과 사람들과 문과 다른 고양이들과 닭들을 바라보았다. 녀석이 배제된 가족적인 풍경이었다. 얼마 뒤 녀석은 다시 덤불 속으로 들어갔다. 다음 날 황금색을 띤 조용한 저녁에 또 그 늙은 고양이가 나타났다. 우리는 곧 다가올 밤을 위해 닭들을 훠이훠이 닭장으로 몰아넣던 중이었다. 우리는 고양이가 혹시 닭을 노리는가 싶어서 녀석에게 고함을 질렀다. 고양이는 풀밭에 납작하게 몸을 붙이고 사라져버렸다. 다음 날 저녁에 녀석이 또 나타났다. 우리 어머니가 덤불 근처로 가서 녀석을 불렀다. 하지만 녀석은 계속 경계하며 가까이 다가오지 않았다. 임신한 티가 확연히 났다. 녀석은 툭 튀어나온

179

뼈에 가죽만 걸친 것처럼 여윈 커다란 몸으로 무겁게 튀어나온 배를 질질 끌며 움직였다. 배를 곯고 있음이 분명했다. 비가 적어 건조한 해였다. 오랫동안 이어진 건조한 날씨 때문에 풀이 제대로 자라지 못했고, 덤불도 바싹 말라 있었다. 어디를 봐도 해골 같은 풀뿐이었다. 공중에서 흔들리는 자그마한 나무 이파리들은 풀밭에 그저 그림자만 드리울 뿐이었다. 덤불은 잔가지에 불과했고, 이파리가 바싹 말라버린 나무에서는 줄기와 가지의 모양이 그대로 드러났다. 초원은 온통 뼈만 남아 있었다. 우리 집이 서 있는 언덕은 원래 비가 충분할 때는 부드러운 풀이 무성하게 자라는 곳이지만, 지금은 황량하기만 했다. 높은 산을 향해 나지막하게 부풀다가 갑자기 계곡으로 뚝 떨어지는 이 언덕의 모양이 뻣뻣한 막대기 같은 나뭇가지 아래에 그대로 드러나 있었다. 새들과 설치류는 어딘가 풀이 무성한 곳으로 옮겨 가버린 듯했다. 하지만 그 늙은 고양이는 아직 집으로 생각하는 곳을 버리고 그 녀석들을 뒤따라 갈 만큼 야생성이 살아나지 않았다. 어쩌면 부른 배의 무게와 굶주림에 지쳐서 먼 길을 떠날 수 없었던 것인지도 모른다.

우리가 우유를 가져다주자 녀석은 그것을 마셨다. 하지만 그동안에도 내내 언제든 도망칠 수 있게 근육에 힘을 주며 경계했다. 집에 있던 다른 고양이들이 내려와 이 무법자를 빤히 바라보았다. 늙은 고양이는 우유를 다 마신 뒤 자신의 은신처로 다시 달아나버렸다. 녀석은 저녁마다 우리 집에 와서 먹이를 얻어먹었다. 식구들 중 한 명이 분개한 고양이들을 붙잡아두는 사이, 다른 식구가 우유와 먹이를 가져오는 식이었다. 우리는 녀석이 먹이를 다 먹을 때까지 계속 다른 고양이들을 막아주며 경계를 섰다. 하지만 녀석은 여전히 불안해하면서 매번 먹이를 훔쳐먹듯이 입으로 채갔다. 그러고는 접시에서 멀어졌다가 되돌아오기를 반복했다. 녀석은 음식을 다 먹기도 전에 달아나 사라져버렸으며, 자신을 쓰다듬으려는 손길을 결코 허락하지 않았고, 우리에게 가까이 다가오지도 않았다.

어느 날 저녁에 우리는 멀찍이 거리를 두고 녀석을 뒤따라갔다. 녀석은 언덕을 절반쯤 내려간 지점에서 사라져버렸다. 예전에 누군가가 황금을 찾으려고 땅을 파놓은 곳이었다. 그가 파놓은 구덩이 중 몇 군데가 안으로 무너져 있었다. 폭우에 흙이 휩쓸려간 탓이었다. 폐광 안에는 빗물이 60센티미터쯤 차 있을 수도 있었다. 소가 구덩이에 빠지는 것을 막으려고 누가 오래된 가지들을 얼기설기 놓아둔 것이 보였다. 이 구덩이들 중 한 곳에 고양이가 숨어 있음이 분명했다. 우리는 녀석을 불러보았지만, 녀석이 나오지 않아서 그대로 내버려두기로 했다.

　엄청나게 심한 폭풍과 함께 우기가 시작되었다. 사방에서 바람이 불고, 번개와 천둥이 치고, 비가 억수같이 쏟아졌다. 이렇게 한번 폭풍이 불고 나면 며칠이나 몇 주 동안 조용할 때도 있지만, 그해에는 이주일 동안 여러 차례 폭풍이 계속 찾아왔다. 그리고 나서 새로운 풀잎이 솟아나고, 덤불과 나무는 초록색 옷을 덧입었다. 온통 덥고 습하고 무성했다. 늙은 고양이는 한두 번 우리 집을 찾아오더니 그 뒤로는 나타나지 않았다. 우리는 녀석이 다시 쥐를 사냥해서 먹고 사는가 보다고 생각했다. 그런데 심한 폭풍이 불던 어느 날 밤, 개들이 마구 짖어대는 가운데 우리 집 바로 바깥에서 고양이 울음소리가 들렸다. 우리는 방풍 램프를 들고 밖으로 나갔다. 나뭇가지가 채찍 같은 소리를 내고, 풀은 미친 듯이 흔들리고, 쏟아지는 비는 마치 회색 커튼 같았다. 베란다 아래에서 개들이 그 늙은 고양이를 향해 짖어대고 있었다. 빗속에 웅크린 늙은 고양이의 눈이 램프 불빛에 초록색으로 빛났다. 이미 새끼를 낳았는지 홀쭉해진 몸은 고양이 해골 그 자체였다. 우리는 녀석에게 우유를 가져다주고 개들을 쫓아버렸다. 하지만 녀석이 원하는 것은 그런 것이 아니었다. 녀석은 자신의 몸을 후려치는 빗줄기 속에 앉아서 울어댔다. 도움을 원하는 울음이었다. 우리는 집에서 입고 있던 옷 위에 비옷을 걸치고, 녀석을 따라 검은 폭풍 속을 철벅철벅 걸었다. 하늘에서는 천둥이 우르릉거리고, 번개가 번쩍일 때마다 비의 장막이 환하게 드러났다. 덤불가에서 우리는 걸음을 멈추고 안을 들여다보았다. 우리 앞쪽은 옛날에 금을 캐려고 파놓은 구덩이들이 널려 있는 곳이었다. 그러니 덤불 속을 무작정 돌아다니는 것은 위험했다. 하지만 우리 앞에서 울어대는 고양이는 당당했다. 우리는 방풍 램프를 들고 허리 높이까지 자란 풀과 덤불 속을 조심스레 헤치고 나아갔다. 그런데 어느 순간 고양이가 보이지 않았다. 발아래 어딘가에서 녀석의 울음소리가 들려왔다. 우리 바로 앞에 나뭇가지들이 쌓여 있었다. 그건 우리가 구덩이 가장자리에 서 있다는 뜻이었다. 고양이는 그 안에 있었다. 하지만 한밤중에 언제 무너질지 모르는 구덩이 위에 작은 산처럼 쌓여 있는 죽은 나뭇가지들을 끌어낼 수는 없는 노릇이었다. 나뭇가지들은 비에 젖어 미끄럽기까지 했다. 우리는 얼기설기 얽힌 가지들 사이로 불을 비춰보았다. 고양이가 움직이는 모습이 보인 것 같지만 확실하지는 않았다. 그래서 우리는 그 가엾은 짐승을 그대로 두고 집으로 돌아가 환하고 따뜻한 방에서 코코아를 마시며 추위와 빗물에 젖은 몸을 말렸다.

하지만 그 가엾은 고양이를 생각하니 잠이 잘 오지 않아서 새벽 5시에 동이 트자마자 일어났다. 폭풍은 그쳤지만, 사방에서 물방울이 뚝뚝 떨어졌다. 우리는 서늘한 여명 속으로 나갔다. 곧 해가 떠오를 동쪽 하늘에 빨간 줄무늬들이 보였다. 우리는 흠뻑 젖은 덤불을 통과해서 가지가 쌓인 곳으로 갔다. 고양이가 보이지 않았다.

구덩이의 깊이는 25미터쯤 되었다. 그리고 3미터 지점과 그보다 훨씬 더 깊은 지점에 각각 한 개씩 옆으로 구멍이 나 있었다. 우리는 고양이가 새끼들을 옆으로 뻗은 첫 번째 갱도 안으로 옮겼을 것이라는 결론을 내렸다. 그 갱도는 완만한 내리막으로, 6미터쯤 뻗어 있었다. 빗물에 젖어 무거워진 나뭇가지들을 들어올리기가 쉽지 않아서 시간이 오래 걸렸다. 마침내 모습을 드러낸 구덩이 입구는 예전처럼 딱 떨어지는 정사각형 모양이 아니었다. 흙이 안으로 부서져 내리고, 가벼운 가지들이 아래로 주저앉아 약 4.5미터 지점에 일종의 단 같은 것이 만들어져 있었다. 그리고 여기에 빗물에 씻기고 바람에 날려간 흙과 돌멩이들이 쌓여 있었다. 말하자면 얄팍한 바닥이 하나 생긴 셈인데, 너무 얇았다. 저 아래 구덩이 바닥에서 반짝이는 빗물 웅덩이가 보일 정도였다. 구덩이 입구가 주저앉았기 때문에 이제는 입구에서 그리 멀지 않은 곳,

그러니까 약 2미터 지점에 옆으로 뻗은 굴의 입구가 보였다. 가로세로의 길이가 1미터를 조금 넘는 그 구멍 역시 무너져 있었다. 미끄러운 빨간색 진흙 위에 엎드려 안전을 위해 덤불을 붙잡고 안을 들여다보면, 그 굴을 안쪽까지 볼 수 있었다. 안쪽으로 약 2미터 거리까지. 거기에 고양이의 머리가 간신히 보였다. 붉은 흙 속에 삐죽 나와 있는 그 머리는 꼼짝도 하지 않았다. 폭우에 굴이 무너져서 고양이가 반쯤 묻혀 있는 것 같았다. 십중팔구 죽은 줄 알았는데, 우리가 고양이를 부르자 희미한 소리가 두 번 연달아 났다. 녀석이 죽지 않았다는 뜻이었다. 문제는 녀석이 있는 곳으로 다가갈 방법이었다. 언제 무너질지 모르는 젖은 흙에 양묘기*를 고정하는 건 쓸모없는 짓이었다. 잔가지와 흙이 쌓여 만들어진 얄팍하고 위험한 단이 사람의 체중을 감당할 수 있을 것 같지도 않았다. 애당초 그 단이 고양이의 무게를 감당했다는 사실도 믿기 어려웠다. 녀석이 하루에도 몇 번씩 그 단 위로 훌쩍 뛰어내렸을 텐데.

우리는 약 1미터 간격으로 커다란 매듭이 있는 굵은 밧줄을 나무에 묶은 뒤, 구덩이 속으로 늘어뜨렸다. 밧줄에

---

* 밧줄이나 쇠사슬로 무거운 물건을 들어 올리거나 내리는 기계.

진흙이 묻어 미끄러워지지 않게 주의했다. 그러고는 우리 중 한 명이 바구니를 들고 굴 안으로 손이 닿을 만한 지점까지 밧줄을 타고 내려갔다. 고양이는 비에 젖은 빨간색 흙 속에 웅크리고 있었다. 추위와 습기 때문에 몸이 뻣뻣한 모양이었다. 녀석의 옆에 있는 새끼 여섯 마리는 태어난 지 일주일쯤 된 것 같았다. 아직 눈도 못 뜬 녀석들이었다. 지난 보름 동안 계속된 폭풍에 굴 안으로 빗물이 너무 많이 들어오는 바람에, 굴의 벽과 천장이 일부 무너져 내린 것이 문제의 발단이었다. 아주 안전하고 보송보송해 보였던 굴이 빗물에 흠뻑 젖어 언제 무너질지 모르는 죽음의 함정이 되어버린 것이다. 그래서 새끼들을 구해달라고 우리를 찾아왔다. 녀석은 원래 다른 고양이들과 개들의 적대적인 태도 때문에 집에 가까이 오는 것을 무서워하고 있었다. 어쩌면 이제는 사람도 무서워하는 것 같았다. 그런데도 새끼들을 위해 두려움을 이겨냈는데, 도움을 얻지 못했다. 녀석은 그날 밤 쏟아지는 빗속에서 틀림없이 희망을 모두 접었을 것이다. 사방에서 흙이 흘러내리고, 무너지는 굴 속으로 물이 스며들고 있었을 테니까. 하지만 녀석은 그런 와중에도 새끼들에게 젖을 먹였고, 그 덕분에 새끼들은 모두 살아 있었다. 우리가 녀석들을 들어서 바구니 안으로 옮기는 동안 녀석들은 쉭쉭거리며 위협적인 소리를 냈다. 어미는 추위에 몸이 너무 굳어져서 혼자 움직이지 못했다. 우리가 먼저 새끼들을 위로 올리는 동안 어미는 젖은 흙 속에 웅크리고 앉아서 기다렸다. 그리고 다시 내려온 바구니에 실렸다. 우리는 이 고양이 일가를 집으로 데려가, 어미에게 구석자리와 먹을 것과 안전한 환경을 내어주었다. 새끼들은 자라서 여기저기 입양되었다. 어미는 우리 집에 남았다.

10

봄이다. 닫혀 있던 문들이 열리고, 흙에서는 신선한 냄새가 난다. 회색 고양이와 검은 고양이는 온 정원을 뛰어다니고 담장을 오르내리며 서로 술래잡기를 한다. 아직 그리 강하지 않은 햇빛을 받으며 빈둥거리지만, 서로에게서 한참 떨어진 거리를 항상 유지한다. 녀석들은 바닥을 뒹굴다가 일어나서 허공을 향해 코를 들어 이쪽저쪽 조심스레 냄새를 맡아본다. 검은 고양이는 어미의 의무를 다하기 위해 안으로 들어오고, 회색 고양이는 사냥을 하러 가버린다.

회색 고양이는 데번에서 새로운 버릇이 들었다. 더 빠르고 더 치명적으로, 더 섬세하게 사냥을 하게 된 것이다. 먼저 녀석은 담장 앞에 납작하게 엎드려 몇 시간 동안 꼼짝도 하지 않고 나무를 지켜본다. 그러다 새가 날아 내려오면 곧바로 달려든다. 아니면 놀랍게도 계속해서 가만히 있을 때도 있다. 인근 극장의 옥상에 올라가면 이웃집 정원이 내려다보이는데, 새들이 그 정원에 잘 모여든다. 회색 고양이는 그 옥상에 몸을 쭉 뻗고 엎드린다. 앞발에 턱을 얹고, 꼬리는 미동도 없다. 녀석이 잠든 것은 아니다. 녀석의 눈은 찌르레기, 개똥지빠귀, 참새를 열심히 바라본다. 감시하는 것이다. 그러다 몸을 일으켜 등을 천천히 아치형으로 세운다. 뒷다리도 쭉 뻗고, 앞다리도 쭉 뻗는다. 새들은 고양이의 존재를 알아차리고 그대로 굳는다. 하지만 고양이는 새들을 거들떠보지도 않고 하품만 몇 번 한 뒤, 담장을 따라 조심스레 움직여서 집 안으로 들어온다. 아니면 내 침대 발치에 앉아서 창문을 통해 새들을 지켜볼 때도 있다. 이럴 때는 꼬리가 아주 살짝 움찔거리기도 하지만, 그뿐이다. 녀석은 삼십 분 동안 그 자세를 유지하면서 무심히 관찰만 한다. 겉으로 보기에는 그렇다. 하지만 어느 순간 녀석의 사냥본능을 일깨우는 것이 나타난다. 그러면 녀석은 수염을 움찔거리며 코를 킁킁거리다가, 침대를 떠나 계단을 내려가서 정원으로 나간다. 그리고 담장 앞을 기어가기 시작한다. 무시무시한 모습으로. 녀석은 조용히 도약하지만 담장 위에 올라앉지는 않는다. 그래, 그렇게 하지 않는다. 대신 녀석은 만화에 나오는 고양이처럼 앞발을 고리 모양으로 구부려 담장 윗부분을 잡고 그 위에 턱을 올린다. 그 자세로 뒷다리에 체중을 실어 몸을 지탱하면서, 옆집 정원의 상황을 살핀다. 몹시 웃기는 모습이라 웃음을 참을 수가 없다. 녀석이 왜 이러는 걸까? 녀석은 평소와 달리 완벽한 자세를 취하지도 않고, 자신의 모습을 의식하지도 않고, 주위 사람들의 칭찬을 바라지도 않는다. 녀석은 지금 완전히 정신을 집중하고 있지만, 이제부터 하려는 일은 아무 짝에도 쓸모가 없다. 먹을 생각도 없는 작은 동물을 사냥하려는 것이니까.

구경하던 사람들은 아직도 웃고 있지만, 녀석은 이미 담장을 넘어가 새를 한 마리 잡아서 다시 담장 위로 올라와 있다. 녀석이 그 새를 물고 집 안으로 달려 들어오려 하자, 도무지 속을 알 수 없는 인간들은 절대 안 된다는 듯이 뒷문을 닫으려고 황급히 계단을 내려온다. 그래서 녀석은 정원에서 지칠 때까지 새를 가지고 논다.

한번은 새 한 마리가 옥상을 지나 급강하하다가 담장을 미처 보지 못하고 쾅 부딪쳐서 땅바닥으로 떨어졌다. 잠시 정신을 잃은 건지 죽은 건지는 알 수 없었다. 그때 회색 고양이와 함께 정원에 있던 나는 새에게 다가갔다. 나와 같이 다가간 회색 고양이는 별로 관심을 보이지 않았다. 새가 이미 죽었다고 판단한 듯했다. 나는 검은 고양이가 손의 온기 덕분에 되살아났던 기억을 떠올려, 새를 내 손으로 감싸 들고 화단에 걸터앉았다. 회색 고양이도 근처에 앉아 나를 지켜보았다. 내가 녀석 쪽으로 들고 있던 새가 움찔하더니 몸을 떨며 고개를 들었다. 눈이 깨끗했다. 나는 고양이를 지켜보았다. 녀석은 아무 반응도 하지 않았다. 새가 차가운 발톱으로 내 손바닥을 밀었다. 제발에 힘이 얼마나 들어가는지 시험해보는 새끼 같았다. 나는 한쪽 손바닥에 새를 놓은 뒤 다른 손바닥으로 덮었다. 녀석은 완전히 살아난 것 같았다. 그동안 회색 고양이는 지켜보기만 했다. 새가 앉은 손바닥을 내가 들어올렸어도 고양이는 여전히 아무 반응이 없었다. 곧 새는 날개를 펼쳐 재빨리 날아올랐다. 그 마지막 순간에 고양이의 사냥본능이 살아났는지, 녀석은 본능에 따라 근육에 힘을 주고 뛰어오를 준비를 했다. 하지만 새는 이미 날아가버린 뒤였으므로, 고양이는 힘을 풀고 제 몸을 핥았다. 새를 처음 발견했을 때부터 이 순간까지 녀석이 보여준 모습은 처음 새끼를 가졌을 때의 모습과 비슷했다. 우리가 새끼를 낳을 보금자리를 만들어야 한다고 잠시 녀석을 재촉했지만 녀석은 별다른 반응이 없었다. 어떤 행동을 하기는 했으나 몸을 움직이면서도 자신이 왜 그런 행동을 해야 하는지는 잘 모르는 것 같았다. 따라서 녀석은 그 일에 온 힘을 다하지 않았다.

고양이의 사냥본능을 일깨우는 것은 새의 특별한 움직임일까. 그래서 새가 그런 동작을 취하기 전에는 고양이가 새에게 전혀 관심을 보이지 않는 걸까. 아니면 소리가 중요한 것인지도 모른다. 사로잡힌 새가 정신없이 쩍쩍거리는 소리, 쥐가 찍찍거리는 소리가 상대를 괴롭히고 싶다는 고양이의 욕망을 부추기는 것이 분명하다. 사실 인간들도 겁에 질린 소리를 들으면 당혹, 분노, 반감 등 강렬한 감정을 느낀다. 도덕이라는 스프링이 자극을 받기 때문이다. 그래서 사람들은 고통받는 생물을 구해주고 싶고, 그 생물을 괴롭히는 고양이를 때려주고 싶어진다. 아니면 짐승들 사이의 일이라며 신경을 꺼버리고, 굳이 보거나 듣거나 알려고 하지 않기도 한다. 거기서 누가 나사를 아주 조금만 더 돌려주면, 우리 역시 부드러운 살에 이와 손톱을 박아 갈기갈기 찢어버리게 될 것이다.

그런데 어떤 나사를 돌려야 하지? 그것이 중요하다.

어쩌면 고양이에게 영향을 미치는 것은 소리가 아니라 다른 것일 수도 있다.

남아프리카의 훌륭한 박물학자 유진 마라이스는 놀랍고 아름다운 저서 《흰개미의 영혼》에서 특정한 종류의 딱정벌레들이 서로 어떻게 의사소통을 하는지를 밝혀낸 연구과정을 묘사했다. 토크토키라고 불리는 이 딱정벌레에게는 청각기관이 없는데도, 남아프리카의 초원에서 자란 사람이라면 누구나 녀석들이 작게 똑똑 두드리는 듯한 소리를 내는 것을 알고 있다. 마라이스는 자신이 이 딱정벌레들과 몇 주를 함께 보내며 녀석들을 관찰하고, 녀석들에 대해 생각하고, 실험을 실시했다고 설명했다. 그런데 어느 날 갑자기 놀라운 깨달음이 찾아오면서, 그는 그때까지 미처 생각하지 못했던 결론을 내리게 되었다. 그 벌레들이 소리가 아니라 진동을 이용해서 의사소통을 하고 있다는 결론이었다. 다만 그 진동이 워낙 희미해서 우리가 전혀 감지할 수 없을 뿐이다. 딱딱, 찍찍, 쩩쩩, 붕붕 등 벌레들이 빚어내는 교향곡, 예를 들어 뜨거운 여름날 밤에 우리에게 곤충의 존재를 알려주는 이런 소리들은 우리가 의사소통을 위해 사용하는 신호와는 완전히 다른 종류의 신호들이고, 우리의 감각기관은 너무 조잡해서 그 신호들을 제대로 잡아내지 못한다. 그래, 이것이야말로 정말 쉽게 알아차릴 수 있는 결론이 아닐 수 없다. 마라이스처럼 깨달은 사람들에게만 쉽다는 것이 문제지만.

우리의 코앞에서 이렇게 수많은 복잡한 언어들이 오가는데도 우리는 해석하는 방법을 모른다.

우리가 어떤 것을 열 번 넘게 보면서 정말 예쁘다거나 정말 이상하다고 생각하다 보면, 어느 순간 문득 뜻밖의 깨달음이 올 때가 있다.

예를 들어보자. 검은 고양이의 새끼들이 걸을 수 있는 시기가 되면, 회색 고양이가 새끼들에게 살금살금 다가간다. 하지만 어미 고양이가 지켜보고 있을 때는 새끼들에게 다가가는 법이 없다. 녀석의 모습을 보고 있으면 이상한 기분이 든다. 녀석이 마치 새끼 고양이를 처음 보는 것처럼, 자신은 새끼를 낳아본 적이 없는 것처럼 굴기 때문이다. 녀석은 새끼들의 **뒤에서**, 또는 **옆에서** 살금살금 다가간다. 그리고 킁킁 냄새를 맡아보거나, 조심스레 앞발을 하나 내민다. 새끼들을 재빨리 한두 번 핥아볼 때도 있다. 하지만 앞에서 접근해서 이런 행동을 하는 경우는 없다. 나는 녀석이 앞에서 새끼들에게 접근하는 모습을 단한 번도 보지 못했다. 새끼들이 고개를 돌려 녀석을 정면으로 바라보기라도 하면, 설사 그것이 적대감이 결코 아니라 호의적인 호기심에서 우러난 행동이라 해도, 회색 고양이는 털을 세우고 침을 뱉으며 뒤로 물러난다. 모종의 메커니즘이 작동해서, 경고를 받고 물러가는 듯한 움직임을 보이는 것이다.

나는 이것이 회색 고양이만의 특징인 줄 알았다. 녀석

이 수술로 인해 성적인 본능과 모성본능을 빼앗겼고, 원래 겁이 많아서 그러는 모양이라고 생각했다. 하지만 이주일 전 생후 오 주가 된 새끼 고양이 한 마리가 처음으로 정원에 나가서 걷고 있을 때 벌어진 일이 내 생각을 바꿔놓았다. 새끼가 코를 킁킁거리고 이리저리 두리번거리며 모험을 하고 있을 때, 녀석의 아비인 희끄무레한 고양이가 다가왔다. 그런데 이 아비 고양이 역시 회색 고양이와 똑같이 아주 조심스레 살금살금 접근하더니 뒤에서 새끼의 냄새를 맡아보았다. 새끼가 돌아서서 이 낯선 생물과 얼굴을 맞대자, 커다란 수컷인 아비 고양이가 즉시 뒤로 물러나며 겁에 질린 듯 쉭쉭거렸다. 턱을 한 번 놀리기만 하면 쉽게 죽여버릴 수 있는 이 꼬마 고양이에게 **위협을** 느낀 것이다.

새끼가 아직 힘으로 스스로를 보호할 수 없을 때, 같은 종의 성체에게서 새끼를 보호해주는 자연의 법칙 같은 것일까?

우리 고양이들은 이제 각각 네 살과 두 살이 되었다.

회색 고양이는, 운이 좋다면, 주어진 수명이 아직 절반 이상 남았을 것이다.

얼마 전 밤에 우리가 침실로 올라갔는데, 녀석이 아직 들어와 있지 않았다. 다음 날까지도 녀석의 모습은 볼 수 없었다. 그래서 그 두 번째 날 밤에는 평소 회색 고양이가 차지하던 특권적인 위치를 검은 고양이가 차지했다.

그다음 날 나의 변명모드가 완전히 발동했다. 고작해야 고양이 일인걸, 하고 나는 속으로 변명하며 평소처럼 사람들에게 물어보았다. 배는 크림색이고 등은 회색이며 검은색 무늬가 있는 삼고양이 비슷한 고양이를 본 적이 있나요? 본 사람이 없었다.

그럼 어쩔 수 없지. 검은 고양이가 다음에 새끼를 낳으면, 그중 한 마리를 우리가 키워야겠다. 집에 적어도 고양이가 두 마리는 있어야 서로 친구가 돼서 즐겁게 지내지.

회색 고양이는 사라진 지 나흘 만에 담장을 따라 뛰어왔다. 어쩌면 누가 녀석을 훔쳐가서 녀석이 혼자 탈출해온 것인지도 모른다. 아니면 자신을 칭찬해주는 누군가의 집에 다녀온 것일 수도 있었다.

검은 고양이는 회색 고양이를 반가워하지 않았다.

우리 집 사람들은 가끔 듣는 사람이 아무도 없는 줄 알고 고양이들에게 설교를 했다. 이 멍청이들아, 서로 친구가 되면 좋잖아. 너희는 아깝지도 않냐. 친구가 되면 정말 좋을 텐데!

지난주에 내가 실수로 회색 고양이의 꼬리를 밟았다. 녀석은 꽥 소리를 지르고, 검은 고양이는 사냥감을 쫓듯이 곧바로 훌쩍 달려들었다. 반사적인 행동이었다. 검은 고양이는 회색 고양이가 주인의 애정과 보호를 잃었다고 판단하고, 그 순간을 놓치지 않은 것이다.

나는 회색 고양이에게 사과하고, 두 녀석을 모두 쓰다 듬어주었다. 녀석들은 나의 관심을 받아들이면서 서로를 계속 지켜보았다. 그러고는 서로 헤어져 제 몫의 접시에서 먹이를 먹고, 각자 정해진 잠자리를 찾아갔다. 회색 고양이는 침대 위에서 뒹굴며 하품을 하고, 몸단장을 하고, 목을 울린다. 사랑받는 고양이, 대장 고양이, 힘세고 아름다워서 여왕이 된 고양이.

검은 고양이는 요즘 복도 한구석을 제 자리로 정한 것 같다(지금은 돌볼 새끼가 없다). 녀석은 정원에서 들어오는 침입자를 확인할 수 있게 벽을 등지고서, 계단을 오르내리는 회색 고양이를 지켜본다.

검은 고양이가 눈을 반쯤 감고 선잠이 들면, 본연의 모습이 나타난다. 헌신적인 모성애의 영향을 받지 않은 진짜 모습. 작고 매끈하고 탄탄한 고양이, 도도하고 고상한 옆모습을 내게 향하고 앉아 있는 검은 고양이.

"저승에서 온 고양이! 명부冥府의 고양이! 연금술사의 고양이! 한밤중의 고양이!"

하지만 오늘 검은 고양이는 칭찬에 별로 관심이 없다.

그저 모두 귀찮은 모양이다. 내가 녀석의 등을 쓰다듬어 주자 등이 살짝 둥글게 휘어진다. 그리고 낯선 손길을 예의 바르게 받아들이며 살짝 목을 울리는 것 같은 소리를 내더니, 똑바로 앞을 바라보며 그 노란 눈 뒤에 숨겨진 제 머릿속 세계로 들어간다.

살아남은 자 루퍼스

11

.

   몇 달 전 사건들이 확실히 그림자를 드리웠다. 봄과 여름 내내 내가 길을 지날 때면 추레한 오렌지색 고양이 한 마리가 자동차 밑이나 남의 집 정원에서 불쑥 나타나 나를 강렬하게 바라보곤 했다. 절대 그냥 무시하고 지나가지 말라는 듯이. 녀석에게 뭔가 원하는 게 있는 것 같기는 한데, 그것이 도대체 무엇일까? 길에서 마주치는 고양이들, 정원 담장 위의 고양이들, 남의 집 문간에서 내게 다가오는 고양이들. 녀석들은 꼬리를 쭉 뻗어 흔들며 내게 인사하고 몇 걸음쯤 함께 걷는다. 녀석들이 원하는 것은 길동무이다. 만약 무정한 주인 때문에 하루 종일 또는 밤새 집 안에 갇혀 있는 녀석이라면 크고 고집스럽게 야옹거리며 도움을 청하기도 한다. 녀석들이 그렇게 울어대는 것은 경우에 따라 배가 고프다거나 목이 마르다거나 춥다는 뜻이다. 길모퉁이에서 내 다리를 휘감고 도는 고양이는 더 좋은 집으로 옮겨가고 싶다는 희망을 품고 있을 수도 있다. 하지만 이 오렌지색 고양이는 야옹거리며 울지 않고 그저 나를 바라보기만 했다. 노란색과 회색이 섞인 눈이 생각에 잠긴 듯 강렬하게 나를 빤히 보았다. 그러다 녀석이 조심스레 내 뒤를 따라오며 나를 올려다보았다. 녀석은 내가 들어올 때와 나갈 때 내 앞에 모습을 드러냈고, 그 모습이 내 양심을 자극했다. 혹시 녀석이 굶주리고 있는 걸까? 나는 먹이를 좀 담아서 어떤 자동차 밑에 놓아두었다. 녀석은 그 먹이를 조금만 먹고 남겼다. 하지만 녀석은 분명히 절박하고 필사적이었다. 그것만은 분명히 알 수 있었다. 혹시 이 동네 어딘가에 사는 녀석일까? 그 집의 환경이 나쁜가? 녀석은 우리 집에서 몇 집 떨어진 어느 집 앞에 가장 자주 모습을 드러냈다. 한번은 어떤 할머니가 그 집 안으로 들어갈 때 녀석이 따라 들어가는 모습을 본 적도 있었다. 그러니 집 없는 고양이는 아니라는 얘기였다. 그런데도 녀석은 우리 집 대문 앞까지 날 따라왔다. 마구 소리를 질러대는 초등학생들이 거리에 가득했던 어느 날에는 잔뜩 겁에 질려 우리 집 마당으로 허둥지둥 들어와서 나를 지켜보았다.

녀석은 배가 고픈 게 아니라 목이 마른 거였다. 아니면 갈증이 너무 심해서 배고픔마저 누르고 있는 것 같았다. 그때는 더운 날씨가 길게 이어지던 1984년 여름이었다. 사는 집의 문이 잠겨 하루 종일 거리를 떠돌며 물 한 방울 마시지 못하는 고양이들에게는 고통스러운 시기였다. 나는 어느 날 밤 우리 집 포치에 물그릇을 놓아두었다. 아침에 나가보니 물그릇이 비어 있었다. 뜨거운 날씨가 계속 이어지자 나는 집 뒤쪽 발코니에 물그릇 하나를 더 놓아두었다. 라일락 나무를 타고 올라오거나 아래쪽의 작은 지붕에서 크게 뛰어오르면 닿을 수 있는 곳이었다. 이 물그릇도 매일 아침 나가보면 비어 있었다. 어느 덥고 건조한 날에는 오렌지색 고양이가 그 뒤쪽 발코니에서 물그릇을 향해 몸을 웅크린 채 물을 마시고 또 마시는 모습이 보였다……. 녀석은 물을 다 마시고도 더 마시고 싶은 것처럼 보였다. 내가 그릇에 물을 채워주자 녀석은 다시 고개를 숙여 그 물을 다 마셨다. 이건 틀림없이 녀석의 콩팥에 문제가 있다는 뜻이었다. 그제야 나는 천천히 녀석을 살펴볼 수 있었다. 울퉁불퉁한 뼈가 거칠고 더러운 털에 덮인 꾀죄죄한 고양이. 하지만 녀석의 색은 여우를 닮고 불을 닮은 멋들어진 색이었다. 녀석은 또한 꼬리 아래에 털로 뒤덮인 고환 두 개가 모두 깔끔하게 붙어 있는, 이른바 자연 그대로의 고양이였다. 귀는 다른 고양이들과

의 싸움 때문에 찢어져 흉터가 남아 있었다. 요즘은 내가 집을 드나들 때 집 앞 거리에서 녀석을 볼 수 없었다. 녀석이 소리를 지르며 뛰어다니는 아이들과 질주하는 자동차들이 있는 도로변의 위태로운 삶을 벗어나, 풀들이 제멋대로 자라는 정원과 나무가 있는 집 뒤쪽으로 옮겨온 탓이었다. 집 뒤쪽에는 새와 고양이도 많았다. 녀석은 나지막한 난간과 화분이 있는 우리 집 발코니에 자리를 잡았다. 발코니 너머에서 가지를 내밀고 있는 라일락 나무에는 언제나 새들이 가득했다. 녀석은 난간 앞의 좁은 그늘 속에 누워 있었다. 물그릇은 언제나 텅 비어 있는 상태였다. 녀석은 나를 보면 벌떡 일어나 물그릇 옆에서 기다렸다.

이제 우리 집 사람들은 결단을 내려야 한다는 사실을 모두 알고 있었다. 우리가 고양이를 한 마리 더 키울 것인가? 우리는 이미 아름답고, 덩치 크고, 게으르고, 중성화 수술을 받은 수고양이 두 마리를 키우고 있었다. 녀석들은 무척 좋은 환경에 익숙한 나머지 음식, 편안함, 따뜻함, 안전을 당연하다는 듯이 누리고 있었다. 녀석들은 그런 것을 얻기 위해 싸워본 적이 한 번도 없었다. 우리는 고양이 한 마리를 더 키울 생각은 없다는 결론을 내렸다. 하물며 병든 고양이라면 더욱더 안 될 말이었다. 그런데도 우리는 이 늙은 고양이에게 물뿐만이 아니라 먹을 것도 가져다주었다. 다만 물과 먹이를 발코니에 놓아, 이것이 녀석의 권리가 아니라 우리의 호의이며 녀석은 이 집에 속하지 않으므로 집 안에 들어오면 안 된다는 점을 알려주었다. 우리는 농담 삼아 녀석을 우리의 집 밖 고양이라고 불렀다.

더위는 여전히 수그러들지 않았다.

녀석을 수의사에게 데려가야 마땅했지만, 그랬다가는 녀석이 우리 고양이가 될 터였다. 우리 집의 두 고양이는, 비록 제한적이기는 해도 우리에게 모종의 영향력을 휘두르는 것처럼 보이는 이 신참 때문에 이미 화가 나서 녀석을 경계하며 심통을 부리고 있었다. 게다가 녀석이 가끔 찾아가는 그 할머니도 있지 않은가. 우리는 녀석이 뻣뻣한 걸음으로 오솔길을 걸어가다가 오른쪽으로 방향을 꺾어 울타리 아래로 기어들어가는 모습을 지켜보았다. 옆집들의 정원을 차례로 통과하는 녀석의 오렌지색 몸이 늦여름이라 점점 빛을 잃어가는 풀밭에서 눈부시게 보였다. 녀석의 모습은 어느 순간 사라져버렸다. 아마도 자신을 환영해주는 어느 집의 뒷문 앞에 다다랐기 때문일 것이다.

더위가 끝나자 비가 내리기 시작했다. 발코니에서 비를

맞는 오렌지색 고양이가 유독 도드라져 보였다. 몸을 타고 흘러내리는 빗물 때문에 녀석의 털에는 어두운 색 줄무늬가 생겼고, 녀석은 나를 바라보았다. 내가 부엌문을 열어주자 녀석이 안으로 들어왔다. 나는 녀석에게 의자 하나를 가리키며 네가 사용할 수 있는 것은 이 의자뿐이라고 말했다. 더 이상은 아무것도 요구하지 말라고. 녀석은 의자 위로 올라가 몸을 눕히고 나를 빤히 바라보았다. 운명이 자신에게 내어준 것을 언제 다시 빼앗아갈지 모르니 아직 시간이 있을 때 최대한 이용해야 한다는 사실을 이미 아는 기색이었다.

비가 내리지 않는 날에는 발코니와 나무와 정원으로 통하는 문을 열어두었다. 우리는 유리문을 닫고 커튼까지 쳐서 바깥 풍경을 모두 가려버리는 것이 몹시 싫었다. 그래서 녀석은 계속 라일락 나무를 타고 정원으로 내려가 용변을 처리할 수 있었다. 녀석은 하루 종일 부엌의 그 의자에 누워 있다가 가끔 서투른 동작으로 바닥에 내려와 물 한 그릇을 다 비웠다. 먹이를 먹는 양도 크게 늘었다. 녀석은 먹이나 물그릇을 볼 때마다 절대 그냥 지나치지 못했다. 그 무엇도 당연한 듯이 받아들이면 안 된다는 사실을 알기 때문이었다.

녀석은 한때 자신의 것이었던 집을 잃어버린 경험이

있는 고양이였다. 사람의 집에서 반려동물로 살아본 경험이 있다는 뜻이었다. 그래서 녀석은 자신을 쓰다듬어주는 사람의 손길을 원했다. 흔한 이야기였다. 한때 녀석은 자신을 사랑해주는 사람 친구들과 사람의 집에서 살았다. 아니, 그 사람 친구들의 사랑은 착각이었고, 그 집도 좋은 곳은 아니었다. 사람들이 자주 집을 비워서 녀석이 혼자 힘으로 먹을 것과 잠잘 곳을 찾아다녀야 했기 때문이다. 어쩌면 사람들이 제 마음이 내킬 때까지만 녀석을 돌보다가 자기들끼리 이사를 가버렸을 수도 있다. 녀석은 한동안 그 할머니의 집에서 먹이를 얻어먹었지만, 양이 충분하지 않았던 것 같다. 아니면 할머니가 먹이만 주고 물은 주지 않은 것 같기도 했다. 이제 녀석은 한결 상태가 좋아 보였지만, 스스로 제 몸을 깨끗하게 핥는 적이 없었다. 몸이 뻣뻣할 뿐만 아니라, 희망과 의욕을 모두 잃어버린 것도 문제였다. 혹시 녀석은 자신에게 다시는 집이 생기지 않을 거라고 믿어버린 걸까? 며칠이 지나자 녀석은 우리가 자신을 부엌에서 쫓아내지 않을 것이라는 확신이 생겼는지 우리가 부엌에 들어갈 때마다 골골 목을 울리기 시작했다. 나는 물론이고 우리 집을 찾아오는 모든 사람도 그렇게 큰 소리로 목을 울리는 고양이는 처음 보았다. 의자에 누운 녀석의 양쪽 옆구리가 볼록하게 부풀었다가 다시 꺼질 때마다 녀석이 목을 울리는 소리가 온 집 안에 울려퍼졌다. 그것은 녀석 나름의 감사 인사였다. 일 부러 그렇게 소리를 내는 것이었다.

우리는 녀석의 털을 빗어주고, 녀석 대신 몸을 깨끗하게 해주었다. 이름도 지어주었다. 우리 집에 고양이 한 마리가 더 생겼음을 인정하고, 녀석을 동물병원에도 데려갔다. 콩팥 상태가 아주 안 좋았고, 한쪽 귀에는 궤양이 있었다. 이도 몇 개 빠졌고, 관절염인지 류머티즘인지 알 수 없는 병을 앓고 있었다. 심장도 치료가 필요했다. 하지만 녀석의 나이는 생각만큼 많지 않았다. 십중팔구 이제 겨우 여덟 살이나 아홉 살로 제대로 보살핌을 받았다면 한창 때였을 것이다. 하지만 혼자 힘으로 근근이 살아온 시간이 그리 짧지만은 않은 것 같았다. 대도시에서 쓰레기를 뒤지거나 구걸로 먹이를 구하고, 날씨가 나쁠 때 야외에서 잠을 자며 살아가는 고양이들은 오래 살지 못한다. 녀석도 우리가 구해주지 않았다면 곧 목숨을 잃었을 것이다. 병원에서는 녀석에게 항생제와 비타민을 투여했다. 그렇게 동물병원에 처음 다녀온 직후 녀석이 스스로 몸을 깨끗이 다듬는 고통스러운 과정이 시작되었다. 녀석의 몸이 아직 너무 뻣뻣해서 잘 닿지 않는 부분이 있었기 때문에 깨끗하고 교양 있는 고양이가 되기 위해 녀석은 투쟁하듯 애를 써야 했다.

이 모든 일이 진행된 곳은 부엌, 그중에서도 주로 녀석의 의자 위였다. 녀석은 그 의자를 떠나는 것을 무서워했다. 작지만 녀석만의 장소. 녀석이 매달릴 수 있는 삶의 발판. 발코니로 나갈 때면 녀석은 혹시 우리가 문을 닫아버릴까 봐 우리 모두를 지켜보았다. 문이 잠겨서 들어갈 수 없게 되는 것이 녀석에게는 무엇보다 두려운 일이었다. 우리가 문을 닫아버릴 것 같은 움직임을 조금만 보이면, 녀석은 안쓰러울 정도로 허둥지둥 안으로 들어와 의자로 올라갔다.

녀석은 내 무릎에 앉는 것을 좋아했다. 녀석은 무릎 위에서 몸을 움직이고 목을 울리다가 회색이 섞인 노란색을 띤 그 영리한 눈으로 나를 올려다보았다. 보세요, 난 지금 고마워하고 있어요. 그 뜻을 전달하는 중이에요.

어느 날 녀석의 운명을 손에 쥔 사람들이 부엌에서 차를 마시고 있을 때, 녀석은 의자에서 뛰어내려 집 안으로 이어진 문을 향해 천천히 걸어갔다. 그리고 문 앞에서 걸음을 멈추고 고개를 돌려 아주 신중하게 우리를 바라보았다. 녀석이 묻고 싶은 것이 무엇인지 그보다 더 분명할 수가 없었다. 내가 집 안쪽으로 더 들어가도 되나요? 나도 정말 이 집의 고양이가 될 수 있나요? 이제 우리는 녀석을 안으로 기꺼이 들여놓을 수 있었으나, 우리 집의 다른 고양이 두 마리는 녀석이 부엌을 벗어난다면 참아주지 못할 것처럼 보였다. 그래서 우리가 녀석의 의자를 가리키자 녀석은 얌전히 의자로 돌아가 실망한 기색으로 한동안 누워 있다가 옆구리를 부풀리며 목을 울렸다.

말할 필요도 없이, 우리 기분은 최악이 되었다.

며칠 뒤 녀석이 조심스레 의자에서 내려와 또 그 문 앞에 서서 우리를 뒤돌아보았다. 이번에는 우리가 녀석에게 돌아가라는 지시를 내리지 않았으므로, 녀석은 집 안으로 들어갔지만 멀리 가지는 못했다. 욕조 아래를 안전한 장소로 판단하고 거기에 머무른 것이다. 다른 고양이 두 마리는 녀석이 어디에 있는지 확인하고 와서는 우리에게 어떻게 생각하느냐고 의견을 물었다. 우리는 이 두 젊은 왕자님들이 오렌지색 고양이에게 행운을 나눠줄 수 있을 것이라고 생각했다. 가을은 곧 겨울이 되고, 우리는 부엌 문을 닫아야 할 터였다. 그럼 새로 들인 이 고양이의 배변 문제는 어떻게 해결한다지? 요즘 녀석은 볼일을 보러 밖에 나가야 할 때 부엌문 앞에서 기다렸다. 하지만 일단 발코니로 나가면 녀석은 아래쪽의 작은 지붕으로 뛰어내리거나 라일락 나무를 타고 내려가려 하지 않았다. 몸이 너무 뻣뻣하기 때문이었다. 그래서 식물들이 열심히 자라고 있는 화분을 이용했지만, 우리가 토탄*을 채운 커다란 상자를 놓아주자 그 뜻을 이해하고 그곳에 용변을 보았다. 그 토탄상자를 치우는 것은 귀찮은 일이었다. 아래층에는 정원으로 곧장 통하는 고양이 문이 있기 때문에, 다른 고양이 두 마리는 단 한 번도 집 안을 어지럽힌 적이 없었다. 비가 오나 눈이 오나 바람이 부나 녀석들은 밖으로 나갔다.

이런 상황에서 겨울이 시작되었다. 저녁이 되면 이 집에서 정당한 자리를 차지하고 있는 두 마리 고양이와 사람들은 응접실에서 시간을 보내고, 오렌지색 고양이 루퍼스는 욕조 아래에 있었다. 그런데 어느 날 저녁 루퍼스가 응접실 문간에 나타났다. 극적인 등장이었다. 가진 것이 하나도 없고 굴욕과 부상을 겪은 고양이가 따스한 곳에서 잘 먹고 잘 자는 고양이들과 사람들에게 자신의 존재를 알린 순간이었기 때문이다. 녀석은 자신의 라이벌인 두 고양이를 흘끗 바라보고는 그 영리한 눈을 우리에게 고정했다. 우리가 무슨 말을 해야 할까. 우리는 이렇게 말했다. 그래, 좋아, 라디에이터 근처에 있는 낡은 가죽 빈 백소파를 써도 돼. 따뜻한 공기가 쿡쿡 쑤시는 삭신에 도

---

* 완전히 탄화되지 않은 석탄.

움이 될 거야. 우리가 빈백소파의 모양을 움푹하게 다듬어주자 녀석이 그 자리로 올라가 몸을 둥글게 말았다. 조심스러운 동작이었다. 그러고는 목을 울리는 소리를 냈다. 계속해서 울리는 그 소리가 어찌나 크고 긴지 우리는 제발 좀 그만하라고 간청했다. 우리들이 나누는 말소리도 들리지 않을 지경이었다. 정말로. 텔레비전 소리도 키우는 수밖에 없었다. 녀석은 자신이 행운을 얻었음을 알고 있었으므로, 그 행운의 가치 또한 이해한다는 것을 우리에게 알리고 싶어했다. 나는 두 개 층 위의 맨 꼭대기 층에서도 박자에 맞춰 울려퍼지는 루퍼스의 소리를 들을 수 있었다. 루퍼스가 잠에서 깨어 우리에게 감사의 마음을 전하고 있다는 뜻이었다. 아니면 잠결에 목을 울리는 것일 수도 있었다. 녀석은 일단 한번 목을 울리기 시작하면 멈출 줄을 몰랐다. 몸을 둥글게 말고 누워서 눈을 감은 채, 옆구리를 볼록볼록 부풀렸다. 그렇게 계속 목을 울려대는 녀석의 행동이 조금 과도하고 괘씸하게 느껴졌다. 아주 계산적인 행동이었기 때문이다. 힘들게 살아남은 이 고양이를 지켜보고 그 소리를 듣는 동안, 우리는 녀석이 겪은 위험과 모험과 고난을 떠올릴 수밖에 없었다. 녀석이 지금 살아 있는 것은 순전히 녀석의 영리함 덕분이었다.

하지만 다른 고양이 두 마리는 이런 상황을 반가워하지 않았다. 둘 중 한 마리의 이름은 찰스였다. 원래 찰리 왕자였는데, 지금 그 호칭으로 불리는 사람*의 이름을 딴 것이 아니라 더 옛날에 살았던 낭만적인 왕자들의 이름을 딴 것이었다. 고양이 찰스가 대담하고 잘생긴 얼룩 고양이이며, 어떻게 하면 자기가 더 멋있게 보이는지 알기 때문이었다. 녀석의 성격에 대해서는 말하지 않는 편이 더 나을 것이다. 어쨌든 지금 이야기의 주제는 찰스가 아니다. 이 녀석보다 나이가 많은 다른 고양이는 실제로 성격도 형 같았다. 녀석은 새끼 고양이의 태를 벗고 성격이 분명히 드러나기 시작했을 때 받은 화려한 이름을 갖고 있었다. 핑크노즈Pinknose 3세 장군. 이것은 이름의 주인에게 경의를 표하는 이름이었지만, 동시에 아무리 정성들여 돌본 고양이라도 언젠가는 우리 곁을 떠난다는 사실을 잊지 않기 위한 이름인 것 같기도 했다. 우리가 아이스크림 같은 연한 분홍색을 띤 코끝을 본 것은 지금 이 녀석보다 덜 도도하고, 코의 모양도 덜 고상한 옛날 고양이들에게서였다. 몇몇 사람들과 마찬가지로 핑크노즈 3세 장군도 시간이 흐르면서 드러나는 성격과 특징에 따라 새로

---

* 영국 왕세자 찰스 필립 아서 조지 윈저(1948~).

운 별명을 많이 얻었다. 최근에는 어떤 상황에서 소리 없이 판결을 내리는 능력과 도덕적인 성격 때문에 한동안 주교라고 불렸다. 부치킨* 주교. 이 두 마리 고양이는 이렇다 할 기색을 내비치지 않고 각자 자신의 자리에 누워 앞발에 코를 묻고 루퍼스를 지켜보았다. 찰스는 항상 라디에이터 아래에 있고, 부치킨은 주위를 감시할 수 있는 높은 바구니 위를 좋아했다. 녀석은 당당한 고양이였지만, 나는 녀석이 너무나 익숙한 탓에 감각이 무뎌져 있었다. 하지만 잠시 집을 떠나 여행을 하고 돌아와보니 반짝이는 검은색과 새하얀색 몸에 뚜렷한 무늬가 있고, 눈은 노란색, 수염은 하얀색인 이 커다란 고양이의 자태에 눈이 부셨다. 평범하게 정원을 돌아다니는 고양이들에게서 태어난 녀석이 좋은 먹이와 보살핌 덕분에 이런 아름다움을 지니게 되었다는 생각이 들었다. 중성화 수술을 받지 않은 고양이는 궂은 날씨에도 아랑곳지 않고 사방을 돌아다니며 짝을 얻기 위해 경쟁해야 한다. 따라서 이 녀석만큼 몸집이 커질 수 없을 것이다. 적어도 싸움에 지쳐 퀭하니 비쩍 마른 모습을 하고 있을 것이다. 물론 나는 고양이의 중성화 수술을 좋아하지는 않는다. 전혀.

* Butchkin. '난폭한 사내'라는 뜻의 부치(Butch)에 '작은 것'이라는 뜻의 킨(kin)을 붙인 합성어.

하지만 이 이야기의 주제는 모습에 걸맞게 엘 마니피코*라는 별명을 지닌 이 녀석이 아니다.

찰스는 우리의 눈을 피해가며 루퍼스를 구석으로 몰아 위협하려고 시도하곤 했다. 하지만 찰스는 단 한 번도 싸움으로 경쟁자를 물리친 경험이 없는 반면, 루퍼스는 평생 동안 그런 싸움을 치른 녀석이었다. 단호하게 앞발을 한 번 휘두르기만 하면 픽 쓰러질 것처럼 허약한 몸을 하고서도 루퍼스는 등을 펴고 앉아서 경험으로 터득한 강렬한 시선으로 자신을 방어했다. 참을성 있게 경계를 늦추지 않는 모습, 불굴의 의지도 녀석의 무기였다. 만약 루퍼스가 앞발을 뻗어 공격할 수 있는 거리 안으로 찰스가 들어온다면 무슨 일이 벌어질지는 뻔했다. 한편 엘 마니피코는 이런 수준의 경쟁에서 벗어나 있었다.

우리 집에 들어온 뒤 처음 몇 주 동안 루퍼스는 기운을 회복하면서 발코니의 토탄상자를 이용할 때가 아니면 절대 집 밖으로 나가지 않았다. 토탄상자에서 볼일을 볼 때도 녀석은 우리에게서 시선을 떼지 않았다. 지금도 녀석은 혹시 자신이 밖에 있을 때 문이 닫힐 것 같다는 느낌이 들면 당황해서 불만스러운 소리를 내며 절룩절룩 실내로

* El Magnifico. '훌륭하다' '장대하다' '근사하다'라는 뜻으로, 옛 베네치아공화국에서 귀족을 이르는 말.

들어왔다. 오랜 노숙생활과 고통스러운 갈증을 경험한 끝에 얻은 이 피난처를 잃을지도 모른다는 두려움이 아직 남아 있었기 때문이다. 녀석은 집 밖으로 발을 내미는 것을 두려워했다.

겨울이 천천히 흘러갔다. 루퍼스는 빈백소파에 누워 있다가 생각이 날 때마다 목을 울리는 소리를 내며 우리를 지켜보았다. 자신을 지켜보는 다른 두 마리 고양이도 지켜보았다. 그러던 어느 날 녀석이 새로운 움직임을 보였다. 이제 우리는 녀석이 하는 일에는 언제나 아주 타당한 이유가 있다는 사실을 알고 있었다. 녀석은 먼저 곰곰이 생각해서 결론을 내린 다음에 행동하는 성격이었다. 검은색과 흰색이 섞인 고양이 부치킨은 우리 집의 대장이었다. 녀석은 이 집에서 태어난 새끼 여섯 마리 중 하나였으나, 제 어미 못지않게 형제들을 열심히 돌봤다. 녀석들의 어미가 어미로서 문제가 있었다기보다는 탈진해서 기운이 없는 상태였기 때문이다. 그 형제들 중 대장이 누군지에 대해서는 의심의 여지가 전혀 없었다. 그런데 루퍼스가 대장 고양이의 자리를 노리고 나섰다. 녀석은 힘이 없으니 힘을 내세우지 않고, 몸이 아파서 사람들에게 많은 관심을 받는 처지를 이용했다. 매일 저녁 엘 마니피코 부치킨 장군은 소파에서 내 옆에 한동안 누워 있는 것으로 자신의 지위를 다시 확립한 뒤 자신이 가장 좋아하는 바구니 위로 옮겨갔다. 내 옆자리는 최고의 자리였다. 부치킨이 그렇게 생각하기 때문이었다. 따라서 찰스도 그 자리를 허락받지 못했다. 하지만 이제 루퍼스가 부엌문까지 일부러 걸어가서 뒤를 돌아보며 자신이 집 안으로 들어가도 되는지 우리 눈치를 볼 때처럼, 응접실 문 앞에 서서 가족들이 함께 있는 자리에 자신이 합류해도 되는지 눈치를 볼 때처럼, 일부러 빈백소파에서 내려와 내 옆으로 다가와서 먼저 앞다리를 소파에 걸친 뒤 힘겹게 뒷다리를 끌어올려 내 옆에 앉았다. 그리고 부치킨과 사람들을 차례로 바라보았다. 그다음에는 마지막으로 찰스를 무심히 바라보았다. 나는 녀석을 쫓아내지 않았다. 그럴 수가 없었다. 부치킨은 녀석을 바라보다가 천천히(그리고 근사하게) 하품을 할 뿐이었다. 내 생각에 루퍼스를 빈백소파로 돌려보내는 일은 부치킨이 직접 해야 할 것 같았지만, 녀석은 아무런 행동도 하지 않고 지켜보기만 했다. 혹시 내가 나서기를 기다리는 걸까? 루퍼스는 아픈 관절 때문에 조심스럽게 드러누웠다. 그리고 골골 목을 울렸다. 동물과 함께 사는 사람들은 모두 간혹 한 번씩 동물이 말을 할 수 있으면 좋겠다고 간절히 바랄 때가 있다. 지금 내가 그랬다. 녀석이 왜 이러는 걸까? 계획을 세우고 계산적인 행동을 하는 법을 어떻게 터득했을까? 어떻게 해서 이처럼 생각하는 고양이가 되었을까? 녀석이 원래 좋은 머리를 타고났다 하더라도, 그 점에서는 부치킨도 찰스도 마찬가지였다. (사실 아주 멍청한 고양이들도 존재한다.) 만약 녀석이 이런 성격을 타고났다 하더라도, 이렇게까지 다음 수를 생각하고 계획하는 고양이를 나는 한 번도 보지 못했다.

루퍼스는 거리를 떠돌다 우리 집으로 들어온 지 겨우 몇 주 만에 응접실에서 가장 좋은 자리를 차지하고 누워서 기분 좋게 목을 울렸다. "쉬, 루퍼스, 우리가 생각에 집중할 수 없잖아." 하지만 우리는 서로 말이 통하지 않았으므로, 녀석이 고맙다는 뜻으로 목을 울리는 짓을 그만둔다면 그 자리에서 쫓아내지 않겠다는 뜻을 녀석에게 설명할 수 없었다.

우리가 녀석에게 알약을 먹이면 녀석은 작게 항의하는 소리를 냈다. 아마 녀석은 그것이 이 피난처를 얻은 대가로 감당해야 하는 일이라고 생각했을 것이다. 가끔 면봉으로 귀를 닦아줄 때 통증이 느껴지면 녀석은 기분 나쁜 소리를 냈지만 그것은 우리를 향한 소리가 아니었다. 욕을 자주 하는 사람이 딱히 대상을 정해놓지 않고 욕을 할 때와 같은 분위기였다. 그래서 녀석은 우리를 향해 그 소리를 낸 것이 아니라는 사실을 보여주려고 우리 손을 핥아준 뒤 다시 목을 울렸다. 우리가 녀석을 쓰다듬어주면 녀석은 알겠다는 듯이 부루퉁한 소리를 냈다.

한편 엘 마니피코 부치킨은 우리를 지켜보며 생각에 잠겼다. 녀석의 성격은 루퍼스의 운명에 커다란 영향을 미쳤다. 녀석이 워낙 자존심이 강해서 루퍼스와 경쟁하려 하지 않았기 때문이다. 부치킨은 맨 꼭대기 층의 방에서 나와 친밀한 대화를 나누다가도 찰스가 방으로 들어오면 제가 있던 침대나 의자에서 뛰어내려 아래층으로 내려가 버렸다. 녀석은 자신의 격에 맞지 않는다 싶은 경쟁을 이렇게 대충 넘겨버리면서도 사람들이 녀석이 아닌 다른 것을 생각하는 상황은 참지 못했다. 나는 녀석을 안고 쓰다듬어줄 때 반드시 녀석만 생각해야 했다. 부치킨을 쓰다듬으면서 책을 읽는 일은 있을 수가 없었다. 내가 다른 생각을 하는 순간 녀석은 그것을 알아차리고 어디론가 가버렸다. 하지만 그런 일로 앙심을 품는 성격은 아니었다. 찰스가 못되게 굴면서 괴롭히면 부치킨은 앞발을 한번 휘두른 뒤 곧 용서한다는 듯이 혀로 핥아주었다. 노블레스 오블리주를 실천하듯이.

그런 성격이니 일등 자리를 놓고 다른 고양이와 싸움을 벌이며 체면을 구길 리가 없었다.

어느 날 내가 방 한복판에 서서 부치킨에게 말을 걸고 있을 때의 일이다. 부치킨은 제가 항상 앉는 바구니 뚜껑 위에 몸을 말고 앉아 있었는데, 루퍼스가 소파에서 내려와 내 다리 앞에 서더니 마치 '이 사람은 날 더 좋아해'라고 말하는 듯이 부치킨을 바라보았다. 루퍼스의 행동은 처음부터 끝까지 느리고 신중했으므로, 찰스와 달리 결코 감정적이거나 충동적이지 않았다. 미리 계획을 짜서 차분하고 신중하게 움직이는 중이었다. 부치킨을 이등으로 내려앉히고 내게 가장 사랑받는 고양이가 되기 위해 녀석이 마지막 작전에 나선 것이다. 하지만 나는 그런 녀석을 가만히 두고 볼 수가 없어서 손가락으로 소파를 가리켰다. 그러자 루퍼스는 '아니, 한번 시도해볼 수는 있는 거잖아요'라고 말하는 듯한 시선으로 나를 올려다보고서 소파로 돌아갔다.

부치킨은 내가 단호하게 자기 편을 들어준 것을 알면서도 이렇다 할 내색을 하지 않았다. 그저 바구니에서 내려와 내 다리를 한 번 휘감아 돌고는 다시 제자리로 돌아갔을 뿐이다.

일등 고양이가 되려는 루퍼스의 작전은 실패로 돌아갔다.

12

몇 달 동안 아래층에 한 발도 들이지 않던 녀석이 아래
층 지붕 위로 서투른 점프를 시도하고 있었다. 녀석은 내
가 자신을 다시 들여놓지 않을지도 모른다는 두려움을
여전히 품은 눈으로 뒤를 한 번 돌아보더니 라일락 나무
를 바라보며 그것을 어떻게 타고 내려갈지 가늠해보았다.
봄이었다. 나무에는 초록색 새순이 돋고, 흰색이 섞인 초
록색 이파리들 속에 꽃봉오리가 매달려 있었다. 녀석은
나무를 타고 내려가려는 계획을 포기하고, 힘들게 다시
발코니로 뛰어 올라왔다. 나는 녀석을 안아 들고 아래층
으로 내려가 고양이 문을 보여주었다. 하지만 녀석은 그
문을 덫으로 착각하고 겁에 질렸다. 나는 소리를 질러대
며 몸부림치는 녀석을 부드럽게 고양이 문 밖으로 밀어
냈다. 그리고 녀석을 뒤따라 나와 다시 녀석을 고양이 문

안으로 밀어넣었다. 그러자 녀석은 곧바로 허둥지둥 계단을 올라가버렸다. 내가 녀석을 아예 쫓아내려 한다고 생각한 모양이었다. 그 뒤 며칠 동안 같은 일이 반복되었지만, 루퍼스는 항상 몹시 싫은 기색이었다. 나는 녀석을 버릴 생각이 없음을 보여주려고 중간중간 녀석을 쓰다듬으며 칭찬해주었다.

마침내 녀석이 다시 생각해보는 것 같았다. 녀석이 제자리인 소파에서 일어나 천천히 계단을 내려가는 모습이 보였다. 녀석은 고양이 문 앞에 서서 결정을 내리지 못하고 꼬리를 움찔거리며 문을 살펴보았다. 하지만 두려움이 녀석의 앞을 막아섰다. 결국 녀석은 걸음을 멈추고 돌아오기를 여러 번 반복하다가 마침내 고양이 문에 다가가 점프하듯 그 문을 억지로 통과하려고 했다. 하지만 곧 본능이 녀석을 뒤로 밀어냈다. 이런 일이 또 몇 번이나 반복된 끝에 마침내 녀석이 억지로 용기를 냈다. 깊은 곳으로 뛰어드는 사람처럼 녀석은 머리를 먼저 문으로 집어넣더니 곧 몸을 움직였다. 봄의 향기와 소리가 가득한 정원이 녀석 앞에 펼쳐졌다. 겨울을 이겨낸 새들이 기쁨의 노래를 부르고, 아이들은 다시 운동장에 나와 뛰어놀았다. 늙은 방랑자였던 루퍼스는 그 자리에 서서 허공을 향해 코를 킁킁거렸다. 그의 몸이 새로운 생기로 가득해지

는 것 같았다. 녀석은 앞발 한쪽을 들고 고개를 돌려 냄새
가 전해주는 메시지(집 안에 있는 누군가는 그 메시지를 스멜로
그램이라고 불렀다)를 받아들였다. 고양이와 사람을 막론하
고 옛 친구들의 기억을 되살려주는 메시지였다. 젊은 시
절 잘생기고 생기가 가득하던 녀석의 모습을 쉽게 그려
볼 수 있었다. 녀석은 살짝 다리를 절면서 평소처럼 신중
한 태도로 정원 끝까지 걸어갔다. 그리고 늙은 과일나무
들 아래에 이르러 좌우를 차례로 바라보았다. 양편에서
기억이 녀석을 부르고 있었다. 녀석은 오른쪽, 그러니까
(우리가 짐작하기로) 그 할머니의 집이 있는 쪽 울타리로 가
서 아래의 좁은 틈으로 빠져나갔다. 그리고 약 한 시간 뒤
울타리 아래의 좁은 틈으로 다시 돌아와 뒷문의 고양이
문 앞에 서서 나를 올려다보았다. '열어주세요. 오늘은 이
정도면 충분해요'라고 말하는 것 같았다. 나는 녀석의 시
선을 이기지 못하고 문을 열어주었다. 하지만 다음 날 녀
석은 고양이 문을 통해 밖으로 나갔다가 다시 그 문을 통
해 들어왔다. 그때부터는 모래상자를 따로 둘 필요가 없
었다. 눈이 올 때도, 비가 올 때도, 바람이 심하게 불 때도
마찬가지였다. 물론 녀석이 아파서 움직일 힘이 없을 때
는 예외였지만.

대개 녀석은 오른쪽 울타리를 통해 나갔지만, 가끔 왼

쪽으로 갈 때도 있었다. 이때는 돌아오는 시간이 좀더 오래 걸렸다. 나는 녀석이 덤불 속으로 사라질 때까지 쌍안경으로 녀석을 지켜보았다. 어느 쪽으로 가든 돌아오자마자 녀석은 항상 쓰다듬어달라며 나를 찾아와 목을 울려대기 시작했다……. 그제야 우리는 녀석이 처음 왔을 때처럼 끈질기고 시끄러운 소음 같은 소리를 내지 않는다는 사실을 깨달았다. 이제 녀석은 적당한 소리를 낼 줄 알았다. 녀석은 비록 이 집에서 대장 고양이도 아니고 우리가 녀석에게 일등 자리를 내어주는 일도 없겠지만, 녀석자신은 우리와 함께 이 집에서 사는 것을 무척 소중히 생각한다는 사실을 우리에게 알려주기 위해 내는 소리였다. 녀석은 우리가 어느 날 변덕을 일으켜 자신을 내쫓거나 밖에 두고 문을 잠가버릴까 봐 오랫동안 두려워했으나, 지금은 그때보다 훨씬 더 안정감을 느끼고 있었다. 그래도 밖에 나갔다 올 때면 항상 식구들 중 한 명에게 곧바로 다가와 목을 울리고, 다리 옆에 앉거나 이마로 치대곤 했다. 그런 행동은 자신의 귀, 특히 도무지 나을 줄 모르는 아픈 귀를 문질러달라는 뜻이었다.

그해 봄과 여름은 루퍼스에게 좋은 계절이었다. 녀석에게는 최선의 상황이었다. 이제 녀석은 우리가 자신을 버리지 않을 것이라고 확신했다. 하지만 언젠가 한 번 내가 뒤쪽 포치에 있던 낡은 빗자루를 아무 생각 없이 집어 들었을 때 녀석이 아래층 지붕 위로 넘어질 듯이 뛰어내려 허둥지둥 나무를 타고 내려가더니 겁에 질려 쏜살같이 정원 끝까지 뛰어가는 일이 있기는 했다. 과거에 누군가가 녀석에게 막대기를 던지고, 구타한 적이 있는 모양이었다. 나는 정원으로 달려 내려갔다. 녀석은 완전히 겁에 질려 덤불 속에 숨어 있었다. 나는 녀석을 안아 들고 포치로 돌아와 빗자루를 무서워할 필요가 없음을 보여주고, 녀석을 쓰다듬으며 사과했다. 녀석은 내 행동을 실수로 이해해주었다.

고양이의 기질이 저마다 다르다는 사실은 옛날부터 이미 알고 있었지만, 루퍼스를 보면서 나는 고양이의 지능에도 다양한 종류가 있다는 생각을 하게 되었다. 루퍼스는 생존자의 지능을 갖고 있었다. 찰스는 과학적인 지능을 갖고 있어서 사람들 사이의 일이나 우리 집에 오는 사람들 등 모든 것에 호기심을 보였다. 특히 녹음기, 턴테이블, 텔레비전, 라디오 등 다양한 기계들을 홀린 듯이 바라보았다. 어떻게 상자에서 사람의 목소리가 나오는지 모르겠다는 듯 의아한 표정을 짓기도 했다. 새끼였을 때는 턴테이블에서 돌아가는 레코드를 앞발로 눌러 세웠다가…… 놓았다가…… 다시 눌러 세웠다가…… 우리를 바라보며 이게 무슨 일이냐는 듯 야옹거리곤 했다. 소리의 정체를 밝히려고 라디오 뒤편으로 돌아가기도 하고, 텔레비전 뒤쪽을 살펴보기도 하고, 앞발로 녹음기를 뒤집은 뒤 킁킁 냄새를 맡아보고는 야옹거리기도 했다. 이게 도대체 **뭐예요**? 하고 묻듯이. 녀석은 수다쟁이라서 사람이 계단을 내려가 집 밖으로 나갔다가 다시 들어와 계단을 올라올 때까지 쉬지 않고 떠들어댄다. 제 주변에서 일어나는 모든 일에 대해 조잘거리는 것이다. 녀석이 정원에서 집 안으로 들어오면 "드디어 내가 들어왔어요"라고 외치는 소리를 맨 위층에서도 들을 수 있다. "귀여운 찰스가 왔어요. 내가 정말 보고 싶었죠! 내가 방금 어떤 일을 보고 온 줄 아세요? 말해도 못 믿을걸요……." 녀석은 사람이 앉아 있는 방의 문간에 서서 고개를 살짝 한쪽으로 기울이고 사람의 칭찬을 기다린다. "내가 이 집에서 가장 예쁜 고양이죠?" 신이 나서 온몸을 가늘게 떨며 답변을 요구한다. 귀엽고 예쁘다는 말이 찰스에게 딱 어울린다.

장군은 직관적인 지능을 갖고 있다. 사람이 무슨 생각을 하는지, 이 다음에 무슨 행동을 할지 직관적으로 알아차린다는 뜻이다. 녀석은 사물의 작동원리 같은 과학에는 관심이 없다. 예쁜 모습을 어필해서 사람에게 잘 보이려고 노력하지도 않는다. 녀석은 할 말이 있을 때만, 그리고 다른 고양이가 주위에 없을 때만 말을 건다. "아, 이제야 우리끼리만 있게 되었네요." 그러고는 서로가 서로에게 감탄하는 시간을 허락한다. 내가 어디에 갔다가 돌아오면 녀석은 정원 끄트머리에서 서둘러 달려오며 이렇게 외친다. "오셨어요? 정말 보고 싶었어요! 어떻게 그렇게 오랫동안 날 두고 갈 수가 있어요?" 녀석은 내 품으로 뛰어들어와 기쁨을 주체하지 못하고 얼굴을 핥은 뒤, 새끼 고양이처럼 온 집 안을 뛰어다닌다. 그러고는 평소처럼 진지하고 위엄 있는 모습을 되찾는다.

가을이 시작될 무렵, 루퍼스는 튼튼하고 건강한 고양이가 되어 친구들을 만나러 돌아다녔다. 때로는 하루나 이틀쯤 집을 비우기도 했다. 그런데 어느 날부터 외출을 안하게 되더니 병든 고양이가 되어 따뜻한 곳에 누워만 있었다. 앞발 여러 곳이 헐어서 슬픈 표정을 지었고, 귀의 궤양 때문에 고개를 흔들어대며 자꾸만 물을 마셨다……. 다시 동물병원에 데려간 결과, 별로 좋지 않은, 아니, 몹시 나쁜 진단이 나왔다. 이런 식으로 궤양이 생기는 것은 나쁜 징조라는 것이었다. 항생제와 비타민을 더 투여하고, 날이 추울 때나 비가 내릴 때는 밖에 내보내지 말라는 처방이 내려졌다. 루퍼스는 몇 달 동안 밖에 나갈 시도를 하지 않고 라디에이터 근처에 누워 있기만 했다. 털도 뭉텅 뭉텅 빠졌다. 어디든 녀석이 몇 분만 누워 있으면, 오렌지색 털로 둥지를 지어도 될 정도였다. 숱이 확 줄어든 털 사이로 피부가 훤히 보였다. 그래도 녀석은 아주 천천히 건강을 회복했다.

하지만 우리 고양이가 아닌 다른 고양이 역시 동시에 치료를 받고 있었던 것이 불운이었다. 그 고양이는 차에 치여 대수술을 받고 다른 집으로 옮겨가기 전에 우리 집에서 요양 중이었다. 우리가 이 두 마리 고양이에게 정신을 쏟고 있으니, 다른 두 마리 고양이는 부루퉁해져서 이 성질나는 광경을 피해 정원으로 나가버렸다. 그러다 부치킨마저 병이 들었다. 내가 정원으로 나가거나 응접실에 들어가면 부치킨이 목을 길게 늘이면서 콜록콜록 기침을 했다. 섬세하지만 우울한 모습으로 고고하게 고통을 감내하는 중이었다. 나는 녀석을 동물병원으로 데려갔지만, 수의사는 녀석의 몸에 아무 이상이 없다고 말했다. 이해할 수 없는 일이었다. 녀석의 기침은 계속되었다. 내가 정원에 나가 모종삽을 들거나 잡초를 뽑을 때마다 녀석이 힘없이 콜록거리는 소리가 들렸다. 정말로 이상한 일이었다. 어느 날 나는 가엾은 부치킨을 쓰다듬으며 몸이 좀 괜찮아졌느냐고 묻다가 포기하고 안으로 들어왔다. 그리고 문득 반갑지 않은 의심이 들어서 맨 위층으로 올라가 쌍안경으로 녀석을 지켜보았다. 녀석은 전혀 콜록거리는 기색 없이 몸을 쭉 뻗고 초봄의 햇볕을 즐기고 있었다. 내가 다시 정원으로 내려가자 나를 본 녀석이 몸을 웅크리더니 목을 뻗어 고통스럽게 콜록거렸다. 나는 쌍안경을 들고 다시 발코니로 올라왔다. 과연 녀석은 다시 누워서 하품을 하고 있었다. 검은색과 흰색이 섞인 아름다운 털이 햇빛을 받아 눈부시게 빛났다. 우리 집에서 요양 중이던 고양이는 다행히 건강을 회복해서 새로운 주인을 찾아갔고, 우리 집에는 다시 고양이 세 마리만 남았다. 부치킨의 기침 증세 역시 신기하게 사라졌다. 우리는 한동안 녀석을 로렌스 올리비에* 부치킨 경이라는 별명으로 불렀다.

이제 고양이 세 마리가 모두 제 나름의 방식으로 정원을 즐거이 돌아다녔지만, 녀석들의 행동반경은 겹치는 법이 없었다. 어쩌다 마주치면 녀석들은 정중하게 서로를 무시하고 지나갔다.

어느 화창한 오전에 옆집 잔디밭에 오렌지색 고양이두 마리가 보였다. 한 마리는 루퍼스였다. 털이 다시 자라기는 했지만 예전만큼 숱이 풍성하지는 않은 루퍼스가 꼿꼿하게 앉아서 아주 젊은 수컷 고양이의 도전에 맞서

---

* 영국의 배우(1907~1989). 셰익스피어 비극의 주연으로 유명하다.

고 있었다. 햇빛 속의 살구처럼 밝은 오렌지색인 이 젊은 고양이는 마치 깃털에 뒤덮인 것 같은 모습이었는데, 양쪽 앞발을 차례로 들어올려 우아하게 잽을 날렸다. 그 발이 실제로 루퍼스의 몸에 닿지는 않았다. 마치 루퍼스 바로 앞에 있는 상상 속의 고양이를 겨냥한 것 같았다. 이 멋진 젊은 고양이는 앉아서도 춤을 추는 것처럼 보였다. 녀석은 몸을 흔들다가, 옆걸음질을 치다가, 허공을 툭툭 두드리다가 뭔가를 재촉하는 듯한 시늉을 했다. 인광처럼 빛나는 녀석의 털 앞에서 루퍼스가 초라해 보였다. 그래도 둘의 생김새가 비슷한 것으로 보아, 녀석은 루퍼스의 아들임이 분명했다. 지금은 늙고 초라해진 가엾은 루퍼스가 인간들에게 배신당하기 전에는 어떤 모습이었을지 그 젊은 고양이에게서 엿볼 수 있었다. 그 장면은 한참 동안, 대략 삼십 분 동안 계속되었다. 수컷 고양이들이 흔히 그렇듯이, 두 녀석도 일종의 결투 장면을 연출하고 있는 듯했다. 실제로 서로를 해칠 생각은 조금도 없었다. 젊은 고양이가 한두 번 위협적인 소리를 내기는 했지만, 루퍼스는 아무 소리 없이 꿋꿋하게 버티고 앉아 있었다. 젊은 고양이는 계속 깃털로 장식된 것 같은 빨간 앞발을 들어 공격하는 시늉을 하다가 멈추더니, 마치 흥미를 잃었다는 듯 제 옆구리를 빠르게 핥았다. 하지만 꿋꿋이 버티고 있는 루퍼스의 존재감 때문에 자신이 루퍼스와 싸울 의무가 있다는 사실을 다시 떠올렸는지 귀족의 문장紋章 속 고양이처럼 멋들어진 자세로 앉은 채 허리를 꼿꼿이 세우고 또 춤추듯 공격하는 시늉을 하기 시작했다. 루퍼스는 계속 가만히 앉아서 맞서 싸우지도 않고 그렇다고 싸움을 거부하지도 않는 자세를 유지했다. 젊은 고양이는 지루해졌는지 정원 저편으로 한들한들 걸어가 그늘 속에서 껑충껑충 뛰어다니다가, 잔디밭 위를 구르다가, 벌레들을 쫓아다녔다. 루퍼스는 녀석이 사라질 때까지 기다렸다가 원래 가려던 방향으로 조용히 걸음을 옮겼다. 올봄에는 그 할머니가 살고 있는 오른쪽이 아니라 한 번에 몇 시간씩 머물다 오는 왼쪽이 그가 자주 가는 곳이었다. 때로는 아예 밤을 보내고 오기도 했다. 녀석이 건강을 되찾았고, 때는 짝짓기 계절인 봄이기 때문이었다. 집으로 돌아오면 녀석은 허기와 갈증을 호소했다. 다시 말해서, 왼쪽에는 인간 친구가 없다는 뜻이었다. 봄이 계속 이어지는 동안 녀석이 왼쪽에서 머물다 오는 시간이 점점 길어졌다. 어떤 때는 이틀이나 사흘 뒤에 나타나기도 했다. 틀림없이 고양이 친구를 사귄 모양이었다.

성격이 까다로운 회색 고양이는 다른 고양이들과 잘 지내지 못했다. 난소 제거수술을 받기 전에 녀석은 짝짓기 상대에게도 애정을 보이지 않았으며, 심지어 한 집에서 오랫동안 같이 산 고양이들에게도 적대적으로 굴었다. 녀석에게 고양이 친구는 없고, 오로지 인간 친구뿐이었다. 녀석은 고양이로서는 늙은 나이인 열세 살 무렵에야 비로소 다른 고양이에게 친근해졌다. 당시 나는 건물 꼭대기 층의 작은 아파트에 살았는데, 고양이 문이 따로 없는 건물이었다. 녀석은 계단을 통해 건물 뒤편의 정원으로 향했다. 들어올 때는 녀석의 힘으로 문을 밀어 열 수 있었지만, 나갈 때는 반드시 누가 문을 열어주어야 했다. 그 무렵 녀석이 친근하게 굴기 시작한 늙은 수컷 회색 고양이는 녀석의 바로 뒤를 따라 계단을 올라와서 우리 아파트 문 앞에 앉아 녀석의 허락을 기다렸다. 문을 지나 또 계단을 올라온 뒤에는 내 방으로 들어와도 좋다는 허락을 기다렸다. 내 허락이 아니라 우리 회색 고양이의 허락을 기다린 것이다. 회색 고양이는 이 수컷 고양이를 좋아했다. 녀석이 제 새끼가 아닌 다른 고양이를 좋아한 것은 생전 처음이었다. 수컷 고양이는 조용히 내 방(그 녀석이 보기에는 회색 고양이의 방)으로 들어와 회색 고양이에게 다가갔다. 처음에는 회색 고양이가 크고 낡은 의자를 의지하듯 등지고 앉아 녀석을 바라보았다. 절대 누구도 믿지 않겠다고 말하는 것 같았다. 수컷 고양이는 녀석에게서 조금 떨어진 곳에 멈춰 서서 작게 야옹거렸다. 회색 고양이가 마지못해 재빨리 야옹거리며 대답해주면(녀석은 예전보다 까다롭고 성마르게 성격이 변했지만 정작 본인은 그 사실을 잘 모르는 할머니와 비슷해졌다), 수컷 고양이는 30센티미터쯤 떨어진 곳에 웅크리고 앉아 녀석에게서 눈을 떼지 않았다. 그러면 회색 고양이도 웅크리고 앉았다. 두 녀석은 그런 자세를 한 시간이나 두 시간쯤 유지하곤 했다. 나중에는 회색 고양이의 경계심이 조금 누그러져서 두 녀석이 나란히 붙어 앉아 있게 되었지만, 역시 서로의 몸이 닿는 일은 없었다. 서로 대화를 나누지도 않았다. 작고 부드러운 소리로 인사를 나누는 것이 전부였다. 둘은 서로에게 호감이 있었으므로 함께 앉아 있고 싶어 했다. 수컷 고양이가 어디에 사는 어떤 녀석인지 나는 끝내 알아낼 수 없었다. 녀석은 나이가 많았고, 그리 편하지만은 않은 삶을 살아온 것 같았다. 손으로 안으면 마치 그림자를 안은 것 같았고, 털에도 광택이 없었다. 하지만 건강하고 신사다운 고양이였다. 회색 몸에 하얀 수염이 난 녀석은 정중하고 예의 발랐으며, 특별한 대접을 바라지 않았다. 아예 삶에 대해 특별한 기대가 없는 것 같았다. 녀석은 우리 회색 고양이의 먹이를 조금 먹고, 우리가 우유를 내어주면 그것도 조금 마셨다. 하지만 굶주리는 것처럼 보이지는 않았다. 내가 외출했다가 돌아와 보면, 녀석이 건물 출입문 앞에서 기다리고 있다가 아주 작게 야옹거리며 나를 올려다보곤 했다. 그러고는 내 뒤를 따라 계단을 올라와 우리 아파트 문 앞에서 한 번 더 야옹거린 뒤 남은 계단을 올라와 회색 고양이에게로 곧장 갔다. 회색 고양이는 녀석을 보고 심술궂게 조금 야옹거렸지만, 곧 반갑다는 듯 목을 떠는 소리를 냈다. 수컷 고양이는 회색 고양이와 저녁 시간 내내 함께 있었다. 회색 고양이는 예전과 달리 쉽게 성질을 내지 않았다. 나는 두 녀석이 서로 대화할 필요가 별로 없는 두 노인처럼 함께 앉아 있는 모습을 지켜보곤 했다. 내 평생 그때만큼 동물과 말이 통했으면 좋겠다고 간절히 생각한 적이 없다. "왜 이 녀석이야?" 나는 회색 고양이에게 이렇게 물어보고 싶었다. "왜 다른 고양이는 안 되는 거지? 이 늙고 예의 바른 고양이의 어떤 점이 마음에 드는 거야? 너 이 고양이를 좋아한다는 사실은 인정하는 거지? 네 평생 이 집에서 많은 멋진 고양이들과 살았는데 그 녀석들은 전혀 좋아하지 않았잖아. 그런데 지금은…….."

어느 날 저녁 수컷 고양이가 오지 않았다. 다음 날에도 오지 않았다. 회색 고양이는 녀석을 기다렸다. 저녁 내내 문을 지켜보며 앉아 있었다. 그다음에는 아래층으로 내려가 현관문 앞에서 기다렸다. 그다음에는 정원을 돌아다니며 녀석을 찾아보았다. 하지만 녀석은 오지 않았다. 그 뒤로 영영. 회색 고양이는 그 뒤로 어떤 고양이와도 친구가 되지 않았다. 아래층으로 회색 고양이를 만나러 왔던 다른 수컷 고양이가 병이 들어 우리 집에서 요양하며 죽을 때까지 몇 주 동안 내 방에서 살았다. 내 방은 회색 고양이의 방이기도 했다. 하지만 회색 고양이는 한 번도 그 수컷 고양이의 존재를 인정하지 않고, 마치 방 안에 자신과 나, 둘만 있는 것처럼 행동했다.

내 생각에는 루퍼스도 그런 친구가 있어서 그렇게 만나러 다녔던 것 같다.

늦여름의 어느 날 저녁에 루퍼스는 나와 나란히 소파에 앉아 있었다. 그런데 다음 날 아침에도 나가보니 정확히 똑같은 자세로 앉아 있었다. 마침내 소파에서 아래로 내려온 뒤에는 절룩거리는 뒷다리를 허공에 대롱대롱 들고 걸었다. 수의사는 녀석이 교통사고를 당했다고 말했다. 고양이들은 교통사고 때 자동차 바퀴에 끌려가면서 본능적으로 발톱을 뻗어 뭔가를 붙잡으려 하기 때문에 발톱을 보면 알 수 있다는 것이었다. 루퍼스의 발톱은 부러지고 깨져 있었다. 뒷다리는 심하게 부러진 상태였다.

발목부터 허벅지 위쪽까지 녀석의 다리에 깁스를 씌웠

다. 우리는 먹이와 물과 모래상자가 있는 조용한 방에 녀석을 놓아두었다. 녀석은 거기서 즐겁게 하룻밤을 보냈지만, 아침이 되자 나오고 싶어했다. 우리는 문을 열어주고, 녀석이 계단을 한 단씩 서투르게 내려오는 모습을 지켜보았다. 일층으로 내려온 녀석은 깁스 때문에 쭉 뻗은 채로 튀어나온 다리로 어떻게든 고양이 문을 통과하려고 애쓰면서 잔뜩 불만스러운 소리를 내더니, 마침내 밖으로 나가 절룩거리며 걸어갔다. 그리고 또 엄청 불만스러운 소리를 내면서 조심스레 울타리 밑으로 빠져나갔다. 친구가 있는 왼쪽 방향이었다. 녀석은 삼십 분쯤 뒤에 돌아왔다. 고양이인지 사람인지는 알 수 없지만 하여튼 누군가에게 사고에 대해 보고하러 다녀온 모양이었다. 녀석은 편안히 요양할 수 있는 방으로 다시 데려가는 우리 손에 기꺼이 몸을 맡겼다. 녀석은 아직 사고의 충격에서 벗어나지 못했고, 눈에는 고통이 드러나 있었다. 여름이라는 계절과 좋은 먹이 덕분에 건강해졌던 녀석의 털도 다시 거칠어졌고, 녀석은 혼자 쉽사리 제 몸을 깨끗이 정리할 수 없는 가엾은 늙은 고양이로 돌아가버렸다. 불쌍한 녀석! 불쌍하게 갖은 고난을 겪는 고양이! 부치킨처럼 녀석에게도 별명이 쌓였다. 슬픈 별명이라는 점이 달랐지만, 녀석은 그래도 굴하지 않았다. 일단 깁스를 제거하는

데 최선을 다하더니 마침내 성공해버리는 바람에 우리는 새로 깁스를 해주기 위해 다시 동물병원으로 녀석을 데려가야 했다. 이번에는 녀석의 힘으로 벗어버릴 수 없는 깁스였지만, 녀석은 그래도 열심히 시도했다. 그리고 매일 아래층으로 내려와 고양이 문 앞에서 머뭇거렸다. 뒷다리가 뒤쪽으로 삐죽 튀어나와 있기 때문이었다. 그래도 녀석은 어떻게든 그 문을 통과했다. 도중에 항상 문에 다리를 찧기 때문에 엄청 불만스러운 소리를 내면서. 우리는 녀석이 낙엽과 웅덩이들이 있는 정원을 절룩거리며 걸어가는 모습을 지켜보았다. 울타리 밑을 통과하려면 녀석이 거의 납작하게 몸을 바닥에 붙여야 했다. 녀석은 매일 친구를 만나러 갔다가 완전히 지친 모습으로 돌아와 잠들었다. 그렇게 자고 일어나서는 또 깁스를 벗어버리려고 열심히 애썼다. 녀석이 앉은 자리에는 깁스 조각들이 하얗게 떨어져 있었다.

한 달 만에 깁스를 벗은 뒤 다리는 아직 뻣뻣했지만 그래도 걸을 수는 있었다. 루퍼스도 우리 집을 기지 삼아 용감하게 모험을 즐기는 평소 모습으로 돌아왔다. 하지만 곧 다시 병이 들었다. 이런 일이 그 뒤로 이 년 동안 반복되었다. 몸이 좋아져서 밖에 나갔다가, 병이 들어서 집으로 돌아오는 일. 매번 그의 증세가 심각해졌다. 귀의 궤양도 좀처럼 낫지 않았다. 녀석은 어딘가로 갔다가 돌아와 우리에게 도움을 청했다. 곪은 귀를 조심스레 앞발로 만지다가, 제 앞발에서 나는 냄새에 힘없이 토하다가, 저를 돌봐주는 사람들을 무력한 모습으로 바라보았다. 우리가 상처를 씻어주어도 녀석은 불만스러운 소리를 거의 내지 않았다. 오히려 우리가 씻어주기를 바랐다. 녀석은 약을 먹은 뒤 드러누워서 몸이 회복하기를 기다렸다. 우리의 손길을 받은 녀석은 그렇게 자주 앓아누우면서도 강한 근육이 있는 늙은 고양이의 모습을 유지했다. 너무나 짧은 그 생애의 끝에 이르렀을 때에야 녀석은 비로소 병 때문에 거의 걸을 수 없는 몸이 되어 집에만 머무르며 아예 밖에 나갈 시도를 하지 않았다. 녀석은 소파에 누워 생각에 잠긴 것처럼 보였다. 아니면 꿈을 꾸는 것 같기도 했다. 잠을 잘 때도 있었다. 한번은 내가 약을 먹이기 위해 녀석을 깨우려고 몸을 쓰다듬어주었다. 그러자 녀석은 고양이들이 좋아하는 사람이나 고양이한테 인사를 건넬 때 사용하는, 사랑과 신뢰가 깃든 소리를 내며 잠에서 깨어났다. 하지만 자신을 깨운 사람이 나라는 사실을 알고는 평소처럼 고마움을 알고 예의를 지키는 모습으로 돌아갔다. 나는 녀석에게서 이 특별한 소리를 들은 것이 처음이라는 사실을 깨달았다. 우리 집에서는 다른 고양이들이 하루 종일 이런 소리를 들려주고 있는데도. 그 소리는 어미 고양이가 새끼들에게 인사를 건넬 때, 새끼가 어미에게 인사할 때 사용하는 것이었다. 혹시 녀석은 새끼 때의 꿈을 꾸고 있었던 걸까? 아니면 새끼 때나 어렸을 때 그의 주인이었던 사람을 꿈에서 만났을지도 모른다. 결국 그를 버리고 가버린 주인. 나는 충격과 상처를 받았다. 녀석은 고마움을 표현하기 위해 마치 기계처럼 목을 울리는 소리를 낼 때도 이 특별한 소리만은 낸 적이 없었다. 우리와 알고 지낸 그 세월 동안, 사 년에 가까운 그 세월 동안 우리가 몇 번이나 병든 녀석을 보살펴 건강하게 만들어주었는데도, 녀석은 이 집이 자신의 집이라는 사실을 단 한 번도 믿지 않았다는 뜻이었다. 녀석은 언젠가 이 집을 잃고 다시 거리로 나가 미칠 듯한 갈증과 살을 에는 추위에 시달리며 혼자 힘으로 살아가게 될지도 모른다고 생각했을 것이다. 누군가를 믿고 사랑하는 마음이 과거에 너무나 가혹하게 배신당한 탓에 녀석은 두 번 다시 사랑을 마음에 담지 못했다.

고양이의 삶에 대해 잘 아는 내가 보기에 녀석에게 남은 것은 인간으로 인한 슬픔과는 상당히 다른 슬픔의 퇴적물이었다. 고양이의 무력함으로 인한 고통, 우리 모두를 대신한 죄책감이 거기에 섞여 있었다.

엘 마니피코의 노년

13

우리 고양이의 앞다리, 아니, 어깨 전체가 완전히 없어지기 일주일 전이었다. 녀석은 삼층에서부터 계단을 달려 내려와 고양이 문을 **쾅** 밀고 나가더니 오솔길을 따라 정원 맨 끝의 울타리까지 뛰어갔다. 저수지 건너편에서부터 우리 집 정원을 찾아오는 커다란 회색 수컷 고양이를 마중하기 위해서였다. 녀석이 도전하듯 거칠게 울부짖는 소리가 어찌나 대단했는지 모른다. 녀석은 차분한 승리자처럼 집으로 돌아와 맨 꼭대기 층의 내 침대에 앉아서 자기 말고는 모든 고양이가 사라진 자신의 영토를 굽어보았다. 그다음에는 저수지 위의 널찍한 초록색 벌판(빅토리아 시대 사람들은 저수지를 땅 밑에 설치했다)으로 이어진 울타리로 시선을 돌렸다. 나는 여느 때처럼 녀석의 울부짖는 소리에 놀라 이렇게 말했다. 세상에, 부치킨! 어떻게 그런 들기 싫은 소리를 낼 수가 있어.

부치킨? 엘 마니피코가 아니라? 그 일의 전말은 이러했다. 십칠 년 전 봄에 수지라는 고양이가 내 방 근처의 지붕 밑 공간에서 새끼를 낳았다. 수지는 다정하고 얌전한 고양이였으므로 과거에 틀림없이 좋은 주인 밑에서 살았을 것이다. 하지만 그 집을 잃은 뒤 거친 삶을 살면서 급식센터의 아주머니들이 가끔 주는 먹이로 연명했다. 그리고 어디든 구석진 곳을 찾아 최소한 두 번 새끼를 낳았다 (한번은 화물 트럭 밑이었다). 하지만 그 새끼들은 살아남지 못했다. 수지는 늙은 고양이가 아니었지만 피로와 두려움에 시달렸다. 마음씨 좋은 주인 덕분에 수술이라는 구제를 받지 못하고 여러 번 새끼를 낳은 어미 고양이는 배 속에서 활발하게 움직이는 새끼들 때문에 불룩불룩 꿈틀거리는 자신의 거대한 배를 보며 확연히 진저리를 칠 것이다. "안 돼. 그걸 또 겪어야 하는 거야?" 수지는 다른 고양이가 절대 접근할 수 없는 지붕 밑 공간에서 먹이와 안전을 보장받았지만, 태어난 새끼들을 의무로만 대할 뿐 그리 반기지 않았다.

새끼들이 흐릿하고 푸르스름한 눈을 처음으로 떴을 때 자신을 내려다보는 커다란 인간의 모습이 보이면 도전적으로 위협하는 소리를 낼 때가 있다. 그러다 나중에는 인간의 좋은 친구가 되지만 말이다. 그런데 수지의 새끼들 중 검은색과 흰색이 섞인 녀석은 눈을 뜨고 나를 보더니 낡은 담요에서 휘청휘청 일어나 바닥으로…… 그다음에는 내 다리로 와서…… 다리를 타고 올라와…… 팔로…… 어깨로…… 작고 따가운 발톱으로 내게 매달려 내 턱 아래에 웅크리듯 안겨서 목을 울렸다. 이것은 사랑이었다. 평생에 걸친 사랑. 새끼들 중에 몸집이 가장 커서 대장 자리를 차지한 녀석은 처음부터 제 형제들을 휘어잡았다. 형제들의 몸을 씻어주고, 형제들의 잘못을 꾸짖기까지 할 정도였다. 어미는 몸을 쭉 펴고 누워서 그 모습을 지켜보았다. 대장 고양이는 제 형제들에게 아비처럼 굴었다. 심지어 어미처럼 굴 때도 있었다. 수지는 다른 새끼들보다 대장 고양이를 특별히 아끼는 것 같지 않았지만, 그렇다고 녀석이 대장처럼 구는 것을 싫어하는 것 같지도 않았다.

그 새끼들의 출산 과정은 아직도 수수께끼이다. 모두 일곱 마리인 새끼들 중에 하얀 녀석……, 녀석이 자라서 얼마나 아름다운 고양이가 됐을지 상상만 해도 안타까울 정도인 그 녀석은 어미에게 보금자리 밖으로 밀려나 이틀 뒤 시체로 발견되었다. 녀석이 처음부터 죽은 채 태어났을 가능성은 별로 없었다. 다른 새끼들이 모두 활기찬 것이 증거였다. 게다가 어미는 새끼들 중 얼룩 고양이 한 마리도 밖으로 밀어냈다. 나는 젖도 먹지 못한 녀석을 한나절 동안 추위 속에 내버려두었다. 자연의 선택을 슬퍼하면서도 공연히 감상적으로 굴면 안 된다는 생각 때문이었다. 어미가 저 녀석을 밀어냈는데 내가 누구라고 간섭할까, 하는 생각. 하지만 녀석이 힘없이 야옹거리는 소리를 듣고 도저히 참을 수가 없어서 녀석을 형제들 틈에 돌려놓았다. 그렇게 해서 새끼 여섯 마리가 건강히 자라게 되었다. 그런데 어미인 수지가 이 새끼들에게 모호한 태도를 보였다. 아무리 봐도 일곱 마리는 너무 많고, 심지어 여섯 마리도 많다고 생각하는 모양이었다. 녀석은 다섯 마리가 넘는 새끼들을 키울 준비가 되어 있지 않았다. 새끼 여섯 마리가 내 방에서 난리를 피우며 뛰어다닐 때는 확실히 수지의 생각이 옳은 것 같기도 했다.

내 말은, 이 고양이가 숫자를 셀 줄 안다는 뜻이다. 녀석이 하나, 둘, 셋, 넷, 다섯이라고 정확히 숫자를 세지는 못한다 해도, 다섯 마리와 일곱 마리의 차이는 확실히 알고 있었다. 많은 과학자들이 나의 이런 생각을 반박하겠지만, 나는 거의 확신한다. 과학자들도 과학자가 아니라 고양이 주인의 입장에서 생각한다면 아마 내 주장을 반박하지 않을 것이다. 과학자인 친구가 고양이의 주인으

243

로서 고양이의 능력에 대해 말하는 것을 들어보면 재미있다. 과학자의 입장이 된다면 공식적으로 부정할 주장을 늘어놓기 때문이다. 이 친구의 고양이는 항상 창가에서 주인이 돌아오기를 기다린다고 한다. 하지만 과학자의 입장이 되면, 동물들은 시간감각이 없어서 언제나 현재를 살아갈 뿐이라고 말한다. 이 과학자 친구는 그래도 고양이가 집에 돌아올 주인을 기다리는 게 아니라면 창가에 있을 이유가 없다는 말까지는 하지 못한다. 여기까지 나아가는 것은 스스로 용납할 수 없는 수준이기 때문이다. 솔직히 자신이 키우는 고양이를 주의 깊게 관찰하는 주인이라면, 권위적인 태도로 고양이를 연구하는 과학자보다 고양이에 대해 더 잘 알고 있다. 고양이를 비롯한 여러 동물들의 행동방식에 대한 진지한 정보가 잡지에 '고양이 소식'이나 '고양이 친구'라는 이름으로 자주 실린다. 하지만 과학자라면 그런 글을 읽을 생각은 꿈에도 하지 않을 것이다. 그런 글에는 대체로 다음과 같은 이야기가 실린다. 새끼를 낳는 족족 한 마리만 빼고 모두 사람들에게 빼앗기던 어느 농촌 고양이가 한번은 새끼를 딱 한 마리만 낳아서 주인들이 깜짝 놀랐다. 그들은 고양이가 꾀를 낸 것이라고 생각했지만, 사실은 새끼 네 마리를 차례로 다락방으로 데려가 몰래 젖을 먹여 키우면서 사람들이 보는 곳에서는 자신에게 허용된 새끼 한 마리하고만 시간을 보낸 것이었다. 주인 부부는 위층에서 우다다다 뛰어다니는 발소리를 듣고 올라갔다가 고양이가 영리하게 어떤 속임수를 썼는지 알아차렸다. 그들이 이 새끼들을 위해 좋은 주인을 찾아주고 가엾은 어미 고양이에게는 중성화 수술을 시켜주었다면 좋았을 텐데.

수지는 대장처럼 구는 새끼를 자신의 도우미로 생각하고 기뻐하는 것 같았지만, 약간 양면적인 태도도 엿보였다. 이 대장 고양이의 약점은 잦은 기침이었다. 목이 쉽게 자극을 받는 모양이었다. 녀석이 콜록거리면 어미가 다가가서 옆에 앉아 커다란 입으로 녀석의 머리 아래쪽과 목을 한꺼번에 잡았다. 만약 어미가 턱에 힘을 주면 새끼는 죽을 테지만, 어미는 삼십 초나 일 분 정도 그 자세를 유지했다. 나는 거기에 무슨 신경이나 지압점이 있는 건지 궁금했다. 그렇다면 어미가 새끼의 기침을 멈추는 법을 안다는 뜻이었다. 실제로 새끼가 기침을 멈추기는 했지만, 효과가 즉각적이지는 않았다. 나중에 녀석이 자란 뒤에도 기침을 하면 나는 수지를 흉내 내서 손가락으로 녀석의 머리 아래쪽과 목을 잡았다. 그러면 녀석은 얼마 뒤 정말로 기침을 멈췄다.

이 대장 고양이는 형제들보다 몸집이 커서 우리는 장

난삼아 부치라고 불렀다. 이 자그마한 새끼가 아기방의 상냥한 폭군으로 변해가는 모습이 우스웠다. 우리는 상상 력이 전혀 느껴지지 않는 이 지루한 별명을 잠깐 부르다 말 생각이었다. 이 나라의 수컷 고양이들 중 절반이 부치 나 빅 부치라는 이름으로 불리고 있지 않은가. 하물며 수 캐들까지도. 하지만 별명은 곧 이름이 되어버리고 말았 다. 다만 녀석이 아직 새끼라서 부치킨이라고 조금 부드 럽게 변하기는 했다. 그러다 나중에는 푸시킨, 푸스킨, 푸 스캣, 푸슈카 등으로 불리기도 했다. 프와 스 발음이 들 어가는 이 이름들은 고양이들이 처한 현실과 왠지 잘 맞 는 것 같다. 우리는 고양이를 결코 로버*라고 부르지 않는 다. 설사 고양이가 개보다 더 멀리까지 돌아다닌다 해도 그렇다. 우리 부치킨은 특별한 경우, 예를 들어 처음 보는 사람에게 소개되는 경우 같은 때에만 엘 마니피코라는 유일한 존칭으로 불린다. "이 아이 이름이 뭐예요?" "핑 크노즈 3세 장군이에요."(위풍당당한 짐승처럼 굴던 고양이가 조명의 각도와 포즈가 잘 맞아떨어졌을 때 자그마한 분홍색 코가 드러나는 바람에 무색해질 때가 있다. 핑크노즈 3세 장군만 그런 경 험을 한 것은 아니다.) 손님들은 정말 훌륭한 고양이라고 말

---

* Rover. '유랑자'라는 뜻.

하면서도 당황한 표정을 짓는다. 우리가 정원을 향해 녀석의 긴 이름을 전부 부르는 상상을 하기 때문이다. "장군아! 어디 있니?"라고 부르는 상상을 한다 해도 마찬가지이다. 어떤 이름들은 그 고양이 자체가 아니라 고양이와 주인이 쌓아온 역사와 관련되어 있다. 하지만 엘 마니피코는 녀석에게 가장 잘 맞는 이름이다. 녀석은 정말로 위풍당당한 고양이이기 때문이다.

젊었을 때 녀석은 검은색과 흰색이 섞인 멋지고 유연한 고양이였다. 호랑이처럼 얼룩무늬가 있는 형제와 녀석은 서로 잘 어울렸지만, 엘 마니피코는 검은색과 흰색이 극적으로 어우러진 찬란한 모습으로 자라났다. 런던에서 흔히 볼 수 있는 집고양이에게서 이렇게 위풍당당한 생물이 어떻게 진화해 나왔는지 그저 감탄스러울 뿐이었다. 어디서나 흔히 볼 수 있는 고양이, 검은 고양이, 검은색과 흰색이 섞인 고양이, 얼룩 고양이, 오렌지색 고양이 등이 수백 년 동안 우연히 만나 치러낸 짝짓기, 아니, 최소한 혈통에는 눈곱만큼도 관심 없이 이루어진 짝짓기의 산물로 이런 녀석이 태어나다니. 평소에는 그냥 평범하게 검은색과 흰색이 섞인 고양이에 불과하다. 그보다 더 평범할 수가 없다. 하지만 녀석이 몸을 쭉 펴고 누워 있는 방에 손님들이 들어왔을 때 보이는 녀석의 모습은 당당한 군주 같다. 검은색과 흰색이 어우러진 익살극의 한 장면. 손님들은 걸음을 멈추고 소리친다. "어쩜, 저 고양이 좀 봐." 그러고는 이 녀석이 그냥 평범한 고양이라는 사실을 믿지 못하고 이렇게 묻는다. "아니, 정말로 **혈통이** 뭐예요?" "아, 그냥 평범한 고양이에요."

열네 살 때 건강하기 짝이 없는 녀석의 어깨에 혹이 생겼다. 동물병원에 데려갔더니 어깨뼈에 암이 생겼다는 진단이 나왔다. 앞다리 전체, 그러니까 어깨까지 전부 제거해야 한다고 했다.

사람들은 충격에 빠졌다. **이** 녀석이 다리가 세 개뿐인 고양이가 된다고? 그런 치욕을 못 견딜 텐데. 어쨌든 수술 날짜가 정해졌고, 침묵 속에서 고통을 감내하는 성격과는 거리가 먼 엘 마니피코는 목청이 터져라 불만스러운 소리를 질러대며 차에 실려 유명한 고양이 전문 외과 의사의 병원으로 갔다. 그때부터 간호사가 녀석을 맡았다. 병원에서는 다리가 세 개가 되더라도 녀석이 아무 이상 없이 잘 적응할 것이라고 우리를 안심시켰다. 녀석은 회복을 위해 병원에 며칠 머물러야 했다. 태어난 집에서 평생을 살아온 녀석이니 이렇게 입원하는 것 자체만으로도 견디기가 힘들 터였다. 녀석은 슬퍼하며 울부짖었다.

솔직히 녀석에게는 아기 같은 면이 조금 남아 있었다. 어미인 수지가 힘든 삶을 겪으면서 용감하고 금욕적인 고양이가 된 것에 비하면 그렇다는 말이다. 우리가 이 년 동안 보살폈던 루퍼스와 비교해도 마찬가지이다. 루퍼스는 살아남기 위해 약삭빠르고 영리해질 수밖에 없었다. 아니, 사람의 경우와 마찬가지로, 여기에도 모순이 있었다. 부치킨은 예나 지금이나 자존심 높고, 똑똑한 고양이이다. 나는 이렇게 직관이 뛰어난 고양이를 본 적이 없다. 하지만 이 세상에서 자신의 자리와 먹을 것을 확보하기 위해 굳이 싸울 필요가 없었던 몇몇 사람들처럼 부치킨도 끝까지 냉정하게 굴지 못한다. 당당하고 멋진 그 겉모습 속에 또 다른 놀라운 페르소나가 숨어 있는 것이다. 녀석은 때로 배우처럼 군다. 전력을 기울여 터무니없이 감정적인 장면을 연출하는 구식 배우. 녀석은 자신에게 주의를 기울여야 할 사람들이 자신을 무시한다 싶으면 가만히 있지 않고 우리의 주의를 끈다. 그러면 우리들은 배를 부여잡고 웃어대며 서둘러 다른 방으로 가는 수밖에 없다. 그럴 때 녀석이 하는 행동이 너무 웃기기 때문이다. 하지만 우리가 웃는 모습을 녀석에게 보여줄 수는 없다. 그런 모욕을 받으면 녀석은 결코 우리를 용서하지 않을 것이다.

고양이 병원에서는 녀석의 야옹거리는 소리가 별로 효과를 보지 못했음이 분명했다. 먼저 녀석은 수술을 위해 굶어야 했고, 그다음에는 주사를 맞았으며, 그다음에는 상당히 넓은 부위의 털을 깎였다. 수술이 성공했다는 소식이 들려왔지만, 어쨌든 녀석에게는 이제 다리가 세 개뿐이었다. 수술하던 날 아침에 녀석은 햇빛 속에서 내 침대에 몸을 쭉 펴고 누워 있었다. 우아한 한쪽 앞발을 다른 앞발 위에 무심히 포갠 채로. 나는 곧 없어질 다리를 쓰다듬어주고, 내 손가락을 잡으려고 동그랗게 오므라든 앞발도 어루만졌다. 녀석이 새끼 때 그랬던 것처럼 내가 그 동그란 앞발 속으로 손가락을 집어넣자, 자그마한 앞발이 내 새끼손가락 끝에서 잔물결처럼 움직였다. 털이 복슬복슬한 이 다리가 소각로에 던져질 것이라고 생각하니 참을 수가 없었다.

우리는 계속 전화를 걸어 녀석의 소식을 물었고, 병원에서는 계속 좋은 대답을 했다. 네, 이젠 녀석이 먹이를 먹습니다, 네, 녀석은 잘 있습니다, 하지만 며칠 더 입원해야 해요. 그러던 어느 날 병원 측이 먼저 전화를 걸어 녀석을 집으로 데려가시는 게 좋겠다고 말했다. 좁은 곳에 갇혀 있는 것을 견디지 못해서 우리의 벽을 타고 올라오려 한다는 것이었다. 녀석이 질러대는 소리가 간호사들의 귀를 얼마나 괴롭히고 있을지 우리는 충분히 상상할 수 있었다.

병원에서는 우리에게 녀석을 반드시 방에 놓아두고 문을 단단히 닫아야 한다고 말했다. 일주일 동안은 밖에 내보내지 말라는 말도 했다. 그 무시무시한 상처의 실밥을 아직 풀지 않았고, 감염의 우려도 있기 때문이었다. 집으로 데려오는 동안 녀석은 줄곧 울어댔다. 녀석은 엄청난 충격을 받은 상태였다. 자신의 친구, 가족, 특히 한 침대에서 함께 잠을 자며 평생 예쁘다, 예쁘다 칭찬해주던 친구 때문이었다. 그 친구는 녀석이 싫어한다는 뜻을 분명히 밝혔는데도 굳이 바구니에 녀석을 넣어 차에 태워서 어딘지 모르는 곳으로 데려갔다. 녀석은 평생 그렇게 멀리까지 가본 적이 없었다. 그곳에서는 낯선 목소리와 냄새가 사방에 가득했고, 녀석은 친하지 않은 고양이들 냄새가 강하게 나는 지하의 어딘가로 끌려갔다. 갑자기 가족들은 모두 사라져버리고, 녀석은 거기에 갇힌 채 바늘이 몸에 꽂히고, 털이 깎이고, 그렇게 잠들었다 깨어났더니 엄청 아프고, 몸에 힘도 안 들어가고, 다리 하나는 사라져버렸고, 걸으려고 할 때마다 계속 앞으로 엎어지기만 했다. 그런데 이제는 겉으로만 친구인 척하는 이 인간들이 녀석의 집에서 녀석을 데리고 이층으로 올라가고 있었다.

녀석이 평생 기운차게 뛰어다니던 계단이었다. 이 사람들은 녀석을 배신한 적이 한 번도 없다는 듯이, 녀석의 건강한 어깨를 어루만지고 녀석을 쓰다듬어주었다. 맨 꼭대기 층에 도착해서 우리가 방문을 닫기 전에 녀석은 자신을 안고 있던 사람의 품에서 튀어나와 계단으로 몸을 던졌다. 구르고, 넘어지고, 점프하고, 하여튼 온갖 방법을 동원해서 삼층을 내려갔다. 우리는 정원으로 통하는 고양이 문 앞에서 녀석을 따라잡아 정원으로 데리고 나가서 덤불 아래에 담요를 깔고 놓아두었다. 녀석은 또 갇히는 것을 두려워하고 있었다. 커다란 수술을 받은 지 고작 이틀밖에 되지 않았는데도 녀석은 정원을 기어다녔다. 옆집으로 통하는 울타리를 빠져나가기까지 했다. 녀석은 자신에게 끔찍한 모욕을 주고 이런 상처를 입힌 사람들을 피해 꼭 도망쳐야 하는 순간이 온다면 정말로 도망칠 수 있는지 확인하려는 것 같았다. 우리는 밤에 녀석을 데리고 들어와 문을 닫고 먹을 것과 약을 주고 말을 걸었다. 하지만 녀석은 밖으로 나가고 싶어했다. 그 뒤 며칠 동안 나는 아침마다 녀석을 데리고 정원으로 나가, 녀석이 자주 가는 덤불 앞에 물그릇과 함께 놓아두었다. 그리고 녀석을 가엾게 여기며 쓰다듬고 달래주었다. 녀석은 얌전했다. 그런데 어느 날 울부짖는 소리를 듣고 밖을 내다보니, 녀석이 세 다리로 균형을 잡고 고개를 들어올린 채 생전 들어 보지 못한 소리로 울부짖고 있었다. 일부러 연극하듯 지르는 소리가 아니라, 괴로움을 이기지 못하고 가슴에서 우러나온 소리였다. 녀석은 이렇게 쌓인 감정과 고통, 당혹감, 다리를 하나 잃었다는 수치심을 흩어버린 뒤 한동안 누워 있다가 다시 일어나서 소리를 질렀다. 나는 그 모습을 보고 피가 차갑게 식었다. 내가 어떻게 해줄 수 없다는 사실이 갑갑해서 미칠 것 같았다. 녀석은 지금 자신이 악몽 같은 시간을 겪어야 하는 이유를 전혀 이해하지 못하고 있는데, 나는 녀석에게 그것을 설명해줄 길이 없었다.

"고양이야, 우리가 그런 조치를 취하지 않았다면 넌 두어 달 뒤에 죽었을 거야. 알겠니?" 아니, 알 리가 없었다. "고양이야, 인류의 놀라운 두뇌 덕분에 넌 지금 죽지 않고 살아 있는 거야. 네가 자연에서 살았다면 곧 죽었을걸."

나는 녀석을 내 침대로 데리고 와서 재웠다. 얼마 지나지 않아서 녀석은 혼자 힘으로 계단을 기어 올라올 수 있게 되었다. 어느 날 밤 내가 책을 읽고 있는데 옆에서 잠들어 있던 녀석이 화들짝 놀라면서 깨어났다. 사람들이 꿈을 꾸다가 깨어날 때와 비슷했다. 녀석은 여기가 어딘지 모르겠다는 듯 두리번거리며 겁에 질린 소리를 냈다.

혹시 그 감옥 같던 우리에 다시 들어와 있나 하고 무서워진 것인지도 모른다. 하지만 얼마 지나지 않아 이 악몽 같은 두려움이 곧 희미해지자 녀석은 조용히 드러누워 커다란 창문 너머의 어두운 밤 풍경을 바라보았다. 내가 쓰다듬어주었지만 녀석은 목을 울리지 않았다. 내가 계속해서 쓰다듬고 또 쓰다듬어준 뒤에야 녀석은 목을 울리는 소리를 냈다. 녀석은 이렇게 여러 번 악몽을 꾸다가 갑자기 깨어나곤 했으나, 시간이 흐르면서 나쁜 꿈을 꾸지 않게 된 것 같다(고양이가 꿈을 꾼다는 사실은 과학적으로 확인되었다).

나는 오래전에 저지른 잘못을 떠올렸다. 녀석과 녀석의 형제가 아직 다 자라기도 전에 우리는 녀석들을 병원에 데려가 중성화 수술을 시킨 뒤 집으로 데려왔다. 녀석들을 나지막하고 부드러운 쿠션 위에 한 마리씩 내려놓자, 두 녀석 모두 몸을 쭉 펴고 누워서 꼬리를 물결처럼 살랑거렸다. 그러다가 나의 부치킨, 나의 마니피코가 고개를 들고 나를 바라보았다. 그 길고 깊은 시선만큼 뜻이 분명한 시선은 내 평생 받아본 적이 없다. '당신은 내 친구인데도 나한테 이런 짓을 했어.' 녀석의 꼬리 아래에는 피가 배어난 상처가 있고, 녀석의 작은 고환이 제거된 자리에는 빈 주머니만 남아 있었다. 그것은 반드시 필요한 수

254

술이었다. 하지만 중성화 수술을 받은 고양이가 '자연 상태를 유지한' 고양이보다 수명이 더 길고, 동네를 돌아다니며 다른 고양이들과 싸움을 벌이다가 나이를 먹을수록 더 심하게 얻어맞는 일도 겪지 않는다는 말 같은 것은 아무 소용이 없다. 왜냐하면 고양이에게 반드시 수술을 시켜야 한다는 주장에 동의하는 순간…… 음, 그런 짓은 나쁘다. 게다가 그것이 상식적인 일이라고 인정한다고 해서 기본적인 죄책감이 줄어드는 것도 아니기 때문이다. 나의 부치킨은 원래 갖고 있던 것을 잃어버렸고, 그 원인은 바로 나였다. 그 길고 긴 시선 속에 들어 있던 질책과 의문.
"내 친구인데 **왜**?"

수의사의 말처럼 부치킨은 곧 앞발 하나로 가볍게 움직이며 계단을 오르내릴 수 있게 되었다. 침대와 소파에 뛰어 올랐다가 뛰어 내려가는 것도 가능해졌고, 무슨 일이든 쉽사리 해냈다. 하지만 녀석의 속내는 예전 같지 않았다. 자존심을 다치고, 가장 예민한 기관이 손상되는 굴욕을 당했기 때문이다. 절룩거리며 걸을 때마다 녀석의 품위가 손상되었다. 녀석은 거리를 잘못 계산해서 코를 바닥에 박으며 넘어질 때마다 과거 당당하고 무심하던 자신의 걸음걸이를 틀림없이 떠올렸을 것이다. 우리도 그랬다. 전에는 장점이었던 덩치가 이제는 녀석을 괴롭혔다. 하나밖에 없는 앞다리, 그 호리호리한 다리가 녀석의 체중을 모두 지탱해야 하기 때문에 어깨 관절이 부어올라 울퉁불퉁해졌다. 수의사는 피부 밑에 물혹이 생겼다면서, 만약 관절 속 깊숙한 곳에 뭔가 나쁜 것이 숨어 있다 해도 병으로 발전하는 데는 시간이 걸릴 것이라고 말했다. 암이 재발할 확률은 겨우 10퍼센트밖에 되지 않는다고 했다.

그 뒤로 거의 삼 년이 흘렀다. 부치킨의 수명이 그만큼 늘어난 것이다. 녀석은 건강하다. 털에는 윤기가 흐르고, 나이를 먹었지만 멋들어진 모습이다. 한쪽 귀의 털 몇 가닥이 하얗게 세었지만 눈은 아직도 반짝인다. 녀석은 팔다리 중 하나를 잃고 장애인이 된 사람들이 흔히 그렇듯이, 자신이 할 수 있는 일과 거기에 따르는 위험을 새로이 평가해가며 제약이 많은 생활을 그럭저럭 견디고 있다. 나는 전쟁에서 다리 한쪽을 잃은 아버지에게서 이런 모습을 처음 보았다.

하지만 엘 마니피코는 외로워하고 있다. 집에 고양이 여러 마리가 함께 사는 생활에 익숙하기 때문이다. 녀석의 어미가 낳은 새끼 여섯 마리는 저마다 주인을 찾아가기 전에 온 집 안을 뛰어다니며 장난을 치곤 했다. 그중에 찰리라는 녀석은 한동안 집에 남아 있었다. 호랑이 무늬가 있는 날씬하고 멋진 고양이인 찰리는 전형적인 동생 같은 면이 있었으므로, 덩치 크고 차분하고 카리스마가 있는 형 부치킨과 찰리를 함께 지켜보는 것은 형제관계에 관한 교과서를 읽는 것보다도 더 도움이 되었다. 하지만 당시 집에는 루퍼스도 있었다. 몸이 몹시 아픈 루퍼스는 많은 보살핌이 필요했지만, 여전히 대장의 자리를 노렸다. 부치킨이 그걸 용납하지 않았기 때문에 이 두 수컷 고양이는 서로를 무시하며 살아갔다. 그래도 루퍼스가 결국 세상을 떠난 뒤에는 부치킨이 그를 그리워하며 소리쳐 부르고, 그를 찾아 집과 정원을 헤매고 다녔다. 잠시 집에 들렀다 가는 고양이도 있었다. 아무래도 나쁜 주인을 만나 고생하는 것 같아서 우리가 일 년가량 먹이를 주었던 고양이는 차에 치여, 고양이 전문 의사와 간호사가 각각 두 명씩 동원될 만큼 대수술을 받았다. 차에 치이면서 복부의 장기들이 흉강으로 밀려올라갔기 때문이었다. 그 뒤로 녀석은 좋은 주인을 만나 오 년을 더 살았다. 언제나 습격자처럼 우리 집으로 들어왔기 때문에 우리가 해적이라고 부르던 녀석은 먹이를 제대로 먹지 못하는 환경에서 살고 있는지, 우리가 내놓는 먹이를 항상 한 점도 남기지 않고 깨끗이 먹어치웠다. 녀석은 항상 배가 고팠다. 부치킨은 옆에 앉아 녀석이 먹이를 먹고 또 먹는 모습을 지켜보곤 했다. 부치킨은 굶주린 적이 없으므로 지금 이것을 먹고 나면 언제 또 먹이를 먹을지 알 수 없는 생활이 어떤 것인지 알지 못한다. 따라서 녀석은 항상 먹이를 먹는다. 먹이가 가득 담긴 그릇을 그냥 두고 가버릴 때도 있고, 절반만 먹을 때도 있다. 덩치가 커서 무게도 묵직한 이 고양이는 한 번도 먹는 것을 밝힌 적이 없다. 덩치가 큰 어미의 유전자를 물려받았을 뿐이다.

어쨌든 요즘은 오다가다 집 뒤의 라일락 나무를 타고 올라와 우리 집에 들어와서 먹을 것이나 물을 한입 먹고 가는 고양이가 없다. 요즘은 따뜻하고 건조한 날씨가 이어지고 있어서 고양이들도 자주 물을 찾기 때문에, 내가 현관 앞 계단에 내놓은 물그릇에는 낮에 문이 잠겨 집에 들어가지 못하는 고양이나 뭔가를 알아보려고 밖에 나온 고양이가 자주 찾아온다. 하지만 우리 집을 자기 집처럼 여기는 고양이는 이제 하나도 없다. 집 안에는 다리 하나를 잃은 우리 고양이밖에 없다. 이상하지 않은가. 왜 고양이들이 옛날처럼 드나들지 않는 걸까? 고양이 의사는 다른 고양이들이 우리 고양이에게 큰 문제가 될 것이라고 말했다. 하나뿐인 앞발로는 녀석이 자기방어를 할 수 없기 때문이다. 그래도 녀석은 다른 고양이들을 그리워한다.

녀석은 정원으로 나가 자리를 잡고 앉아서 다른 고양이들을 부르고 또 부른다. 우리를 상대할 때와는 다른 소리이다. 상대를 달콤한 말로 꾀고, 쓰다듬는 것 같은 친밀한 목소리. 옆집에 사는 젊은 암컷 고양이는 지빠귀와 울새를 사냥하는 버릇 때문에 주인이 골머리를 앓고 있다. 아름답기는커녕 예쁘다고 말하기도 힘든 외모를 지닌 녀석의 털은 갈색 비슷한 색을 띠고 있으며 촉감이 거칠다. 몸은 단단한 근육질이다. 우아함이나 매력은 전혀 찾아볼 수 없지만, 사냥 기술은 무시무시해서 사냥감을 향해 재빠르게 움직일 때는 뱀처럼 유연하고 빠르다. 우리는 당연히 그 녀석이 우리 집의 잘생긴 고양이와 어울리지 않는다고 생각하지만, 우리 고양이는 그 암컷 고양이와 친구가 되고 싶어서 그 녀석이 사는 집 쪽을 바라보는 자세로 앉아서 녀석을 부르고 또 부른다. 하지만 암컷 고양이가 오지 않자, 우리 고양이는 서투른 몸짓으로 고양이 문을 통과해 들어와서 힘겹게 계단을 올라가버린다. 암컷 고양이는 십중팔구 이런 생각을 하고 있을 것이다. 다리도 한 짝 없는 저 늙은 고양이한테 내가 왜 신경을 써야 돼?

어느 날 오후에 발코니에 서 있던 나는 다음과 같은 광경을 보게 되었다. 우리 고양이는 정원에 앉아 다른 고양이를 부르는 소리를 내고 있고, 옆집 고양이는 울타리를 통과해 우리 정원으로 넘어왔으면서도 우리 고양이를 보지 않고 무심하게 앞을 지나쳤다. 우리 고양이는 우리에게 인사를 건넬 때처럼 작고 다정한 소리를 냈지만, 옆집 고양이는 계속 걸어가 반대편 옆집에 면한 울타리를 통과했다. 우리 고양이는 그 뒤를 따라가서 울타리의 작은 틈새를 힘겹게 통과했다. 암컷 고양이는 그 집 정원 안쪽의 자작나무 아래에 자리를 잡고 앉았다. 몸의 방향은 우리 고양이를 향했지만, 눈은 우리 고양이를 그냥 지나쳐 그 뒤편을 바라보고 있었다. 우리 고양이는 몇 걸음 떨어진 곳에 조심스레 앉았다. 두 마리 고양이는 그렇게 앉아서 모종의 대화를 나누는 듯했다. 그러다 우리 고양이가 운을 시험해보기로 했는지 조심스레 몇 걸음 더 다가갔다. 암컷 고양이는 서둘러 거리를 벌렸다. 우리 고양이는 앞다리 하나와 엉덩이로 균형을 잡으며 앉았고, 암컷 고양이는 제 몸을 조금 핥았다. 이 젊고 정직한 고양이는 애교 같은 것을 전혀 떨지 않았다. 이미 오래전 세상을 떠난 우리 회색 고양이와는 달리 암컷 특유의 농간을 싫어하기 때문이다. 우리 회색 고양이는 수컷 고양이뿐만 아니라 인간에게도 애교를 부리며 유혹하곤 했다. 부치킨은 계속 그 암컷 고양이를 바라보다가 또 한 번 움직였다.

이번에는 곧장 암컷 고양이를 향한 것이 아니라 조금 비스듬한 각도로 움직여서 다시 앉았다. 사실상 암컷 고양이와 더 가까워진 위치였다. 암컷 고양이는 반응을 보이지 않았다. 그렇게 계속 앉은 채로 암컷 고양이는 제 몸을 핥거나, 주위를 두리번거리거나, 앞발을 하나 내밀어 땅바닥에 있는 벌레 같은 것을 건드렸다. 우리 고양이는 작은 소리로 야옹거렸다. 한 번, 두 번. 암컷 고양이는 반응하지 않았다. 그렇게 십오 분쯤 흘렀을까. 암컷 고양이가 부치킨을 아주 가까이에서 스쳐 지나가더니 근처에 앉았다. 하지만 녀석에게 등을 돌리고, 정원 안에서도 식물이 제멋대로 자라고 있는 부분을 바라보았다. 부치킨은 자세를 바꿔 돌아앉아서 암컷 고양이의 뒷모습을 바라보았다. 그리고 다시 유혹하듯 야옹거렸다. 암컷 고양이는 일부러 식물이 제멋대로 자라고 있는 곳으로 걸어 들어갔다. 그러자 녀석의 모습이 보이지 않게 되었다. 녀석이 지나가는 곳의 풀이 흔들릴 뿐이었다. 암컷 고양이는 예전에 부치킨이 앉아서 다람쥐와 새를 지켜보던 울타리 위로 훌쩍 뛰어올랐다. 부치킨은 이제 닿을 수 없는 곳이었다. 암컷 고양이는 저수지 위에 넓게 펼쳐진 초록색 풀밭으로 뛰어내렸다. 바로 얼마 전에 풀을 깎아놓은 곳이었다. 우리 고양이는 뒤에서 암컷 고양이를 부르다가 집 안으로 들어와 천천히 계단을 올라갔다……. 몇 층이나 되는 계단을 오르기가 갈수록 힘들어지고 있었다.

녀석은 정원에 나가 대소변을 보기 위해 그 계단을 계속 오르내려야 했다. 나는 혹시 모래상자를 놓아주면 녀석이 좋아할까 하는 생각을 잠시 해보았지만, 독립성이 강한 부치킨이 그것을 모욕으로 받아들일 가능성이 있었다. 하지만 곧 녀석이 계단을 더 이상 감당할 수 없음이 분명해졌다. 그래서 모래상자가 등장했다. 지금도 부치킨은 가끔 밖으로 나가려고 시도하지만, 잔뜩 뭉쳐서 부어오른 어깨가 아파서 어쩔 수가 없다.

다리를 잃은 직후에는 녀석이 대변을 보고 나서 그 위에 흙을 덮으려고 애쓸 때, 원래 어깨가 있던 자리이지만 지금은 매끈한 경사를 이루고 있는 곳의 근육이 잔뜩 긴장해서 움직이는 것이 보였다. 녀석은 계속 애를 쓰다가 이게 무슨 일인가 하는 시선으로 바닥을 바라본 뒤 다시 흙을 덮으려고 시도했다. 그러면 예전에 다리를 움직일 때 쓰이던 근육들도 다시 열심히 움직였다. 그러다가 녀석은 당황해서 멍청한 표정을 지었다. 나를 바라보는 녀석의 시선은 자신이 방금 멍청하게 애쓰던 모습을 내가 보지 않았기를 바라고 있었다. 녀석은 자신의 배설물을 흙으로 덮으려고 애쓰는 것을 그만두었다. 이제는 세

다리로 균형을 맞춰 자세를 잡는 데 아주 오랜 시간이 걸린다.

녀석이 가장 좋아하는 곳은 거실에 있는 나지막한 소파이다. 오르내리기가 쉽기 때문이다. 라디에이터 근처에 나지막한 매트리스도 하나 있는데, 녀석은 아픈 어깨에 라디에이터의 열기를 직접 쏘이려고 그곳에 자리를 잡고 앉는다. 옛날에는 녀석이 항상 내 침대에서 잠을 잤지만, 그러려면 좁고 가파른 층계로 한 층을 올라와야 하기 때문에 이제는 내 방으로 오지 않는다. 옛날이 그립다. 내가 자다가 깨어보면, 녀석이 몸을 쭉 펴고 누워서 노란 눈을 반짝이며 어둠 속을 응시하고 있었는데. 낮에 내가 방에 들어가거나 밖으로 나올 때 녀석이 내던 다정한 소리를 밤에 자다 깬 내 옆에서 낼 때도 있었다. 녀석이 내는 소리가 얼마나 다양한지 모른다. 반갑다는 듯이 목을 울리는 소리, 반갑다고 외치는 소리, 어떤 상황을 인식했을 때나 고맙다고 말하고 싶을 때나 경고하고 싶을 때 작게 끙끙거리는 소리. 나 여기 있어요. 조심해요. 내 어깨를 조심해요. 때로는 그리 반갑지 않은 말을 할 때도 있다. 녀석은 내 앞에 앉아 나를 노려보다가 성난 목소리로 연달아 야옹거린다. 소리의 높이가 똑같다. 날 비난하는 걸까? 잘 모르겠다.

녀석이 젊었을 때 내가 자다가 깨어나면 녀석은 말똥 말똥 깨어 있다가 내가 눈을 뜬 것을 보고 침대 위를 걸어와 내 어깨 위에 누워서 양쪽 앞발로 내 목을 감고 털이 복슬복슬한 뺨을 내 뺨에 대고 만족스러운 한숨을 내쉬곤 했다. 어른들에게 안아달라고 졸라대던 아이가 마침내 자신을 사랑해주는 어른의 품에 안긴 뒤 내는 소리와 비슷했다. 그럴 때면 나 역시 나도 모르게 함께 한숨 같은 소리를 냈다. 녀석은 만족스러운 듯 목을 계속 울리다가 내 품에서 잠들었다.

고양이와 함께 사는 것은 정말 대단한 호사이다. 하루에도 몇 번씩 충격적이고 놀라운 즐거움을 맛보고, 고양이의 존재를 느끼는 삶. 손바닥에 느껴지는 매끄럽고 부드러운 털, 추운 밤에 자다가 깼을 때 느껴지는 온기, 아주 평범하기 그지없는 고양이조차 갖고 있는 우아함과 매력. 고양이가 혼자 방을 가로질러 걸어갈 때, 우리는 그 고독한 걸음에서 표범을 본다. 심지어 퓨마를 연상할 때도 있다. 녀석이 고개를 돌려 사람을 볼 때 노랗게 이글거리는 그 눈은 녀석이 얼마나 이국적인 손님인지를 알려준다. 우리가 쓰다듬어주거나 턱을 만져주거나 머리를 살살 긁어주면 기분 좋게 목을 울리며 우리와 함께 살아가는 고양이 친구.

내 침실 아래층의 방에도 침대가 있지만, 높이가 상당하다. 하지만 쿠션과 담요를 경사지게 쌓아놓은 덕분에 녀석이 쉽게 오르내릴 수 있다. 이제 녀석은 거실을 제 영역으로 삼고 부엌과 그 앞의 평평한 발코니까지 들락거린다. 녀석을 위한 모래상자가 놓여 있는 층계참까지 오르내리기도 한다.

녀석은 온몸의 털을 천천히 빗어주는 것을 좋아한다. 하지만 주의를 기울여야 한다. 앞발이 있던 자리의 털이 거칠어져서 잘 뭉치기 때문이다. 녀석은 몸을 주물러주는 것도 좋아하고, 내가 손에 힘을 줘서 목부터 꼬리까지 등뼈를 세게 문질러주는 것도 좋아한다. 나는 녀석 대신 녀석의 귀와 눈을 씻어준다. 녀석이 앞발이 두 개 다 있을 때만큼 잘 움직이지 못하기 때문이다. 그러고 나면 녀석은 내 손을 핥는다. 그렇게 녀석의 침이 묻은 내 손은 잠시 녀석의 앞발이 되어 녀석의 발이 닿지 않는 쪽의 눈을 계속 문질러준다. 사람의 침과 마찬가지로 녀석의 침에도 치유력이 있어서 눈을 건강하게 유지해준다.

가끔 소파에 너무 오래 누워 있다가 내려올 때면 녀석은 힘들어한다. 내가 그렇듯이 녀석도 꼼짝 않고 앉아 있다가 몸이 뻣뻣해졌기 때문이다. 그럴 때면 녀석은 절룩거리며 걷는 것조차 하지 못하고 고통스럽게 바닥을 기면서 짜증스럽게 야옹거린다. 녀석이 향하는 곳은 라디에이터의 열기를 쐬어 늙고 뻣뻣한 뼈마디를 다시 부드럽게 만들 수 있는 자리이다.

녀석은 다리가 세 개밖에 없는 늙은 몸이지만 그럭저럭 잘 지내고 있다. 사람들은 방에 들어오다가 걸음을 멈추고 소리친다. 세상에, 어쩜 고양이가 저렇게 멋지지! 하지만 녀석이 일어서서 절룩거리며 사라지면 사람들은 조용해진다. 특히 녀석이 젊었을 때 도도하게 걸어가는 모습이나 바구니 뚜껑 위에 앉아 있는 모습을 본 사람들의 반응이 강렬하다. 이제는 뛰어 올라갈 수 없는 바구니 뚜껑 위에서 녀석은 앞발 두 개를 무심하게 포개고 꼬리를 아래로 늘어뜨린 채, 차분하고 깊은 눈으로 주위를 바라보곤 했다.

친한 고양이와 가까이 앉아 그 몸에 손을 올리고 우리와는 몹시 다른 고양이의 삶의 속도에 적응하려 애쓰다 보면, 가끔 고양이가 고개를 들어 사람에게 인사를 건넨다. 고양이가 내는 모든 소리와는 사뭇 다른 그 부드러운 소리는 우리가 자신의 삶 속으로 들어오려 애쓰고 있다는 사실을 알고 있다고 우리에게 알려준다. 녀석이 빛의 변화에 따라 계속 변하는 그 눈으로 우리를 바라보면 우리도 녀석을 바라본다. 손을 녀석의 몸에 가볍게 올려놓은 채로……. 고양이가 악몽을 꿀 수 있다면, 사람과 마찬가지로 기분 좋고 흥미로운 꿈도 꿀 수 있을 것이다. 어쩌면 내가 꿈에서 보는 장소에 고양이 역시 갈 수 있을지도 모른다. 하지만 나는 그곳에서 고양이를 만난 적이 없다. 나는 새끼 고양이도 포함해서 고양이가 나오는 꿈을 자주 꾼다. 그리고 그 꿈들은 항상 내게 고양이를 책임져야 한다는 의무를 일깨워준다. 나는 고양이에게 먹이와 잠자리를 주어야 한다. 고양이와 사람이 보는 꿈의 세계가 다르다면, 고양이는 꿈속에서 어디를 여행하는 걸까?

녀석은 나와 함께 조용히 앉아 있는 것을 좋아한다. 하지만 가만히 앉아 있는 것은 쉬운 일이 아니다. 내가 바쁠 때, 집 안이나 정원에서 지금 이러저러한 일을 해야 한다는 생각이 머릿속에 가득할 때, 내가 써야 하는 글을 생각할 때는 녀석과 나란히 앉아 있을 수가 없다. 오래전 녀석이 아직 새끼였을 때 나는 녀석이 사람에게 온전한 관심을 요구하는 성격임을 알아차렸다. 내가 다른 생각을 할 때면 녀석이 항상 알아차렸기 때문에, 머리로는 다른 생각을 하면서 녀석의 몸을 기계적으로 쓰다듬어봤자 아무 소용이 없었다. 옆에 앉아 책을 읽는 것은 생각도 할 수 없는 일이었다. 내가 다른 생각을 시작하자마자 녀석은 일어나서 다른 곳으로 가버렸다. 따라서 녀석과 나란히 앉는다는 것은 내 삶의 속도를 늦춰 불안하고 다급한 마음을 없앤다는 뜻이다. 내가 이런 마음가짐일 때 녀석도 통증이나 불안감 없이 좋은 상태라면 내가 고양이인 자신의 마음에 손을 뻗어 그의 정수를 발견하려 애쓰고 있음을 자신도 안다고 넌지시 내게 알려준다. 사람과 고양이, 우리 둘은 우리 사이의 장벽을 초월하려고 애쓰는 중이다.

|

고양이 비非애호가의 고양이 이야기

김승욱

먼저 솔직히 고백할 것이 있다.

나는 동물을 싫어한다. 아니, 정확히 말하자면 동물이 내 몸에 닿는 것을 싫어한다. 지금은 나이를 먹어서 그나마 조금 나아진 편이지만, 어렸을 때는 학교에 가다가 골목 끝에 개가 보이면 다른 길로 돌아서 갈 정도였다. 절대로 무서워서 피한 것이 아니다. 단지 싫을 뿐이다. 오해 없기를 바란다.

이런 내가 동물에 관한 글을 번역하고 옮긴이의 말까지 쓰려니…… 참…… 동물에 관한 한 빈약하기 짝이 없는 내 기억 속에 양념처럼 끄집어낼 이야기가 있기나 할까 싶었다. 그런데 있었다, 세상에. 지금까지 고양이랑 한집에 산 적이 두 번이나 된다는 놀라운 사실.

첫 번째는 어렸을 때 엄마가 쥐를 잡으려고 어디선가 고양이를 데려와 길렀을 때였다. 동물이 몸에 닿는 건 싫어하지만 예쁜 동물을 멀리서 구경하는 건 좋아하는 내가 보기에 상당히 예쁜 고양이였다. 검은색과 호박색이 섞인 얼룩 고양이. 처음 왔을 때는 작은 새끼였는데 어느새 훌쩍 커져 있었다. 엄마는 고양이가 도망칠까봐 목줄을 매서 부뚜막에 올려놓고 길렀다. 목줄 때문에 행동반경에 제약이 있었을 텐데 과연 쥐를 제대로 잡을 수 있었을지 조금 의심스럽지만, 하여튼 우리가 먹다 남긴 밥을 엄마가 꼬박꼬박 먹이로 줬으니 굶지는 않았을 것이다.

그때 누군가가 말했다. 고양이는 사람이 살갑게 애지중지 대해주지 않으면 도망친다고. 엄마도 그걸 걱정해서 절대로 목줄을 풀어주지 않았다. 우리 식구들이 대체로 동물에게 무심한 편이라서 녀석을 제대로 쓰다듬어주고 예뻐해주는 사람이 하나도 없었기 때문이다. 요즘 식으로 말하자면, 우리는 영 형편없는 집사들이었던 셈이다. 그래서인지 어느 날 고양이가 정말로 도망쳐버렸다. 부뚜막에는 목줄만 덩그러니 남아 있었다. 그 줄을 어떻게 벗어버리고 도망친 걸까. 그 뒤로 두 번 다시 녀석을 보지 못했으니 답은 영원히 알 수 없었다.

두 번째는 미국에서 공부할 때였다. 내가 세 들어 살던 집의 주인이 고양이를 두 마리 길렀다. 내가 한국에서 알던 분이 뉴욕에 사는 친구 집을 소개해주셔서 당시 맨해튼 시세로는 말도 안 되게 싼 월세로 살게 되었다고 희희낙락하며 짐을 들고 갔는데 고양이가 무려 두 마리나 있었다! 처음에는 기숙사 방이라도 구해서 이사해야 하나 진지하게 고민했는데 첫째, 기숙사에 남은 방이 거의 없었고, 둘째, 집주인 아저씨가 계약 위반이라고 무서운 표정으로 말하는 바람에 포기했다. 최대한 고양이를 피해가며 살 수밖에.

하지만 녀석들은 날 피할 생각이 없는 모양이었다. 두 마리 중에 호랑이 무늬가 있는 갈색 고양이는 나이가 많아서 능글맞은 노인처럼 사람 다리에 머리를 치대며 끊임없이 먹이를 요구했다. 물론 나도 예외가 아니었다. 한번은 친구가 며칠 다니러 와서 마중을 나갔다가 함께 들어와 문을 열었는데, 녀석이 엄청 무서운 소리로 울어대며 나한테 달려들려고 해서 혼비백산하기도 했다. 나중에 주인아주머니 말로는 녀석이 유난히 배가 고팠던 모양이라고 했다. 어쨌든 고양이가 몸에 닿는 것을 싫어하는(다

시 말하지만 절대 무서웠던 게 아니다. 내 친구도 마찬가지이다)
우리 두 쫄보는 녀석이 또 달려들까 봐 다시 문을 열지 못
하고 계단에 앉아 주인아주머니를 기다릴 수밖에 없었다.

다른 한 마리는 온 몸이 새카만 고양이였는데 나이가
어리고 겁이 많았다. 그래서 내가 자기를 싫어하는 걸 알
고 제가 먼저 무서워하며 후다닥 구석으로 도망치곤 했
다. 그런데 이 녀석이 어느 날 대형 사고를 쳤다. 내가 앉
아서 책을 보다가 왠지 이상한 느낌이 들어서 고개를 들
어보니, 세상에, 녀석이 내 바로 옆 난간에 앉아 나를 빤
히 바라보고 있었다. 새카만 녀석이 바로 내 옆에⋯⋯. 나
는 곧바로 비명을 질렀다. 그건 그냥 본능적인 반사작용
이었다. 녀석은 놀라서 후다닥 도망쳤고, 주인아저씨는
어디 강도라도 들어온 줄 알고 후다닥 뛰쳐나왔다. 그리
고 그 뒤로 내가 한국에 돌아올 때까지 내내 나를 놀려
댔다.

내가 그날 얼마나 놀랐는지 그날 밤 꿈에도 녀석이 나
왔다. 내가 싫다고 계속 도망치는데도 녀석은 죽어라 나
를 쫓아다니며 밥을 달라고 울어댔다. 나중에 미국 친구
랑 통화하면서 이 얘기를 했더니 배꼽을 잡고 웃어대면
서 자기 식구들한테 전부 얘기해버렸다. 내가 또 내 무덤
을 판 거다, 에휴.

내가 그 집에서 살기 시작한 지 몇 달쯤 지났을 때, 집 주인 아저씨랑 아주머니가 여행을 가버렸다. 고양이 두 마리와 나만 그 집에 남겨두고. 내가 고양이를 싫어하는 걸 알면서 어떻게 그럴 수가 있지? 아주머니가 그릇에 고양이 먹이만 때맞춰 부어주면 된다고 해서 나는 그대로 했다. 갈색 고양이는 여전히 수시로 내 다리에 머리를 치대려고 했지만, 검은 고양이는 어디로 숨어버렸는지 코빼기도 보이지 않았다. 그렇게 며칠이 지난 뒤 여행에서 돌아온 아주머니는 나를 혼냈다. 어떻게 애들한테 물을 안 줄 수가 있느냐고. 아, 물은 전혀 생각도 못 했다. 녀석들을 피해 다닐 생각만 했지. 조금만 더 생각했으면 물이 필요하다는 걸 알았을 텐데, 미안했다. 몸에 닿는 게 싫을 뿐이지 녀석들을 괴롭힐 생각은 전혀 없었으니까.

옮긴이의 말을 쓴답시고 옛 기억을 뒤적이다 보니 옮긴이의 말이라기보다 나만의 고양이 이야기가 되어버린 것 같다. 죽어라 동물을 피해 다닌 내게도 이런 사연이 있는데, 고양이를 사랑한 우리의 필자 도리스 레싱은 그동안 길렀던 고양이들을 생각할 때마다 그 마음이 얼마나 애틋할까 싶다. 내가 보기에 그 애틋함과 애정이 가장 생생히 느껴지는 구절을 인용하는 것으로 이 글을 마무리

해야겠다. 레싱이 기르던 고양이에게 암이 생겨서 다리 하나를 통째로 제거하는 수술을 받기로 한 날의 한 장면 이다.

수술하던 날 아침에 녀석은 햇빛 속에서 내 침대에 몸을 쭉 펴고 누워 있었다. 우아한 한쪽 앞발을 다른 앞발 위에 무심히 포갠 채로. 나는 곧 없어질 다리를 쓰다듬어주고, 내 손가락을 잡으려고 동그랗게 오므라든 앞발도 어루만졌다. 녀석이 새끼 때 그랬던 것처럼 내가 그 동그란 앞발 속으로 손가락을 집어넣 자, 자그마한 앞발이 내 새끼손가락 끝에서 잔물결처럼 움직였 다. 털이 복슬복슬한 이 다리가 소각로에 던져질 것이라고 생각 하니 참을 수가 없었다.

_250쪽

고양이에 대해 아무 생각이 없는 사람마저 안타까워서 참을 수 없게 만드는 글이다.

On Cats

고양이에 대하여 Modern&Classic

1판 1쇄 발행 2020년 5월 22일   **1판 2쇄 발행** 2020년 6월 26일
지은이 도리스 레싱 **옮긴이** 김승욱
펴낸이 고세규
편집 이승희 신종우 **디자인** 조은아 **마케팅** 백미숙 **홍보** 김하은

발행처 김영사
주소 경기도 파주시 문발로 197(문발동) 우편번호 10881
등록 1979년 5월 17일(제406-2003-036호)
구입 문의 전화 031)955-3100 **팩스** 031)955-3111
편집부 전화 02)3668-3290 **팩스** 02)745-4827 **전자우편** literature@gimmyoung.com
비채 카페 cafe.naver.com/vichebooks **인스타그램** @drviche
트위터 @vichebook **페이스북** facebook.com/vichebook **카카오톡** @비채책
ISBN 978-89-349-2999-4 04840   책값은 뒤표지에 있습니다.

비채는 김영사의 문학 브랜드입니다.

이 도서의 국립중앙도서관 출판예정도서목록(CIP)은 서지정보유통지원시스템 홈페이지(http://
seoji.nl.go.kr)와 국가자료공동목록시스템(http://www.nl.go.kr/kolisnet)에서 이용하실 수 있
습니다. (CIP제어번호: CIP2020007819)